1781

W0029941

Alexander Oetker

WINTERAUSTERN

Luc Verlains dritter Fall

Roman

Hoffmann und Campe

1. Auflage 2019

www.hoffmann-und-campe.de
Umschlaggestaltung: Hannah Kolling, Hamburg
Umschlagfoto: © Jean-Christophe Depaire
Karten und Illustrationen auf
Vor- und Nachsatz: Stefanie Bokeloh
Satz: Pinkuin Satz und Datentechnik, Berlin
Gesetzt aus der Albertina MT Pro
Druck und Bindung: C. H. Beck, Nördlingen
Printed in Germany
ISBN 978-3-455-00078-8

Ein Unternehmen der
GANSKE VERLAGSGRUPPE

Pour Maman
** 1953 – † 2019*

Prolog

MINIATURES

Galeries Lafayette, Boulevard Haussmann, Paris 9^{e}
Le samedi 28 novembre, 16:48

Sie war einfach unglaublich. Diese Kuppel.

Jetzt zur blauen Stunde leuchtete sie lila. Die Glasfenster schienen förmlich zu glühen. Und die grauen Streben teilten diesen unwirklich schönen Anblick in fassbare Abschnitte.

Julie sah entzückt hinauf, wie jedes Mal, wenn sie das Erdgeschoss des Kaufhauses betrat und erst einmal innehielt, um sich überwältigen zu lassen.

Um sie herum liefen schick angezogene Kundinnen kreuz und quer, die Arme tütenbehangen.

Doch Julie stand da wie angewurzelt und beobachtete, wie das Licht die Emporen und Balkone der oberen Etagen in einen ganz besonderen Glanz tauchte.

Endlich besann sie sich auf ihren eigentlichen Plan: Nur hier durchhuschen, schließlich wollte sie ins Nachbargebäude. Sie durfte nicht in Versuchung geraten, noch ein Kleid für das Weihnachtsfest zu erstehen oder ein neues Parfum. All das kostete viel Geld, das sie nicht hatte. Das sie brauchte, um ihre kleine, völlig überteuerte Wohnung in Saint-Germain zu bezahlen.

Sie hatte sich ans Prioritätensetzen gewöhnen müssen. Ihr Vater hatte gesagt: »Natürlich kannst du in Paris studieren. Wir zahlen dir das schon. Aber nicht mit allem Schnickschnack.« Studieren und Miete und neue Klamotten, das würde nicht gehen. Und ihr Großvater hatte immer gesagt: Lehrjahre sind keine Herrenjahre.

Doch einen Luxus gönnte sie sich immer noch – und das war der Luxus, auf den sie jetzt zusteuerte.

Schließlich war morgen der erste Advent. Und den würde sie mit ihren Freunden angemessen begehen, in ihrer kleinen Wohnung im zweiten Stock der Rue de Buci Nr. 54. Die Freunde hatten versprochen, den Champagner mitzubringen. So weit musste das Geld reichen.

Dafür war es an ihr, der Tochter des Austernzüchters, für das leibliche Wohl zu sorgen. Sie lief die Rolltreppe hinab, immer tiefer den feinen Düften entgegen.

Unten war Glitzerzeit, Weihnachtszeit, Hochzeit der Genüsse. Die schwarzen Trüffel aus dem Périgord waren auf einem eigenen Tisch ganz am Anfang der Gourmetabteilung ausgelegt. Knapp dahinter hatte die Champagnermarke *Taittinger* einen Werbestand aufgebaut.

Ein Vertreter der Gänsestopfleberproduzenten aus der südlichen Gascogne strich seine ausgesuchte Ware auf krosse Baguettescheiben, zum Probieren für die Pariser Kunden – die Tierschützer hatten in Frankreich einen schweren Stand.

Doch Julie ließ sich nicht beirren, sie wusste, wonach sie suchte, und ihr Gang war zielstrebig: zur Kühltheke, hinter der zwei Männer mit weißen Fischverkäuferschürzen warteten. Der eine, ein dicker, gemütlicher, lächelte sie freundlich an.

»Mademoiselle, was darf ich Ihnen Gutes tun?«

Sie betrachtete die Kisten mit einem Lächeln, weil sie diese Zeremonie des Suchens und Aussuchens so liebte.

»*Alors*«, fuhr der Verkäufer fort, »wir haben die Belon-Austern aus der Südbretagne, außerdem ganz frisch heute Morgen reingekommen die platten Austern aus Cancale, die werden Sie lieb …«

Er brach ab, als er sah, wie sie den Kopf schüttelte und auf die Kiste neben ihm zeigte.

Les Huîtres d'Arcachon stand in gelben Lettern auf schwarzem Grund auf deren oberem Rand. Da lagen sie, fein säuberlich übereinandergeschichtet. An manchen klebte noch ein wenig Seegras, einige hatten im Meer bizarre Formen angenommen.

Der Geruch von Salzwasser war plötzlich so intensiv, dass sie sich für einen Moment nach Hause versetzt fühlte, obwohl der Ozean doch weit weg war. Julie überlegte, dass sie denjenigen, der die Felsenaustern aus den *poches,* den Austernsäcken, geholt hatte, sicherlich kannte, wahrscheinlich von Kindesbeinen an.

»Aus welchem Betrieb stammen die?«, fragte sie, und die beiden Verkäufer tauschten einen raschen Blick.

»*Chevalier,* aus Arcachon«, sagte der Dicke, ohne zu zögern.

Julie nickte. Chevalier. Der Platzhirsch. Der bedeutendste Austernzüchter am Bassin. Zehnmal so viele Tonnen Produktion wie ihre eigene Familie. Vielleicht sogar zwölfmal so viele. Letztes Jahr hatte er schon wieder einen Betrieb aufgekauft. Ihn sich einverleibt, wie die Leute am Bassin raunten.

»Wollen Sie probieren, Mademoiselle?«

»*Non, merci*«, gab sie zurück, »haben Sie noch Austern von anderen Betrieben aus der Gegend?«

Der Verkäufer schüttelte den Kopf.

»Die kommen erst kurz vor Weihnachten. Im Moment haben wir aus der Aquitaine nur diese.«

Sie zog eine Augenbraue hoch.

»*D'accord.* Dann geben Sie mir sechs Dutzend *creuses* aus der Bretagne, *s'il vous plaît.*«

Der Verkäufer wechselte wieder einen raschen Blick mit seinem Kollegen, dann griff er nach der Holzkiste mit den flachen

Austern aus Cancale und begann, sie vorsichtig übereinander-
zulegen.

Julie Labadie verehrte die Austern aus Arcachon, sie zog sie allen anderen vor und hielt die bretonischen Meeresfrüchte für gnadenlos überschätzt. Und dennoch würde sie sich eher mit dem Austernmesser die Hand aufschlitzen – was ansatzweise ohnehin schon oft genug passiert war –, als Bertrand Chevalier auch nur einen Euro hinterherzuwerfen.

Hochhaussiedlung Les Canibouts, Nanterre, westlich von Paris
Le samedi 28 novembre, 17:35

Diffus fiel das spärliche Licht des trüben Winterabends durch das kleine Wohnzimmerfenster, das mit einem Laken verhängt war, weil es so zog.

Karim trat durch die Balkontür hinaus und zündete sich den Joint an, den er eben geradezu ehrfurchtsvoll gerollt hatte. Ein langer Zug, noch einer, ganz tief saugte er den würzigen Qualm in seine Lunge. In der Hoffnung, dass seine Stimmung gleich, wenn das Licht gänzlich verschwunden war, endlich besser würde. Wobei der Blick nach unten keinerlei Anlass für gute Stimmung gab. Die Funzeln dort auf der Rue de l'Agriculture waren immer noch nicht eingeschaltet. Die verdammten Wichser in der Stadtverwaltung sorgten sich stets darum, dass die Innenstadt von Nanterre glitzerte wie ein Weihnachtsbaum, aber hier in der Banlieue durften sie ruhig im Düstern in die kleinwagengroßen Schlaglöcher stolpern.

Die Hochhäuser jenseits der Straße waren wie ein Spiegelbild zu seinem eigenen, auf dessen baufälligem Balkon in der elften Etage er stand. Grauer Beton mit schmalen Sehschlitzen, die woanders Fenster wären. An allen Balkonen riesige Satellitenschüsseln, die nach Nordafrika wiesen. Wäsche trocknete in der feuchtkalten Luft, eine einsame Trikolore hing im zweiten Stock gegenüber wie Hohn.

Eine ganze Weile ließ Karim dieses Beinahe-Stillleben auf sich wirken: die Flagge, die sich im leichten Wind immer mal wieder aufblähte, die Neonleuchten in den Wohnungen gegenüber, die eine nach der anderen angingen und der Dunkelheit trotzten, der ausgebrannte Renault Clio die Straße runter, das übliche Ergebnis einer Freitagnacht. Seine kleine Welt.

Er hatte lange gebraucht, um zu erkennen, wie klein diese Welt war.

Als Kind – denn natürlich hatte er schon immer hier gewohnt, quasi von Geburt an, nachdem ihn seine Eltern mit seinen gerade mal zwei Lebenstagen aus dem *Hôpital Max Fourestier* in ihre winzige Wohnung gebracht hatten –, als Kind jedenfalls hatte er diese Welt für riesig und unüberschaubar gehalten. Die hohen Häuser, die verwinkelten Straßen, der Blick nach drüben, dorthin, wo in der Ferne der hellrote Lichtschein der Hauptstadt zu erkennen war, wie eine Verheißung.

Wie wohl fast jedes Kind liebte er Orte wie den staubigen Bolzplatz die Straße runter, den Treppenaufgang mit den Dutzenden anderen Kindern, die alle irgendwie so aussahen wie er selbst. Und auch damals fand sich nach beinahe jedem Wochenende ein frisch abgefackeltes Autowrack im Viertel. Damals konnten seine Freunde und er das wenigstens noch als rußigen Abenteuerspielplatz gebrauchen.

Vor fünf oder sechs Jahren kam ihm erstmals die Idee, dass hier etwas nicht stimmte. Und vor zwei Jahren wurde diese Idee zur Gewissheit. Dass man ihn hier vergraben hatte. Dass man wollte, dass er hier war. Damit er nirgendwo anders sein konnte. Und dass das – wenn er nicht bald einen radikalen Entschluss fasste – für sein Lebtag so bleiben sollte. Wer war »man«, hatte sich Karim lange gefragt: seine Lehrerin in der *école primaire*, die nicht mal versucht hatte, ihn und die anderen *beurs* als ambitionierte Schüler wahrzunehmen? Die *flics* der CRS, die ihn filzten, wann immer er und sein Roller ihren Weg kreuzten – am liebsten am Boden liegend, die Hände auf dem Rücken, um dann seine Taschen mit harter Hand zu durchsuchen und wieder nichts zu finden als zwei Gramm Gras? Oder war »man« einfach die *société fermée*, die geschlossene französische Gesellschaft, die für Typen wie ihn schlicht keinen Platz hatte – zumindest keinen Platz an den Futtertrögen?

Eine Zeit lang hatte er versucht, zu akzeptieren, dass es so war. Hatte hier ein bisschen gedealt und dort ein wenig gehehlt, war auch mal mitgefahren zu einem kleinen Bruch im 16. Arrondissement. Aber drei Wochen im Gefängnis von *Porcheville* hatten ihn gelehrt, dass es nichts brachte, bei den kleinen Fischen mitzuspielen. Denn die kleinen Fische rutschten in Frankreich nicht durchs Netz. Nein, sie wurden als Einzige gefischt und, um im Bild zu bleiben, nie wieder vom Haken gelassen. Im Knast hatten sie ihm von allen Seiten zugesetzt: Die Justizangestellten hassten die *beurs*, dabei waren sie oft selber welche. Dann gab es selbst im Jugendknast schon Intensivverbrecher, denen man ansah, wie viel Spaß es ihnen bereitete, hier drinnen Angst und Schrecken zu verbreiten. Und es gab die Dschihadisten, die scheinbar freundlich eine Lösung anboten: den Weg zu Allah, dem einzigen Freund, der einem Kid aus der Banlieue blieb. Doch Karim war nicht doof, er wollte nicht gehirngewaschen und mit einer Sprengstoffweste bekleidet irgendwo auf einem Marktplatz enden. Auch keine Alternative.

Das Angebot seines Freundes – war Islah sein Freund? – war ihm wie ein Wunder erschienen. Islah hatte einen Auftraggeber, einen Franzosen. Ein richtig dicker Fisch, der in so vielen Teichen obenauf mitschwamm: Bau, Import, Export, Sicherheit. Und dieser Franzose baute gerade eine Truppe auf. Ein Spezialauftrag. Für einen sehr reichen Mann, ebenfalls Franzose. Eine alte, angesehene Familie, irgendwo am Meer. Karim war noch nie am Meer gewesen. Merkwürdig, wo das Meer gerade einmal zwei Stunden von hier entfernt war.

Er hatte nicht lange gezögert. Hatte Islah zugesagt. Und der hatte ihm aufgetragen, sich bereit zu machen für einen richtigen Job. Keinen Scheiß mehr zu bauen, sich von allen Bullen fernzuhalten, regelmäßig zu trainieren, um seine ohnehin ansehnlichen Muskeln zu vervollkommnen. Und so ging Karim jetzt jeden Tag in das schäbige Fitnessstudio im Zentrum von Nanterre und pumpte, was das Zeug hielt. Nur vom Gras konnte er nicht die Finger lassen, aber irgendwie musste man ja klarkommen.

In zwei Wochen sollte es losgehen. Wie lange hatte er darauf gewartet. Auf diesen Moment. Maman hatte er von alledem noch nichts erzählt. Er wollte einfach abhauen, mit seinem Rucksack voller Klamotten. Um dort unten großen Erfolg zu haben. Und in ein paar Wochen einen Scheck zu schicken, zusammen mit einem Brief, der erklärte, wo er war und was er tat – und mit Zugtickets, die auch seiner Mutter und seinen zwei kleinen Schwestern erlauben würden, das Meer zu besuchen.

Er schmiss den Joint vom Balkon, griff zu seiner kunstledernen Geldbörse und entnahm ihr das zusammengefaltete Billett, das er hütete wie einen Schatz. Er entfaltete es und las, was er ohnehin auswendig konnte:

13 décembre
6:52 *Abfahrt am Gare Paris Montparnasse*
8:56 *Ankunft in Bordeaux Saint Jean, Umstieg*
9:58 *Ankunft am Bahnhof von Arcachon*

Karim faltete das Ticket wieder zusammen. Bald würde sie beginnen, seine Zukunft. Endlich. *Finalement.*

Gendarmerieboot »Pherousa« im Hafen von Arcachon
Le samedi 28 novembre, 22:03

Vor sieben Minuten hatte sie die Yamaha-Motoren angeworfen, vor vier Minuten hatte Oberbootsmann Diallo die Leinen losgemacht, woraufhin Lieutenante Giroudin das Boot gewendet und vom Liegeplatz in Richtung Hafenausfahrt gesteuert hatte.

Sie liebte Pünktlichkeit. Wenn sie jetzt den Blick wendete, sah sie die Stege im Hafen von Arcachon nur noch schemenhaft. Die weißen Boote dagegen leuchteten durch die Dunkelheit, genau wie die Lichter im *Santa Maria*, dem einzigen Restaurant am Hafen, das so spät im Jahr noch geöffnet hatte. Die Lichter auf der Mole blinkten grün und rot, und sie waren Giroudin so vertraut wie die automatische Beleuchtung, die anging, wenn sie ihr blaues Gendarmerie-Motorrad auf ihr geliebtes Grundstück steuerte, so wie es nachher sein würde, in neun Stunden, wenn der Morgen langsam graute.

Doch nun war erst mal Dienstbeginn. Siebeneinhalb Stunden auf dem Bassin. Sie hatten eine Aufgabe. Sie und ihre Jungs. Da war Oberbootsmann Diallo, ein kräftiger Schwarzer, dessen Eltern aus dem Senegal stammten. Er selbst war aber in Bordeaux geboren und aufgewachsen. Ein sehr erfahrener Marinemann, der schon während der Einsätze in Mali und am

Horn von Afrika für Frankreich zur See gefahren war. Neben ihm am Heck stand Bootsmann Arnoult. Er war in Dieppe aufgewachsen, im Norden Frankreichs. Ein junger Gendarm mit dunklen kurzen Haaren, der viel schwieg und noch mehr anpackte. Es war seine erste Station bei der Gendarmerie. Das war wirklich besonders an der französischen Armeeeinheit: Ihre Mitglieder kamen aus allen Ecken des Landes.

Giroudin würde Arnoult ohne zu zögern ihr Boot anvertrauen. Genau wie Diallo. Doch ihr Arbeitsplatz war nicht mehr so gefährlich wie einst, als sie während ihres Einsatzes in Libyen auf einem Flugzeugträger nahe der Küste diente und nie so recht wusste, welcher Stamm gerade die Oberhand hatte und sie als Nächstes beschießen würde. Statt Krieg zu führen, tat sie nun etwas ungleich Wichtigeres – obwohl ihr klar war, dass Menschen im Ausland sie wohl nicht verstehen, geschweige denn diesen Dienst als etwas Wichtiges begreifen würden.

Aber das war er. Sie bewachte ein französisches Kulturgut. Hier draußen auf dem Bassin d'Arcachon. Nein, keine Kunstwerke. Oder altertümliche Statuen. Sondern ganz lebendiges Kulturgut. Die Austern des Bassins. Die zu Weihnachten bei Millionen von Franzosen auf dem Tisch erwartet wurden. Als traditionellster Bestandteil des Menüs.

Früher war die Zeit der Austern von September bis April gewesen, im Sommer gab es wegen der Kühlprobleme keine Meeresfrüchte. Doch auch wenn die Regel, wonach Austern nur in Monaten mit R im Namen gegessen werden dürfen, längst überholt war – immer noch war die Zeit rund um Weihnachten die unangefochtene Austern-Hochzeit. Und es oblag Lieutenante Giroudin und ihren zwei Männern, dass das so bleiben konnte. Es war keine Übertreibung, dass sie die Last dieser Aufgabe auf ihren Schultern spürte. Vorherige Kriegseinsätze hin oder her.

Sie stand in der kleinen Kabine und steuerte das Boot so

schnurstracks und wendig, als wäre es draußen taghell – und nicht stockfinster. Denn sie kannte diese 155 Quadratkilometer sozusagen wie ihre Badewanne, wusste, wo die Untiefen waren und die Priele, wo die Vogelschutzinsel lag und wo sich die Zuchtbecken für die Austern befanden. Und genau dorthin steuerte sie jetzt. Wie es schien, war das Bassin menschenleer, bis auf ihr kleines weißes Boot mit der blauen Aufschrift *Gendarmerie.*

Flughafen Bordeaux-Mérignac, Rollfeld
Le dimanche 29 novembre, 8:42

Als er die Gangway herunterkam, erlöste ihn die Wintersonne. In Paris war er unter einem wolkenverhangenen Himmel gestartet, einem Himmel, der ausgesehen hatte, als würde er die Hauptstadt gleich verschlingen wollen.

Der Regen hatte auf der Fensterscheibe dicke Schlieren hinterlassen. Von Orly aus hatte der Airbus einen Bogen über Paris gemacht, die prachtvollen Boulevards der Haussmann-Ära hatten trüb und eintönig dagelegen.

Nun spürte Luc die Sonne im Gesicht, sie wärmte seine Haut, und er schloss die Augen, als er vor der *Air-France*-Maschine stand. Kurz nur, dann ging er rasch die paar Meter bis zum Terminal des *Aéroport Bordeaux-Mérignac.* So überstürzt wie die Abreise gewesen war, hatte er keinen Koffer dabei, nur die große braune Ledertasche, die er früher immer für Wochenendreisen mit Delphine benutzt hatte. Aufs Gepäck warten entfiel also.

Noch wenige Meter, eine Rolltreppe nach oben und dann immer in Richtung *Sortie,* die Schiebetür öffnete sich – und da stand sie. Er beschleunigte seinen Schritt, und schon fiel sie ihm um den Hals, er ließ die Tasche zu Boden fallen, hob Anouk leicht an, sodass ihre Fußspitzen nur noch knapp den Boden berührten. Dann spürte er ihre Lippen auf seinen – der Rest war pure Freude. Endlich die Wärme, die er so herbeigesehnt hatte.

Es waren schreckliche Wochen gewesen. Sie hatten ihn noch am Freitagabend angerufen. Als die Explosionen vor dem *Stade de France* zu hören waren, dort und in allen Wohnzimmern und Kneipen, in die das Fußballspiel übertragen worden war, das bis dahin weit entfernt von Anouk und Luc stattgefunden hatte. Sie hatten längst auf Anouks Bett in der kleinen Wohnung am Place Canteloup gelegen.

Als der Anruf kam, war noch nicht klar, wie schlimm die Nacht ausgehen würde. Der Einsatzleiter am Quai des Orfèvres hatte offenbar eine Vorahnung. Er ließ die höchste Terrorwarnstufe ausrufen und trommelte seine besten Leute zusammen. Auch die, die in alle Winde verstreut waren. Luc war ans Telefon gegangen – und was er hörte, war keine Bitte: In dreißig Minuten würde eine kleine Maschine der Flugbereitschaft der *Armée de l'Air*, der französischen Luftwaffe, in *Mérignac* warten. Und zwar nur auf ihn.

Luc hatte nichts erklären müssen, sie stand schon an der Tür, um ihn zu verabschieden, weil sie während seines Telefonats die Nachrichten gecheckt hatte. Er war im Taxi zum Flughafen gerast, und als er in Mérignac ankam, war klar, dass auch im Musikclub *Bataclan* irgendetwas vor sich ging. »Geiselnahme« hieß es beim Radiosender *France Inter*, mehr sollte er erst in Paris erfahren. Eine Stunde und fünfzehn Minuten später landete Luc in Orly, da waren bereits fünfzehn Tote bekannt. Und dann begannen drei Wochen im Ausnahmezustand. Mit der unmittelbaren Tatortarbeit und mit aufreibenden Ermittlungen in Paris und bis hinauf nach Belgien. All die Toten, all die Verletzten, dieser entsetzliche Terror.

Und nun umarmte ihn Anouk, hielt ihn ganz fest. Natürlich war sie zum Flughafen gekommen, um ihn abzuholen. Nach diesem langen Monat des Vermissens und des Begehrens.

TGV nach Bordeaux, kurz hinter Poitiers
Le dimanche 13 décembre

Worauf sie sich am meisten freute? Auf den Meeresgeruch. Diesen ersten Schritt hinaus an die frische Luft, aus dem miefigen TER-Vorortzug. Und dann diese Brise aus Norden, die ihre Freunde in Paris – die keine Ahnung hatten, weil sie aus Nizza, Lille oder eben Paris kamen – immer *fischig* nannten.

Fischig. Als würden die Austernzüchter der Aquitaine ihre Straßen mit verdorbenen Fischabfällen pflastern. Julie konnte da nur lachen. Auch wenn sie nun schon drei Jahre zum Studieren in Paris war, konnte sie sich die Elemente dieses Geruchs mit einem Schnipp herbeizaubern: Da war der grüne frische Grasgeruch der Algen, die sich an die Austern gelegt hatten wie Beilagensalat. Da war selbst an warmen Tagen diese gewisse Kühle in der Luft, die der Atlantik von irgendwo aus der Ferne mit sich brachte, dieser abenteuerlich große Ozean. Da war das Salz, das nur als Hauch durch die Luft wehte, aber sich nach einem langen Tag am Strand auf die Lippen legte und auf Julies Haut, dass sie es gar nicht abduschen wollte, so wie früher als Kind. All diese Gerüche sammelten sich in der Luft – und in unendlich größerer Intensität auch in den Meeresfrüchten, auf die sie sich so freute. Die Biester aus Cancale, die sie und ihre

Freunde gestern Abend für den Abschied vor dem Feste zuhauf gegessen hatten, waren nicht halb so gut gewesen wie die ihrer Eltern. Und ihres Bruders. Und nicht einmal ein Viertel so gut wie die Austern von Fred Pujol und seinem Sohn.

Julie legte ihren Kopf an die kühle Scheibe des TGV, unter sich die futuristisch anmutende Lampe, wie sie jeden Tisch im Zug beleuchtete. Diese zwei Geheimnisse, die sie seit ihrer Jugend hatte. Und die sie ihren Eltern niemals verraten würde. Erstens: Ihr schmeckten die Austern, die ihre Familie produzierte, phantastisch. Ohne Frage. Aber irgendwas machten dieser Fred und sein Sohn Vincent noch einen Hauch besser. Sie hatte keine Ahnung, was es war. Vielleicht lag es daran, dass der Betrieb der Pujols einer der kleinsten am Bassin war und sie deshalb noch mehr per Hand machten, sich noch mehr Zeit ließen, und vielleicht auch mit noch mehr Liebe arbeiteten. Auch wenn es sie immer wieder an den Rand des Ruins führte. Weil *immer kleiner* in diesen Zeiten eben auch immer weniger Umsatz bedeutete.

Zweitens: *Vincent*. Der Name, der für sie klang wie eine Verheißung. *I have a crush on him*, summte sie das abgewandelte alte Lied und musste lächeln. Ja, das war es. Sie war absolut verschossen in diesen großen, schlanken Burschen mit dem feingliedrigen, fast schlaksigen Körper. Die dunklen Haare, die immer irgendwie wild im Wind hin und her geworfen wurden. Seit sie ein Kind war, hatte sie sich ihn immer wieder ansehen müssen, schon als sie noch zusammen im Sandkasten saßen. Später hatten sie, ihr Bruder François und Vincent zusammen Indianerspiele gespielt. Dann waren sie zusammen in die Bars gegangen, eine große Clique aus dem Ort. Immer hatte sie versucht, sich ihm zu nähern, aber für ihn war es wohl, als schleiche seine Schwester sich an. Unvorstellbar. So war es immer gewesen. Bis sie es aufgegeben hatte, seine Nähe einfach nur genoss, aber nicht mehr suchte. Dabei war sie schön, sagten die, die es besser beurteilen konnten als sie selbst.

Vincent. Vor einem Jahr hatte sie ihn zuletzt gesehen, an den Weihnachtstagen, bei einem gemeinsamen Essen ihrer Familien. Fred und sein Sohn hatten geklagt, ginge das Geschäft so weiter wie bisher, würden sie bald verkaufen müssen. An Chevalier womöglich. Julie schluckte. Vincent hatte hinreißend ausgesehen, wie er da neben seinem Vater saß. Die Augen so ernst wie das Thema. Irgendwann im Sommer hatte François gesagt, Vincent überlege, nach Paris zu gehen. Das würde das Ende der Austernzucht Pujol bedeuten. Nicht auszudenken. Wenn sie nachher aus dem Zug stieg, in Bordeaux, würde niemand auf sie warten. Im Sommer, ja, da hätte ihr Vater sie sicher abgeholt. Oder ihr Bruder François. In seinem kleinen Peugeot Cabriolet. Aber nicht jetzt, so kurz vor Weihnachten. Da war zu viel zu tun. Sie hatten keine Zeit, nicht mal für die einstündige Fahrt nach Bordeaux. Also würde Julie sich im *Relay* mit Zeitungen eindecken, dazu einen Cappuccino gegenüber im Bahnhofscafé holen. Eine halbe Stunde später würde die Fahrt weitergehen, mit der Bummelbahn immer am Bassin entlang, bis nach Gujan-Mestras. Von dem kleinen Bahnhof aus wären es nur noch einige Hundert Meter bis zu ihrem Haus mit Blick aufs Wasser. Doch Julie würde bloß ihren Koffer über den Zaun in den Vorgarten hieven und dann direkt weitergehen, bis zur kleinen Holzhütte direkt am Hafen. Wo bereits die Boote lagen, die voll beladen waren mit Säcken voller Austern, die ihr Vater und ihr Bruder nun einen nach dem anderen in die Cabane brachten. Zum Sortieren, Waschen und Verpacken.

Irgendetwas in ihrer Umgebung forderte ihre Aufmerksamkeit, machte, dass es ihr kalt den Rücken hinunterlief, doch sie schaffte es erst nicht, sich von der vorbeifliegenden Landschaft zu lösen, den flachen Sandsteinhäusern und dem Buchenwald, den sie eben hinter sich ließen. Dann aber gab sie sich einen Ruck und wandte den Kopf dem jungen Mann mit den dunklen Haaren zu, dessen eine Hand fest auf der Reisetasche lag, die er auf den Sitz neben sich gestellt hatte. Er war massig und muskulös und daraus, wie er sie ansah, schloss sie, dass es kein beiläufiger Blick war. Er hatte sie wohl schon seit geraumer Zeit angestarrt.

Le samedi 19 décembre –
Samstag, der 19. Dezember

KALTES ERWACHEN

Kapitel 1

»Ist dir etwa kalt, Junge?«

Alain Verlains Stimme hatte diesen unverwechselbaren Klang, vordergründig war da nur Ironie, aber bei genauerem Hinhören schwang doch etwas Sorge mit – Luc kannte diesen Ton seit Kindertagen.

Sein alter Herr hatte natürlich beobachtet, wie er die Jacke ganz eng zugeschnürt und den dicken Schal noch mal neu gebunden hatte, als hätte er auch nur irgendeine Chance gegen die beißende Kälte, die über das Bassin wehte, gerade als das Boot den Hafen von Arcachon verließ. Vor einer halben Stunde, als Luc seinen Jaguar XJ6 unten auf dem großen Parkplatz abgestellt hatte, war es noch gänzlich dunkel gewesen. Nun aber machte sich hinten am Horizont, dort, wo das Bassin sich zum Ozean hin öffnete, eine Ahnung von Licht bemerkbar. In anderthalb, vielleicht zwei Stunden würde der Wintertag beginnen, und er sollte sonnig werden. Der klare Himmel machte die Luft noch beißender. Schneeluft. Eigentlich unmöglich, dachte Luc, so weit im Süden.

»Alles bestens. Wollte nur Weihnachten nicht mit einer fetten Erkältung im Bett liegen«, gab er zurück und sah, wie sein

Vater scherzhaft mit den Augen rollte. Alain griff in seine Jackentasche und entnahm ihr das flache silberne Metallgefäß, das Luc so gut kannte.

»Was ist drin?«

»Calva…«

Bevor sein Vater das Wort beenden konnte, schraubte Luc schon die Flasche auf. Er nahm einen großen Schluck und spürte das brennende Gefühl, das der Apfelschnaps auf seiner Zunge hinterließ und das sich rasch im ganzen Körper ausbreitete. Feuer schlug Kälte. So ging das.

Der Calvados aus der Normandie war über zwanzig Jahre alt, sein Vater bekam ihn regelmäßig von einer alten Apfelbäuerin zugesandt, mit der er sich vor Jahrzehnten angefreundet hatte. Der Schnaps war ein Gedicht. Doch auch ohne ihn hätte Alain Verlain nicht gefroren. Niemals. Dafür war er zu oft hier draußen gewesen. Bei Nacht und Nebel. Sommers wie vor allem winters. Wenn hier draußen Hauptsaison war.

Wann immer Luc im frühesten Morgengrauen mit rausgefahren war – und er hatte das so oft wie möglich getan –, hatte er sich zusammenreißen müssen, um sich die Müdigkeit und das Frösteln nicht anmerken zu lassen. Selbst die drei Paar Socken, die er sich heimlich übereinander angezogen hatte, hatten nie geholfen. Bis Alain ihm dann im Alter von vierzehn Jahren zum ersten Mal den Flachmann weitergereicht und ihm die Jacke geschenkt hatte, die schon Lucs Großvater getragen hatte und die aus irgendeinem besonderen Material war, das unermüdlich Wind und Kälte abwies. Danach hatte er immer darauf hingefiebert, endlich wieder mit hinausfahren zu dürfen. Mithelfen, den Lebensunterhalt der Familie einzuholen.

Heute Morgen war es Alain gewesen, der der Abfahrt entgegengefiebert hatte. Schon ganz früh, zwei Stunden vor der vereinbarten Zeit, hatte sein Vater draußen vor der Holzhütte gesessen und geraucht, neben sich eine Tasse seines unnachahmlich starken Kaffees. So hatte er minutenlang in die Dunkelheit geschaut. Luc hatte ihn durchs Fenster beobachtet und vor Rührung lächeln müssen.

Es war sein Versprechen an seinen Vater gewesen. Noch einmal gemeinsam hinauszufahren auf das Bassin und dort den Sonnenaufgang mitzuerleben. Im Winter, in der Vorweihnachtszeit, der Zeit, die Alain immer die liebste war. Keine Touristen, viel Arbeit. Das Bassin ganz leer, keine Segler, keine Motorboote, nur die Austernzüchter bei der Arbeit. Das hatte Alain noch einmal sehen wollen. Und derzeit ging es ihm so gut, dass es möglich war.

Bauchspeicheldrüsenkrebs. Die Ärzte gaben ihm noch ein halbes Jahr. Vielleicht neun Monate. Zuletzt war er zu einer zweimonatigen Kur gewesen, bis spät in den Oktober, oben in La Baule. Und nun standen sie hier draußen auf der Barkasse, die immer weiter hinaussteuerte auf das Bassin.

Alain klopfte von außen an die Kabine und zeigte fragend auf seinen Flachmann. Die anklappbare Scheibe wurde geöffnet, und ein heiteres Lachen erklang.

»*Merci*, Monsieur Verlain, aber das ist mir definitiv zu früh. Wenn Sie mögen, hier gibt es Kaffee.«

»*Merci*, Lieutenante«, sagte Alain, »wir kommen gleich hinein.« Dann wandte er sich wieder der Backbordseite zu, sein Fernglas fest in den Händen.

Luc war Lieutenante Giroudin unendlich dankbar. Es war beileibe keine Selbstverständlichkeit, dass die Gendarmerie den Kollegen von der *Police Nationale* einen Gefallen tat. Sie aber hatte sofort zugesagt, Alain und ihn mit hinauszunehmen, extra noch mal in den Hafen zu fahren, morgens um halb fünf, um sie an Bord zu nehmen, für die letzten drei Stunden ihrer Schicht. Klar, Alain, sein Vater, war hier draußen eine Legende. Sie waren eine der alteingesessenen Familien in der Austernzucht gewesen. Wobei die Firma nur noch aus Alain bestanden hatte, bis er sie vor vier Jahren an Bertrand Chevalier verkauft hatte.

Die Menschen hier entlang des Bassins kannten Alain Verlain. Sie mochten ihn. Luc liebte ihn. Er zog sich die Handschuhe aus, zündete sich eine Zigarette an und rieb sich die kalten Hände, während er den Rauch ausblies. Noch gab es nur die Fahrrinnen, durch die Lieutenante Giroudin ihr Boot steuern musste, aber die Flut begann langsam, das Wasser drückte zurück in das Bassin, flutete den Sand.

Die Patrouille der Gendarmerie war nur dann unterwegs, wenn Ebbe war – denn dann lagen die Austern in ihren *poches*, den schwarzen Säcken, frei zugänglich im Schlick. In zwei, drei Stunden aber würden sie vom Hochwasser bedeckt sein, was einen Diebstahl unmöglich machte, denn dafür hätte es schon einen Kran gebraucht, und der erregte in den Austernbänken zu viel Aufsehen.

Lieutenante Giroudin rief aus der Kabine: »Wir nehmen Kurs hinüber nach Andernos, wenn Ihnen das recht ist, Commissaire.«

Luc nickte. Sie steuerten nordwärts, dorthin, wo sich viele Austernbänke befanden. Die Plätze, wo die Austern wuchsen, waren auf die ganze Fläche des Bassins verteilt, überall dort, wo es viele und hohe Sandbänke gab, damit die Züchter bei Ebbe ungestört und trockenen Fußes an ihren Austern arbeiten konnten.

Luc gesellte sich wieder zu seinem Vater, der ganz vorne an der Spitze des Bootes stand und den Ausblick genoss. »Und, Papa?«

»Wunderschön«, sagte er und nahm ein Taschentuch, um sich zu schnäuzen. Der Commissaire legte einen Arm um die schmalen Schultern seines Vaters und hielt ihn. So standen sie da, minutenlang, während das Boot durch das tiefer werdende Wasser pflügte und am Horizont die ersten Sonnenstrahlen zu sehen waren.

»Es ist doch unglaublich, dass hier unter und neben uns all diese Schätze lagern, oder?«, fragte Alain. »Und wir sind nicht die Einzigen, die danach greifen wollen …«

Er machte sein verschwörerisches Gesicht, und Luc wusste, dass er nun ganz still sein musste, denn gleich würde sein Vater zum Austernzüchterlatein greifen und die spannendsten Geschichten aus der Zucht erzählen: von den Seesternen, die mit ihren Armen die Austern aufknacken und sie aussaugen, von den Schnecken, die Austernbohrer heißen – und von den Dieben, die es auf dem Bassin gab und die der Grund waren, warum sie hier heute Streife fuhren. Doch bevor Alain ansetzen konnte, hörte Luc instinktiv das piepende Funkgerät. Er wandte sich um, doch das Fenster zur Kabine war geschlossen, so sah er nur, wie sich Giroudins Mund bewegte.

Plötzlich legte sich das Boot auf die Seite, und Alain schaffte es gerade noch geistesgegenwärtig, Luc mit einem beherzten Griff festzuhalten, sonst wäre der Commissaire über Bord gegangen. Giroudin wendete und beschleunigte, die Bugwelle schlug nun hoch auf, und Luc und sein Vater stolperten in die Kabine.

»Was ist denn los?«, fragte Luc.

»Vielleicht ist es Schicksal, dass Sie hier sind. Es gibt einen Einsatz.«

»Wohin fahren wir?«

»Moment …«, sie griff nach dem Funkgerät und gab ihre Position durch, dann sagte sie: »Wir brauchen acht, neun Minuten bis da draußen. Melde mich dann. Wir haben einen Commissaire der Police Nationale an Bord, ihr braucht also niemanden zu schicken.«

»Wieso ist denn ein Commissaire an Bord?«, fragte die männliche Stimme, die durch das Funkgerät merkwürdig verzerrt war.

»Zufall. Erzähl ich dir später.«

Sie hängte ein, dann sah sie Luc ernst an.

»Ein Austernzüchter. Er hat einen Notruf abgesetzt. Er wurde überfallen. Liegt auf der Banc d'Arguin.«

»Überfallen? Im Wasser?«

»Ich habe nur diese Information. Er war offensichtlich verwirrt, als er die Kollegen an Land anrief.«

Sie blickte wieder hinaus, konzentrierte sich auf die schmale Fahrrinne, die gleich breiter werden würde, je näher sie der Ausfahrt aus dem Bassin kamen, wo es hinausging auf den offenen Atlantik.

Luc betrachtete seinen Vater, der nun ganz verändert aus dem Fenster sah, ernsthaft, professionell. In Alains Miene erkannte Luc sich selbst wieder.

»Haben Sie einen Namen?«, fragte sein Vater die Lieutenante.

»Nein, leider nicht. Er hat nur seine Position durchgegeben und gerufen: ›Überfall, Überfall!‹ Dann hat er aufgelegt.«

Sie drückte den Gashebel nun ganz durch, das Boot machte einen Satz nach vorn.

Zur Rechten kam weiß mit roter Spitze der Leuchtturm des Cap Ferret in Sicht, dessen Lichtkegel immer noch nervös durch die Bucht glitt. Und dann, als sie an der Spitze des Caps vorbeifuhren, schlugen auf einmal die Wellen von rechts ans Boot, der weite, endlose Atlantik lag offen vor ihnen, und zu ihrer Linken erhob sich gleichermaßen unendlich die Düne von Pilat, dieser weiße Berg aus Sand, auf dem Luc seinen ersten Fall in der Aquitaine aufgeklärt hatte.

110 Meter hoch und mehrere Kilometer lang, ein Monument aus Sand, vom Wind umtost, auch heute Morgen. Fast

meinte Luc zu spüren, wie ihm die Körnchen ins Gesicht wehten.

Sie waren der Düne so nah, ein herrlicher Anblick, doch er gab sich einen Ruck und konzentrierte sich wieder auf die Banc d'Arguin, eine Sandbank, die nur bei Ebbe sichtbar war und die genau zwischen der Düne und dem offenen Meer lag. Hier draußen war ein Vogelschutzgebiet, normale Boote durften nicht ankern. Doch die Austernzüchter hatten auf der Banc einige Parks angelegt, auch sein Vater hatte einen Teil seiner Austernzucht hier draußen auf dem offenen Meer gehabt. Luc hatte es geliebt, die Brandseeschwalben zu beobachten, die hier ihren Winter verbrachten, oder im Herbst die Zugvögel anzuschauen, die auf der Sandbank Rast machten auf ihrer langen Reise in den Süden. Nur ein einziges Boot lag ein Stück von der Sandbank entfernt im tieferen Wasser. Ein Austernboot, kein Zweifel. Der schmale Aufbau mit der Kabine, der lange Rumpf, auf dem normalerweise die Austernsäcke lagerten, der dünne Boden mit minimalem Tiefgang, damit die Züchter auch bei Niedrigwasser vorwärtskamen.

Lieutenante Giroudin steuerte so dicht wie möglich am Boot vorbei.

»Niemand zu sehen«, sagte Luc.

Alain blickte durchs Fernglas, bewegte es suchend hin und her. Dann rief er: »Dort, dort auf der Bank, da sitzt einer.«

Die Gendarmin ließ sich das Fernglas geben, sah ebenfalls zu der Stelle und nickte. »Wir legen an«, rief sie nach hinten, und sogleich machte sich Oberbootsmann Diallo am Anker zu schaffen.

Giroudin wendete und fuhr das Boot rückwärts an die Bank, gerade so weit, dass sie noch etwas Wasser unterm Kiel hatten und dennoch trockenen Fußes auf die Bank kämen.

»Bootsmann Arnoult, Sie bleiben an Bord. Wenn das Wasser

weiter aufläuft, halten Sie das Boot nahe an der Sandbank. Ich möchte hier keine nassen Füße kriegen, falls wir länger brauchen und die Springflut uns erwischt.«

»Jawohl, Lieutenante«, sagte er.

»Kommen Sie«, sagte sie, dann trat sie aus der Kabine, um mit ihren schweren schwarzen Stiefeln über die Reling in den noch nassen Sand zu springen.

Luc sprang hinter ihr her und half seinem Vater über die Kante, dann hob er ihn auf den Sand. Er war für einen Moment bestürzt darüber, wie leicht sein Vater geworden war. Früher war er ein Bär von einem Mann gewesen. Heute war er ein Leichtgewicht.

Oberbootsmann Diallo folgte ihnen. Sie gingen schnellen Schrittes Richtung Süden, dorthin, wo sie durch das Fernglas einen Mann gesehen hatten. Von hier aus und ohne Fernglas war er nur ein kleiner schwarzer Punkt, dem sie sich aber rasch näherten.

Luc schlug sich den Schal enger um den Hals. Verdammt, es war wirklich wahnsinnig kalt. Er hielt sich dicht neben Alain. Der Weg war anstrengend, der Sand unter den Füßen weich, und er wollte nicht, dass es zu viel wurde für seinen Vater. Aber der hielt sich erstaunlich gut, kein schweres Atmen, kein Zeichen von Schwäche.

Drei Minuten später standen sie vor dem Mann, der am Boden saß, regelrecht kauerte und so stark zitterte, dass Luc sofort wusste, dass er einen Schock hatte. Er trug nur eine Latzhose und einen dünnen Pullover. Die Lieutenante holte aus ihrer Tasche eine Rettungsdecke, kniete sich neben den Mann und legte sie ihm um.

»Monsieur, wir sind da, die Gendarmerie von Arcachon. Sie haben uns angeruf…«

»Pierre«, unterbrach Alain sie, trat auf den Mann zu und legte ihm eine Hand auf die Schulter. Der Mann betrachtete Lucs Vater, als sehe er einen Geist. Er war in den Fünfzigern, trug eine dicke Mütze, die Wangen waren rot, fast lila vor Kälte, er war schlank, beinahe dünn und trug einen graumelierten Oberlippenbart.

»Alain«, stöhnte er, »was machst du denn hier?«

»Zufall«, antwortete Alain, »purer Zufall. Aber Pierre …«

Als er merkte, wie Lieutenante Giroudin zwischen den beiden hin und her sah, sagte Alain erklärend: »Das ist Pierre Lascasse, Austernzüchter aus La-Teste-de-Buch, ein kleiner Betrieb mit vier Angestellten und Hausverkostung.« Und dann an Pierre gewandt: »Du hast die Gendarmerie gerufen, Pierre, erinnerst du dich? Aber Himmel, was ist denn passiert, du erfrierst ja hier draußen, komm, ich helf dir hoch.«

Bevor Luc es verhindern konnte, zog der dünne Alain Verlain den viel größeren Pierre Lascasse auf die Beine und legte ihm die Rettungsdecke enger um den Körper, weil er noch immer zitterte.

»Monsieur Lascasse«, stellte sich nun Luc vor, »ich bin Commissaire Luc Verlain von der Police Nationale in Bordeaux. Alain ist mein Vater. Wir waren zufällig auf dem Boot. Wollen Sie uns bitte sagen, was geschehen ist?«

Der Mann blickte beunruhigt zwischen ihnen hin und her, als überlege er, was er sagen könne, doch dann griff er sich an den Kopf und schob das wenige verbliebene Haar ein Stück zur Seite. Das Blut war bereits geronnen.

»Sie haben mich … sie sind …«, er stotterte, wirkte schwer verwirrt.

»Bitte, beruhige dich«, sagte Alain, »erzähl ganz langsam, Pierre.«

Der Mann nickte.

»Sie haben mich auf dem Boot überrascht. Von hinten,

ein Schlag, mehr weiß ich nicht. Und dann habe ich mich hier am Strand wiedergefunden. Ich hatte solche Angst, weil die Flut kam. Ich bin nicht mehr zu meinem Boot gekommen.« Er zeigte zu seinem Austernboot, das nun schon weit entfernt vom Land im Wasser lag, die Flut drückte bereits mit Macht.

»Die wollten Sie ersaufen lassen?«, fragte Lieutenante Giroudin und sah Luc vielsagend an.

»Wer war es? Und wie viele?«, fragte Luc.

»Ich weiß nicht, es war ein sehr fester Schlag, ich kann es nicht sagen, ich habe vielleicht zwei oder drei Stimmen vernommen, aber …«

»Was haben die Männer gesagt?«

»Ich erinnere mich nicht«, antwortete Lascasse und begann zu schluchzen. »Herrgott, ich erinnere mich nicht. Ich will hier weg, weg von dieser Sandbank, bitte, ich will nicht ertrinken.« Er schrie nun beinahe.

»Kommen Sie«, sagte Luc und ergriff seinen Arm, zog Lascasse mit sich in Richtung Boot, »wir bringen Sie in Sicherheit. Ein Arzt muss sich die Wunde ansehen. Wir bringen Sie in den Hafen, dort wird ein Krankenwagen warten.«

Er ging ein paar Schritte, dann fragte er mit schärferer Stimme: »Monsieur Lascasse, warum waren Sie zu dieser frühen Stunde schon draußen? Das ist reichlich ungewöhnlich.«

Der Austernzüchter antwortete nicht. Er schien in Gedanken versunken.

»Monsieur. Sie sollten mir antworten.«

»Was?«, fuhr Lascasse auf.

»Warum Sie zu dieser frühen Stunde draußen waren, habe ich gefragt.«

»Ach so«, sagte Lascasse, »die Austern in unserem Außer-Haus-Verkauf waren fast alle, und es waren gute Tage im Verkauf. Ich wollte Nachschub holen, solange Ebbe ist, wir hätten nicht bis heute Nachmittag warten können.«

Luc nickte. Eine verständliche Erklärung.

»Und Sie haben wirklich nicht gemerkt, wie Männer auf Ihr Boot kamen? Sie hätten doch den Motor eines anderen Bootes gehört …«

»Mein Motor lief«, antwortete Lascasse, »und ich habe an den *poches* gearbeitet, den Kopf nach unten. Ich habe wirklich nichts bemerkt.«

Der Mann sprach, als habe er seinen Text auswendig gelernt.

»Gut, wir sprechen später, wenn sich ein Arzt Ihre Wunde angesehen hat«, sagte Luc.

Bootsmann Arnoult wartete an Deck des Gendarmeriebootes und reichte Pierre Lascasse die Hand, um ihn heraufzuziehen. Luc folgte und half Lieutenante Giroudin und Alain an Deck. Dann gingen sie gemeinsam in die enge Kabine, wo sich Pierre direkt vor den kleinen Heizlüfter stellte, der unentwegt warme Luft herausblies.

Alain zog seine metallene Flasche aus der Tasche und reichte sie Pierre: »Hier, nimm, das wird dich zusätzlich aufwärmen«, sagte er. Pierre nahm mehrere große Schlucke, und langsam bekam seine Haut wieder eine natürliche Farbe.

Luc rieb sich die Hände und sah durchs Fenster auf das Wasser, das nun schon die halbe Sandbank hatte verschwinden lassen. Das war knapp. Wären sie eine halbe Stunde später hier gewesen, hätte die Flut Pierre Lascasse vermutlich schon erreicht.

Er überlegte, Anouk anzurufen, doch ein Blick auf die Uhr sagte ihm, dass das keine gute Idee war. Fünf Uhr dreißig. Zudem war das kein Fall für die Police Nationale, dachte er. Ein Streit unter Züchtern – höchstwahrscheinlich. Obwohl: Sie hatten den Mann auf der Sandbank zurückgelassen. Ohne Boot. Das war kein kleiner Streit. Hier stimmte etwas ganz gewaltig nicht.

Kapitel 2

Die *ambulance* wartete schon am Polizeianleger im Hafen von Arcachon. Die Sanitäter stützten Pierre Lascasse, während er mühsam vom Boot stieg.

»Wie geht es jetzt weiter?«, fragte Lieutenante Giroudin, als Luc wieder auf der Barkasse war und der Krankenwagen Richtung *Centre Hospitalier d'Arcachon* davonraste.

»Er wird wohl den Tag über zur Beobachtung bleiben müssen«, antwortete der Commissaire, »ich besuche ihn dann später. Und wir«, er bemühte sich um ein Lächeln, »fahren einfach wieder hinaus. Wir können das Boot von Monsieur Lascasse abholen, und mein Vater kann den Sonnenaufgang doch noch sehen …«

Alain Verlain stand am Heck des Bootes und prüfte mit dem Oberbootsmann die beiden Yamaha-Motoren. Die beiden lachten und fachsimpelten, dass es Luc in die Glieder fuhr vor Rührung. Er freute sich auf den Sonnenaufgang – mit seinem Vater. Aber er wollte auch noch mal hinaus auf das Bassin, um zu prüfen, ob nicht doch andere Züchter auf Booten unterwegs waren, die etwas gesehen haben konnten.

Oberbootsmann Diallo löste die Leinen und stieß das Boot

vom Anleger ab, und schon steuerte Lieutenante Giroudin es mit sicherer Hand wieder aus der engen Rinne. Dann drehte sie sich um und rief durch das offene Fenster hinaus: »Monsieur Verlain, möchten Sie das Steuer übernehmen? Dann kann ich mir mal einen Kaffee einschenken.«

Es dauerte keine drei Sekunden, schon stand Lucs alter Herr freudestrahlend am Steuerrad und manövrierte das Gendarmerieboot am kleinen Leuchtturm vorbei und hinaus auf das Bassin.

»*Merci*, Madame«, sagte Luc, als er neben Lieutenante Giroudin auf der weiß gestrichenen Truhe mit den Schwimmwesten im Bug saß. »Das ist wirklich sehr freundlich von Ihnen.«

Sie goss dampfenden Kaffee aus ihrer Thermoskanne in zwei Becher, reichte Luc einen und trank sofort den ersten heißen Schluck.

»Ich möchte mir den Moment nicht mal vorstellen, an dem ich nicht mehr hinaus aufs Meer kann. Und für alte Seebären wie Ihren Vater und mich gibt es eben nichts Besseres als reichlich Wasser unterm Kiel.«

Sie lächelte sanft. Auch Luc nahm einen Schluck aus seinem Emaillebecher, der starke Kaffee belebte ihn augenblicklich.

»Sie sind ein eingespieltes Team«, bemerkte Luc. »Das fühlt sich sicher gut an …«

»Wir sind das halbe Jahr über jede Nacht bis in den Morgen hier draußen, auch dann, wenn es so kalt ist wie heute – zum Glück ist es selten so kalt«, sagte sie lachend, »und da hilft es in der winzigen Kabine, wenn man sich gut versteht. Und nicht zu viele Worte wechseln muss, nur um etwas zu sagen. Und die Männer …«, sie stockte, »akzeptieren mich.«

»Warum sollten sie es auch nicht?«, fragte Luc. »Sie sind eine erfahrene Bootsführerin und eine bemerkenswerte Frau.«

Sie schwieg und sah auf den Horizont, auf die Spitze des Cap Ferret, wo es langsam immer heller wurde.

»Noch zehn Minuten«, sagte sie, »dann beginnt der Tag. Riecht nach Schnee.«

»Das hab ich auch schon gedacht«, antwortete Luc. »Sagen Sie, das war eigenartig vorhin. Meinen Sie, Monsieur Lascasse war wirklich draußen, um seine Austern zu holen?«

»Möglich«, antwortete sie. »Wenn die Lager knapp werden, müssen die Züchter manchmal schnell reagieren. Denn sie haben ja nur die beiden Chancen am Tag, wenn Ebbe ist. Sonst kommen sie nicht an ihre Austern. Andererseits …«

Luc sah sie aufmerksam an.

»Andererseits war da etwas in seiner Stimme, er klang merkwürdig. Na ja, war vielleicht nur der Schock …«

»Oder er wollte Austern stehlen?«

Sie zuckte die Schultern.

»Möglich. Wir werden ja sehen, was sich auf seinem Boot findet. Seine Austern, fremde Austern, *on verra.*«

»Wie steht es denn um die Austerndiebe? Wird immer noch so viel geklaut?«

»Ach, Commissaire … Sie wissen ja: Die Austernzüchter sind selbst das größte Problem – denn sie sind es, die sich gegenseitig beklauen. Wir haben eine Videoüberwachung für das Bassin vorgeschlagen, damit wäre das Problem gelöst worden. Doch die Wahl hätte einstimmig ausfallen müssen, wegen dieser lausigen Datenschutzverordnung. Und Sie ahnen schon, wie die Wahl unter den Züchtern ausging – sie haben abgelehnt, die große Mehrzahl hat gegen die Kameras gestimmt. Sie sehen, hier schützen sich alle gegenseitig. Und wir von der Gendarmerie, wir haben dieses kleine Boot – auf diesem riesigen Teich, wir können nicht überall gleichzeitig sein. 155 Quadratkilometer Bassin gegen sechs Quadratmeter Boot – Sie können sich's ja vorstellen …«

Luc nickte und blickte kurz nach hinten, wo, das Steuerrad

fest in Händen, sein Vater stand. Die Sonne erhob sich in diesem Augenblick hinterm Cap Ferret über das Land und tauchte die Kabine und das Boot und die kleinen Wellen ringsum in ein strahlendes gelbes Licht – ein gleißendes *Bonjour* des Wintermorgens.

Sein Vater, das Fernglas im Anschlag, steuerte das Boot mit mittlerer Geschwindigkeit in Richtung Banc d'Arguin, dorthin, wo das Boot von Pierre Lascasse immer noch vor Anker lag.

Luc sah ihn an den beiden *Cabanes tchanquées* vorbeilenken, den Holzhütten auf Stelzen, die mitten im Wasser standen und von denen aus man früher die Austernparks bewacht hatte. Heute waren sie nicht mehr in Benutzung, waren aber als Sehenswürdigkeiten stehen gelassen worden. Vor ihnen lag nur noch der Austernpark von Mimbeau, dann ging es hinaus aufs offene Meer.

Luc trank noch einen Schluck Kaffee.

»Na, wir werden ja sehen, was Monsieur Lascasse uns nachher erzählen …«, sagte er, als er von seinem Vater unterbrochen wurde, der ganz anders klang als sonst: »Lieutenante Giroudin, Luc …«, rief er, »dort, seht, dort vorne …«

Die Kapitänin sprang auf, und Luc folgte ihr hinein in die kleine und völlig überhitzte Kabine, wo Alain immer noch mit der Hand Richtung Austernpark zeigte: »Dort … seht … dort ist …«

Er gab Lieutenante Giroudin das Fernglas.

Luc konnte mit bloßem Auge beim besten Willen nicht erkennen, was sein Vater meinte – er sah nur die Austerntische, die eben in der Flut verschwanden und die hölzernen Pfähle, die in dem riesigen Park die Grenzen zwischen den einzelnen Austernzuchten zogen.

»O Gott«, rief Lieutenante Giroudin und schlug sich die Hand vor den Mund, »das ist ja …«

Sie reichte das Fernglas an Luc weiter. Der blickte in die Richtung, die sie ihm wies. Nun sah er die Austerntische ganz klar und deutlich, und suchte langsam von links nach rechts das Gebiet ab.

»Dort, an den Pfählen«, sagte Alain.

Und dann sah auch Luc es.

»*Mon Dieu*«, sagte er, leise, während er spürte, wie die Lieutenante das Steuer wieder übernahm und das Boot noch mal beschleunigte, um in Richtung Austernpark zu rasen.

»Wir müssen uns beeilen«, rief er, »gleich sind sie unter Wasser …«

Das kleine Boot pflügte nun mit großer Heckwelle durchs Wasser, der Bug stand hoch, und erst kurz vor dem Austernpark nahm die Lieutenante den Gashebel langsam zurück.

»Gibt es Wathosen?«, fragte Luc.

»Hinten«, sagte die Lieutenante.

Der Commissaire ging zu Oberbootsmann Diallo, der ihm sofort eine Hose reichte, bevor er selbst eine anzog.

»Los, wir müssen sie dort rausholen …«

Sie gingen längsseits nahe der Pfähle vor Anker, und sofort ließen sich Luc und der Schwarze ins Wasser runter, indem sie sich mit den Händen am Boot festhielten, um nicht gleich unterzugehen. Die eisige Kälte des Meeres nahm Luc den Atem, er spürte, wie das Wasser ihn von allen Seiten umschloss, spürte, wie sich sein Herz zusammenkrampfte, aber nun galt es, schnell zu sein. Dann hatte er Boden unter seinen Füßen, das Wasser ging ihm bis knapp über die Schultern. Die beiden Pfähle waren etwa zehn Meter entfernt.

»Los, halten wir uns aneinander fest«, rief Diallo, und Luc gab ihm seine Hand. Zusammen wateten sie schwerfällig auf die beiden Pfähle zu, auf die beiden bleichen Köpfe, deren Kinne das Wasser schon erreicht hatte, aber noch waren die Münder frei, die Nasen, die Augen. Luc konnte in die Augen des einen Mannes sehen – und nun wusste er, dass er sich nicht mehr beeilen musste. Die Augen waren weit aufgerissen.

Er erreichte den Mann, Diallo ging zu dem anderen, der drei Meter neben ihm am anderen Pfahl im Wasser stand. Luc tauchte nun auch mit dem Kopf unter, schloss die Augen aus Reflex, öffnete sie dann aber sofort wieder und sah die Taue um den Körper des Mannes, dünne Seemannstaue – jemand hatte ihn an den Pfahl gefesselt, um ihn der Flut zu überlassen.

Er tauchte hinter den Pfahl, versuchte, die Knoten zu lösen, aber sie waren fest, sie schienen unter Wasser noch fester geworden zu sein, sich enger zusammengezogen zu haben. Luc tauchte wieder auf.

»Messer«, rief er zum Boot hinüber, »ein Messer …«

Alain griff zu einem Bootsmesser und warf es in hohem Bogen genau in Lucs Hand. Der tauchte wieder unter und fing an, das Tau aufzuschneiden, es brauchte drei Anläufe. Dann riss das Seil, und der Körper löste sich, bekam sofort Auftrieb und glitt an die Wasseroberfläche, Luc stützte ihn, spürte, wie leicht er war, tauchte wieder auf und sah, dass auch Diallo seinen Mann schon losgemacht hatte. Er trug ihn auf seinen Händen. Die Flut stieg immer höher. Schon war auch Lucs Hals unter Wasser. Sie mussten sich beeilen. Zudem zehrte die Kälte an ihrer Kraft.

Luc sah zu Diallo. »Lebt er?«, rief er hinüber.

»Keine Ahnung. Wir müssen machen, dass wir hier rauskommen.«

Sie mühten sich ab, und endlich war da das Boot, und mit Hilfe von Bootsmann Arnoult schafften sie es, die beiden Männer an Bord zu hieven, dann reichte Alain seinem Sohn die Hand und zog ihn hinauf, Luc wiederum half Diallo.

Erschöpft sank er an Bord zu Boden, aber sein Vater rief:

»Sofort die Hose aus, alle Klamotten aus, eine Minute in die Kabine … Sonst holst du dir den Tod.«

Doch statt den Worten direkt Folge zu leisten, stand Luc auf und ging zu dem zweiten jungen Mann. Er kniete sich hin und fühlte den Puls, betrachtete die blauen Lippen, die fahle Haut, die längst einen lila Schimmer angenommen hatte. Er schüttelte den Kopf, sah Diallo an. Dann stand er mit letzter Kraft auf und ging zur Kabine. Die Hitze dort drinnen traf ihn wie ein Schlag, seine Haut begann zu kribbeln, er rieb seine Hände aneinander, dann sank er auf der kleinen Sitzbank zusammen, und ihm schwanden die Sinne.

Als er die Augen wieder aufschlug, sah er als Erstes seinen Vater, der mit dem Flachmann vor seinen Augen herumwedelte.

»Na, da bist du ja wieder, Junge. Ich wollte mir schon Sorgen machen. Hier, trink.«

Luc nahm einen kräftigen Schluck und sah an sich herab. Offenbar war es sein Vater gewesen, der ihm die nassen Sachen ausgezogen und ihn in eine Decke gehüllt hatte.

»Wie lange war ich weg?«

»Ach, vielleicht zehn Minuten.«

»Ganz normal«, sagte Lieutenante Giroudin, »die Kälte raubt einen aus. Dort liegt eine Uniform der Gendarmerie – wenn Ihr Dienstherr es erlaubt, können Sie die anziehen, sobald Sie Ihre Finger wieder spüren.«

Luc verkniff sich ein Lächeln. Der Dienstherr der Police Nationale, der Innenminister und der oberste Gendarmerie-Heeresführer, der Verteidigungsminister, waren sich traditionell nicht grün – es war ein ständiges Kompetenzgerangel. Darauf hatte sie angespielt, und dennoch musste Luc in dieser Sekunde eher darüber nachdenken, ob sie ihn nackt gesehen hatte. Kindischer Gedanke, schalt er sich, er wäre fast erfroren dort unten. Als er sich nach Minuten wieder ganz bei Kräften fühlte, sagte er: »Papa, hältst du das Boot in der Rinne, bitte? Lieutenante Giroudin, kommen Sie mit hinaus?«

Sie traten in die kalte Luft des nun hellen und sonnigen Morgens, gingen zu den beiden Männern, die am Boden lagen, lang ausgestreckt, das Wasser tropfte aus den Sachen, die Augen schauten leer in den Himmel.

Luc kniete sich hin und betrachtete die Männer. Er hatte sich in ihrem Alter geirrt, die Kälte, das heranströmende Meer, es hatte die Gesichter verzerrt.

»Sie sind sehr jung. Jugendliche fast.«

Lieutenante Giroudin nickte. Sie wies auf den rechten der beiden. »Er kommt mir bekannt vor«, sie kratzte sich am Kopf, »aber ich komme gerade nicht auf seinen Namen.«

»Keine sichtbaren Verletzungen. Ich rufe gleich die Spurensicherung. Die müssen sich alles genau ansehen.«

»Sollen wir in den Hafen fahren?«

»Nein. Wir müssen hier draußen bleiben. Ich will hier alles absichern lassen. Wir machen die Untersuchungen hier draußen. Und Lieutenante Giroudin: Halten Sie absolute Funkdisziplin. Keine Ansagen à la ›Mord auf dem Bassin‹. Ich will, dass nichts nach außen dringt. Wer weiß, wozu es gut ist.«

»*D'accord*, Commissaire.«

Luc scheute die Öffentlichkeit, bevor er nicht mehr wusste. Er hatte in Paris gelernt, dass es oft half, Ermittlungsdinge für sich zu behalten. Er wandte sich zur Kabine.

»Papa?«

»*Oui?*«

Alain trat hinaus und kam zu ihnen. Luc wies auf die beiden Jungs. Sein Vater betrachtete sie, kniete sich neben seinen Sohn, berührte den rechten der Jungen kurz, dann beugte er sich zu dem linken und schloss in einer schnellen Geste dessen Augen. Luc ließ ihn gewähren.

»Das ist Vincent Pujol aus Gujan-Mestras. Und das ist François Labadie, sein Vater hat eine Hütte im Port de Larros. Herrgott.« Seine Augen röteten sich mit einem Mal. »Gute Jungs. Du, Luc, hast sie nicht mehr kennengelernt. Obwohl doch, Vincent vielleicht, er war noch ein kleines Kind, als du nach Paris gegangen bist. Er müsste jetzt … neunzehn … gewesen sein.«

Natürlich hatte sein Vater die Jungs gekannt – Luc hatte keinen Zweifel gehabt.

»Herrgott«, sagte Alain noch einmal, »die beiden waren die besten Freunde. Ein Herz und eine Seele, wirklich. Wie …« Dann versagte Lucs altem Herrn die Stimme.

Der Commissaire stand auf und griff zum Telefon. Sieben Uhr durch. Er wählte, sie antwortete sofort, klang vergnügt.

»*Ciao caro*«, sagte sie, und als er ihre sanfte Stimme hörte, vergaß er für einen Moment das Bild, das sich ihm hier bot. »Wie war die Fahrt mit deinem Dad? Ich geh gerade zum ersten Kaffee hinunter zu Jean, wann kommst du zurück? Ich freu mich so auf dich …«

»Wir werden uns sehr bald sehen, aber du musst zu mir kommen. Wir haben zwei Leichen auf dem Bassin gefunden.«

»Ihr habt was?«

»Sie waren an zwei Pfähle gebunden, im Austernpark. Zwei junge Männer, mein Vater hat sie eben identifiziert. Bring alle mit, Hugo, die Spurensicherung, alle. Nehmt ein Boot im Hafen von Arcachon und dann rast hierher. Und kein Wort zu irgendwem. Absolute Funkstille.«

»Herrjeh, Luc. Wo du aufschlägst, ist aber auch wirklich immer was los.«

Kapitel 3

Der Pathologe beugte sich zu den Toten herunter, die immer noch an Bord des Gendarmeriebootes lagen. Bei dem Wetter bestand keine Gefahr, dass die Verwesung schnell einsetzte, hier war es kälter als im Leichenschauhaus.

Luc kannte den jungen Mediziner von seinem ersten Fall in der Aquitaine, ein eitler Gockel, der von Anfang an ein Auge auf Anouk geworfen hatte – nein, der Commissaire mochte den Pathologen nicht sonderlich.

»Schwierig zu sagen«, murmelte der in das Geräusch der kleinen Wellen, die am Boot leckten, »der Körper lag unter Wasser, der Kopf aber nicht, das macht die Temperaturmessung schwierig. Ich würde sagen, der Todeszeitpunkt war irgendwann zwischen drei und fünf Uhr am Morgen.«

Anouk stand dicht neben Luc, und allein dieser Umstand sorgte dafür, dass der Commissaire nicht mehr so stark fror. Nur unwesentlich lag es auch an der Sonne, die mittlerweile hoch am Himmel stand und die Szenerie unwirklich erscheinen ließ: die Umrisse der Halbinsel Cap Ferret, das sonnengeflutete Bassin d'Arcachon, die kalte klare Luft, und dann all die Polizisten auf diesem Boot, der Pathologe in seiner weißen

Schutzkleidung und die beiden Leichen an Deck – Schönheit und Grauen so nah beieinander.

»Sehen Sie hier«, sagte er, und Anouk und Luc traten näher heran, auch Lieutenante Giroudin lugte über Lucs Schulter. »Ich kann es noch nicht mit Gewissheit sagen, aber ich würde mein Cabrio darauf verwetten, dass bei diesem jungen Mann diese Wunde die Todesursache war.«

Der Commissaire sah genauer hin. Er hatte den Kopf vorhin nicht eingehend untersucht. Aber richtig. Dort, am Hinterkopf war eine kreisrunde Wunde, in der Mitte war die Haut aufgerissen, dort war Blut ausgetreten.

»Ein Schlag?«, fragte Luc.

»Wahrscheinlich.«

»Ein Schlag auf den Hinterkopf …«

Vincent hatte seinen Mörder also vermutlich nicht kommen sehen.

»Und was hat den anderen Jungen getötet?«

»Den muss ich auf dem Tisch haben«, antwortete der Pathologe. »Hier am Kopf ist auch irgendetwas nicht in Ordnung, aber ich kann es in dieser verdammten Kälte wirklich nicht sagen.« Der junge Mann stand auf und rieb sich die kalten Hände. »Also, wann bringen Sie die Männer zu mir nach Bordeaux?«

»Wir warten auf Niedrigwasser, ich will die Szenerie darstellen, so wie wir sie vorhin vorgefunden haben.«

»Gut. Dann nehme ich das Boot zurück und warte auf Ihre beiden Klienten. Aber im Warmen.«

Luc nickte, und der Mann nahm seinen Koffer und kletterte vom Gendarmerieboot auf das der *Brigade nautique* der Police Nationale.

Alain Verlain trat zu Anouk und Luc und betrachtete die beiden jungen Männer nachdenklich.

»Furchtbar, Monsieur Verlain, dass Sie das hier mitansehen müssen«, sagte Anouk.

»Ich kannte diese beiden Jungs schon, als sie noch in ihren Kinderschuhen steckten«, antwortete Lucs Vater, »und nun – wo eigentlich ich dran sein sollte, diese Welt zu verlassen, gehen sie noch vor mir. Das ist wirklich nicht fair.«

Er schraubte die Flasche mit dem Calvados auf und bot Anouk davon an. »Nicht mehr viel drin, Mademoiselle, nehmen Sie nur …«

Anouk nahm die Flasche und trank einen großen Schluck.

»Es bringt mich beinahe um den Verstand, mir vorzustellen, wie ihr nachher zu den Labadies gehen müsst – François war ihr ein und alles. Und dann auch noch die Pujols, mein Gott, was müssen die alles mitmachen.«

»Ist Fred Pujol nicht dieser alte Griesgram, der seine Austern schwarz verkauft?«, fragte Luc. Er erinnerte vage, sich vor dem riesenhaften Züchter mit dem grauen Vollbart als Kind immer gefürchtet zu haben.

»So könnte man Fred beschreiben, wenn man ihm unrecht tun will«, gab Alain Verlain zurück. »Oder man könnte sagen, dass er ein Mann ist, dem das Glück nun wirklich noch nie in seinem Leben zugefallen ist. Aber das hier …«, er zeigte auf den toten Vincent, »ist wirklich die Katastrophe schlechthin.«

Luc legte den Arm um die Schultern seines Vaters. »Ach, Papa. Dass wir an diesem Tag in eine solche Tragödie schlittern …«

»Die Welt ist ein verrückter Ort«, gab Alain zurück und wischte sich über die Augen. »Aber nun geh ich wieder ins Warme und lasse euch eure Arbeit machen, Kinder. Seht, das Wasser geht schon zurück.«

Er hatte recht. Die Strömung hatte umgedreht, nun wurde das Wasser wieder aus der Bucht herausgedrückt, in Richtung Atlantik, so, wie es sich alle zwölf Stunden wiederholte. Anderswo, in der hektischen Welt von Paris, galt es, den Tag in Termine aufzuteilen, die einem der Kalender des Smartphones mitteilte. Hier draußen auf dem Bassin herrschte der Rhythmus, den einem der Mond vorgab, indem er Ebbe und Flut produzierte, in sechsstündigem Wechselspiel, fein säuberlich und gut planbar nach dem Gezeitenkalender.

»Noch zwei, vielleicht zweieinhalb Stunden«, sagte Luc, »dann können wir endlich da runter auf die Austernbank und nachgucken, ob die Spurensicherer hier etwas finden können.«

»Und dann müssen wir die Eltern informieren. Herrjeh«, sagte Anouk. »Kannst du dir vorstellen, was die hier draußen wollten?«

Als sie die Frage stellte, blitzte bei Luc eine Erinnerung auf.

»Mein Gott, das habe ich ja völlig vergessen.«

»Was denn, Luc?«

»Bevor wir die Leichen gefunden haben, an den Pfählen, da haben wir einen Austernzüchter gerettet, der niedergeschlagen worden war, draußen auf der Sandbank von Arguin. Irgendwer hat ihn zurückgelassen, ohne sein Boot, er wäre dort ersoffen, wenn wir nicht gekommen wären. Nun, mit den beiden Toten, steht das noch mal in einem anderen Licht da.«

»Ich hab über Funk gar nichts davon gehört.«

»Wir konnten noch keinen Bericht absetzen, wir waren gerade auf dem Weg, sein Boot zu holen, als wir die beiden fanden.«

Anouk runzelte die Stirn.

»Ein Verrückter, der auf dem Bassin Jagd auf Austernzüchter macht?«

»Ja, du hast recht. Klingt nicht sehr wahrscheinlich. Aber egal, kannst du bitte in Arcachon anrufen, damit sie einen Gendarmen vor die Tür des Austernzüchters setzen? Er liegt dort im Krankenhaus.«

»Klar, das mache ich.«

Anouk ging in Richtung der kleinen Kabine, die nun voller Menschen war, die ersten Mitarbeiter der Spurensicherung, Alain, die Lieutenante.

Luc sah ihr nach. Sie war hinreißend in ihrer Winterkluft, mit der dicken Wollmütze, unter der ihre dunkelbraunen Haare hervorblickten, dem grauen Schal, der dicken Jacke.

Doch dann wandte er sich wieder den beiden jungen Männern zu und erschauderte. Was war hier passiert, in dieser Nacht?

Kapitel 4

»Los geht's«, sagte Luc, und die drei Spurensicherer in den Wathosen sprangen sofort von Bord. Anouk und Luc folgten ihnen. Sie landeten klatschend im Matsch der Austernbank, denn das Wasser hatte sich eben erst gänzlich zurückgezogen. Unter ihren Stiefeln quietschte es, und noch immer sank man hier ein ganzes Stück ein. Erst nach und nach würde der Boden trocknen.

»Dort und dort«, sagte Luc und wies auf die beiden Pfähle, an denen die jungen Männer festgebunden waren.

Der Geruch des Bassins bei Ebbe war einzigartig – der Schlick, die Algen, das Salz, die Austern –, alles lag in der Luft und erzeugte einen Geruch, der Luc sofort in seine Kindheit zurückversetzte.

»Hier«, sagte ein älterer Kollege der Abteilung aus Bordeaux, die die Tatortarbeit machte, »hier liegt ein Seil. Durchschnitten.«

»Ja, das war ich. Ich habe ihn losgeschnitten.«

Der Mann betrachtete das dünne Tau. »Klassische Fischerware, könnte von einem dicken Netz stammen – oder aus dem Bootsbedarf. Nix Besonderes.«

»Na«, sagte Anouk ironisch, »bei Austernzüchtern nach der

Herkunft eines Fischerseiles suchen, das wird ja ein Kinderspiel.«

»Dort liegt noch eines«, sagte Luc, »es ist etwas abgetrieben worden.«

Das Seil, das Oberbootsmann Diallo aufgeschnitten hatte. »Nehmen Sie die Seile mit zur Untersuchung. Wird schwierig, darauf irgendetwas zu finden, aber wir müssen es versuchen. Und bitte, tragen Sie die oberste Schicht des Bodens ab. Falls die Täter hier etwas verloren haben, will ich es finden.«

»Jawohl, Commissaire«, sagte der Spurensicherer und wollte sich eben mit seinen Kollegen besprechen, als Luc noch etwas einfiel: »Moment. Ich hätte vorher gerne, dass wir nachstellen, wie es war, als wir die Jungs gefunden haben. Vielleicht können wir dann erahnen, wer sie dort warum angebunden hat.«

Der ältere Herr in seinem weißen Anzug stutzte. »Sie wollen …«

»Ja, ich will, dass wir die Toten an die Pfähle binden. Ich will wissen, wohin sie geguckt haben, wie sie angebunden waren, ich will alles wissen. Wir haben sie vorhin nur rausgezogen, um zu retten, was noch zu retten gewesen wäre – aber nun brauche ich Gewissheit.«

Der Spurensicherer nickte und gab seinen Kollegen einen Wink. Alle zusammen gingen zum Boot und hoben Vincent herunter. Luc und Anouk nahmen François von Oberbootsmann Diallo und Bootsmann Arnoult entgegen. Der Körper des jungen Mannes war ganz steif und schwer. Sie trugen ihn hinüber zum linken Pfahl.

»Ja, so hat er gestanden. Das Seil war um seine Arme gebunden, etwa so«, sagte Luc und versuchte sich genau an die Bindung zu erinnern, die er vorgefunden hatte, aber er war unter Wasser gewesen, deshalb war es so schwer zu sagen. »Ich bin mir nicht mehr ganz sicher, aber ich glaube, das Seil war sehr locker, das hat mich stutzig gemacht. Ich habe es kurz straffen müssen, um es durchzuschneiden. Etwa so.«

Nachlässig band er das Seil um die Handgelenke. Die Spurensicherer taten es ihm bei Vincent Pujol nach.

Luc trat einen Schritt zurück und nickte. »Genau so sah das aus.«

Es war ein furchtbares Bild, jetzt bei Ebbe noch furchtbarer als vorhin in den rasenden Minuten der Flut. Die beiden jungen Männer, die da standen, angebunden an ihren Marterpfählen – es sah aus wie der Ort einer Hinrichtung. Einer Hinrichtung auf dem Meer.

»Schrecklich«, sagte Luc, und Anouk berührte ihn sanft an der Hand.

»Ja, wie eine Bestrafung sieht das aus, oder?«

Die bleichen Gesichter, die Körper starr und kalt – das Bild dieser beiden jungen Männer würde sich Luc für immer einprägen, das wusste er.

»Okay, macht bitte Fotos davon, aus verschiedenen Perspektiven. Ich will die Fotos heute Abend auf dem Schreibtisch haben. Die Toten kommen bitte in die Leichenhalle nach Bordeaux. Wir fahren jetzt zu den Familien. Und, Jungs?«

Die Männer sahen auf.

»Vielen Dank.«

Kapitel 5

Lieutenante Giroudin stand am Steuerrad des kleinen Bootes und raste in Richtung Arcachon. Luc stand neben Anouk am Heck, neben sich die beiden toten Jungen, bedeckt mit einer Plane. Das Wasser spritzte über die Reling. Der Commissaire bemerkte, wie die beiden Gendarmen Diallo und Arnoult immer wieder zu ihnen nach hinten sahen, von dort vorne, wo sie Wache hielten. Das Ganze war ihnen schrecklich unheimlich, so schien es. Leichen an Bord, das war kein gutes Omen. Luc verstand sie.

Eben fuhren sie an den prachtvollen Villen von Pyla vorbei, feinste Bäderarchitektur, mit Türmchen und Erkern und Zinnen. Wer hier wohnte, der hatte keine Wünsche mehr.

»Es könnte so ein wunderschöner Ausflug sein«, sagte Anouk und zeigte mit der Hand auf die Küste. »Diese Luft, diese Weite und dieser Wald. Herrlich. Ich hab mich schon beinahe daran gewöhnt, immer hier zu sein.«

Luc sah sie fragend an. »Du klingst ja beinahe wehmütig. Du willst doch nicht etwa die Aquitaine verlassen? Das kann ich als Ihr Boss nicht erlauben, Mademoiselle Filipetti«, sagte er und grinste, doch sie reagierte nicht, sah ihm nicht in die

Augen, fummelte stattdessen eine rote *Gauloise* aus der Jackentasche und zündete sie an.

Komisch, dachte Luc. Vor drei Tagen am Flughafen war sie voller Freude gewesen – was sollte sich denn geändert haben?

Eben raste das Boot an der Altstadt und der Strandpromenade von Arcachon vorbei, das prachtvolle Casino zur Rechten, dann kam die Einfahrt zum Hafen in Sicht. Lieutenante Giroudin bremste das Boot ab, und sie fuhren in die enge Rinne. Links und rechts lagen die großen Jachten und größeren Fischerboote vor Anker, dann kamen die kleinen Freizeitboote und die Flotte der Amateurfischer.

Diallo und Arnoult gingen routiniert zu Werke, als Lieutenante Giroudin das Boot passgenau an seinen Anleger manövrierte. Sie warfen die Leinen und zurrten sie an den Pollern fest.

Luc erkannte die Kamera schon von weitem. »*Merde*«, murmelte er und wies mit dem Kopf in die Richtung, Anouk folgte seinem Blick und sagte: »Hm, sind wir wohl nicht ganz unbemerkt geblieben.«

»Kein Wunder. Warum stehen denn da drei Gendarmerie-Karren rum. Und dann noch zwei Wagen der Police Nationale. Ich hab gesagt, die sollen kein Aufhebens machen. Verdammt.«

Er bückte sich. »Hilf mir mal.«

Anouk und Luc zuppelten die Planen so zurecht, dass nicht zu sehen war, dass zwei Leichen darunter lagen.

»Lieutenante Giroudin«, sagte der Commissaire, »warten Sie noch mit den Toten. Wir rufen den Leichenwagen erst, wenn hier entweder alles abgesperrt oder die Presse weg ist. Ich will keine News à la ›Mord auf dem Bassin‹.«

»Verstanden, Commissaire.«

Luc blickte wieder zum Quai, da hellte sich seine Miene auf. »Wartet hier, ja?«

Er sprang von Bord, wie er es als Kind immer gemacht hatte, als er die Leinen vom Boot seines Vaters festgemacht hatte. Dann ging er auf den jungen Mann zu, der lässig rauchend an einem Clio lehnte.

»Robert«, sagte er und begrüßte den Zeitungsreporter mit einem Lächeln und einer Umarmung.

»*Mon commissaire*«, entgegnete Robert und freute sich sichtlich über die vertrauliche Begrüßung. Doch schon wurden sie unterbrochen, als der andere Reporter, ein älterer dicker Mann mit einer Kamerafrau im Schlepptau auf sie zutrat.

»Monsieur Verlain, Commissaire«, stotterte der Dicke, »wir arbeiten für *France 3 Aquitaine*. Was ist passiert auf dem Bassin? Hier ist ja ganz schön viel los …«

»Wer hat Sie denn gerufen?«, fragte Luc kalt.

»Niemand. Wir haben gerade Winterbilder gedreht, hier auf dem Markt, und da haben wir all die Cops gesehen. Und so eine Kracherstory, die will ich mir nicht entgehen lassen.«

Der Mann grinste schleimig, die Glatze trotz der Kälte voll Schweiß.

»Nun, Monsieur …«

»Pic. Jean Pic. Freier Reporter für *France 3*.«

»Nun, Monsieur Pic, da muss ich Sie enttäuschen. Eine simple Übung. Wir haben auf dem Bassin die Zusammenarbeit von Gendarmerie und Police Nationale geprobt. Sie wissen, im Zuge der Sparmaßnahmen der République Française sind wir gezwungen, neue Kooperationen auszuprobieren. Und dazu gehören eben auch gemeinsame Trainings.«

»Aber Commissaire, all diese Wagen. Und vorhin war auch viel Blaulicht unterwegs.«

»Monsieur Pic, Sie wissen doch, wir trainieren so realistisch wie möglich.«

Der Mann sah nicht aus, als glaube er Luc auch nur ein Wort.

Er überlegte, entschied sich dann aber für den Weg des geringsten Widerstandes.

»Gut, dann werden wir mal die Wetterbilder in die Redaktion fahren.«

»Tun Sie das. Und wenn es eines Tages eine echte Story gibt, dann wende ich mich ganz bestimmt an Sie.«

Lucs Stimme triefte vor Ironie, doch Monsieur Pic verstand die offenbar nicht.

»Das wäre wunderbar. Eine exklusive Story, wunderbar. Hier, nehmen Sie meine Karte.«

Luc griff danach und nahm sich vor, sie gleich in den Mülleimer zu werfen. Dann verschwand der Reporter endlich.

Robert sah Luc belustigt an. »Eine gemeinsame Übung von Gendarmerie und Police Nationale. Ehrlich? Na, da freue ich mich ja schon über die Aussage des Verteidigungsministeriums in Paris dazu, wenn ich dort nachfrage.«

Robert grinste. Natürlich war eine solch spontane Geheimübung nicht vorstellbar – nicht bei den Streitigkeiten und dem Kompetenzgerangel, das zwischen Polizei und Gendarmerie herrschte. Schließlich waren die einen Zivilisten und unterstanden dem Innenministerium, während die Gendarmen Soldaten waren und dem Verteidigungsminister gehorchten. Das hatte dem Polizeireporter der regionalen Zeitung *Sud Ouest* nicht entgehen können. Luc hatte Robert Dubois schon bei seinem ersten Fall in der Aquitaine kennengelernt. Beim zweiten Fall, einem Mord an einem Winzer aus Saint-Émilion, hatte der junge Mann ihm sogar entscheidende Tipps gegeben, die zur Lösung des Falles beigetragen hatten. Dafür hatte Robert die exklusive Story über den Fall bekommen. Seitdem verband die Männer eine enge Freundschaft, sie hatten im letzten halben Jahr einige Flaschen feinsten Médoc-Weines zusammen geleert, entweder am Strand vor Lucs Holzhütte in Carcans-

Plage oder auf dem Marktplatz von Saint-Émilion, wo Robert wohnte.

»Was machst du hier, Robert?«

»Ich unterstütze gerade die Redaktion in Arcachon. Die haben einen riesigen Krankenstand. Und dann wollte ich vorhin eigentlich zum Apéro, weil schon Redaktionsschluss war – und dann sehe ich hier diesen Aufmarsch. Also, Monsieur le Commissaire, was ist hier los?«

Luc fuhr sich unwillkürlich durch die Haare, was er immer dann machte, wenn er einen Augenblick zum Überlegen brauchte.

»Ich will dich nicht verarschen, Robert, dafür hab ich dich zu gern. Aber ich kann es dir noch nicht sagen. Tut mir leid, aber diesmal geht es wirklich nicht.«

Robert zuckte mit den Schultern. »Gut, Luc. Dann werde ich aber ein bisschen rumfragen müssen. Ist schließlich mein Job.«

»Tu, was du nicht lassen kannst. Aber ich sag's mal so: Wenn du ein bisschen wartest und mich erst mal meine Arbeit machen lässt, dann schreibst du die große Geschichte. Versprochen.«

»Es ist eine große Geschichte?« Roberts Augen leuchteten.

»Es ist eine große und scheußliche Geschichte.«

»Mord?«

Luc legte den Finger an den Mund, tat, als schließe er ab, dann warf er den Schlüssel weg und sah Robert ernst an.

»Gut, ich verstehe. Ich verschwinde. Und passe auch auf, dass der Schmierfink von *France 3* nicht hinter der Hausecke da drüben steht und heimlich filmt. Okay? Aber dafür … Na, du weißt schon. Los Luc, such deinen Mörder.«

Damit drehte er sich um und ging winkend davon.

Was für ein kluger Typ, Luc mochte diesen Robert Dubois wirklich sehr. Er wandte sich zum Boot um und ging auf Anouk zu.

»Sie sollen noch ein paar Minuten warten, dann können sie die Leichen umladen. Sagst du das der Lieutenante?«

»Klar, Luc.«

»Und dann fahren wir zu den Eltern.«

»Ich hasse das.«

»Wer würde das nicht hassen?«

Kapitel 6

Anouk und Luc traten auf die überdachte Terrasse, auf der drei große Heizpilze eine so angenehme Wärme schufen, dass Luc sogar seine dicke Jacke öffnete. Hier draußen standen Dutzende Tische, und sie alle waren mit Menschen besetzt, die vor sich große Teller hatten, auf denen Austern, Crevetten und reichlich Eis lagen.

»Wow, die sind ja ausgebucht«, sagte Anouk. Aber das war noch nicht alles: Bis ins Innere des Ladens reichte die Schlange der Besucher, die darauf warteten, Austern zum Mitnehmen zu erwerben. Die Ersten kamen schon wieder heraus, entweder mit Tüten voller Austern oder großen hölzernen Kisten, in denen gleich mehrere Dutzend Platz hatten.

Hûitres Labadie – c'est délicieux stand auf dem Schild über dem Eingang.

Luc wollte sich eben an den Massen vorbeidrängeln, um hineinzugelangen, als ein junges Mädchen mit einem Tablett auf sie zukam. Sie verteilte Probieraustern an die Wartenden.

»*Merci,* Mademoiselle«, sagte Luc und nahm sich eine, dazu ein Stück Zitrone und ein kleines Brot, das bereits mit Butter bestrichen war, Anouk tat es ihm nach. »Sagen Sie, wir würden gerne mit Madame oder Monsieur Labadie sprechen.«

»Sie sehen ja, was hier los ist«, antwortete das Mädchen lachend, »alle wollen zu meinen Eltern. François ist irgendwie versackt, deshalb gibt's alle Hände voll zu tun. Maman ist gerade in die Stadt gefahren, um mehr Baguettes zu kaufen. Und Papa ist in der Produktionshalle. Gedulden Sie sich noch einen Moment, ja? Dann sind Sie dran.«

»*Merci*, Mademoiselle.«

Dann enteilte sie. François' Schwester.

»Das wird schlimm«, sagte Luc.

Anouk nickte und sah nachdenklich auf die Auster in ihrer Hand. »Und was machen wir nun hiermit?«

»Na, keine Frage.«

»Ich bin ja nun nicht gerade der größte Austernfan der Welt«, sagte sie und lächelte, »obwohl ich das wohl nicht sagen darf, jetzt, wo ich einen Freund habe, der Sohn eines *ostréiculteur* ist, was?«

»Dann hast du aber sicher noch nie die Austern direkt hier am Bassin gegessen, oder?«, fragte Luc zurück.

»Nein, eigentlich habe ich die immer nur in Paris probiert.«

»Weißt du«, sagte Luc, »ich hab das als Kind auch furchtbar gefunden, dieses glibbrige Etwas, das nach nichts schmeckt. Und dann, als ich mal eine ganze Nacht auf dem Bassin war und die Heidenarbeit der Züchter mitangesehen habe, da habe ich danach noch mal ganz anders probiert. Sozusagen die Auster als Reliquie. Danach war es um mich geschehen. Echt. Klingt jetzt kitschig, ist aber so. Du musst sie übrigens kauen, nicht nur schlürfen. Dann kriegst du den ganzen Geschmack ab. Na los, probier.« Luc war geradezu aufgeregt.

Er gab etwas Zitrone auf die Auster, strich dann mit der Gabel am Muskelrand entlang und siehe da: Sie bewegte sich.

Die lebende Delikatesse. Dann löste er sie, schlürfte sie aus der Schale und biss ganz sanft zu. Das Salzwasser legte sich auf seine Zunge und bereitete sie vor auf das feste Fleisch des Tieres, den Geschmack aus Meer und Tiefe, aus Jod und Salz, Frische und Leichtigkeit. Diese Auster schmeckte unglaublich, sehr herb, sehr fest. Dann biss er von dem dunklen Brot ab, das die Würze neutralisierte.

Endlich löste auch Anouk ihre Auster und schlürfte sie. Sie verzog das Gesicht, aber nur kurz, dann entspannten sich ihre Züge, und sie lächelte. »Hm, lecker«, sagte sie, »ja, das ist wirklich etwas ganz anderes als in Paris.«

»Sie haben die Austern eben nicht einmal quer durch die Republik gekarrt. Sie sind gestern genau hier aus dem Bassin gezogen worden. Das ist wirklich allererste Güte.«

»Ich würde gerne den ganzen Tag mit dir Austern essen. Aber ich glaube, wir müssen, hm?«

Luc nickte und wies hinüber zu der Cabane, die neben der Terrasse stand und aus der Motorengeräusche drangen. Anouk ging voraus und trat durch das halbgeöffnete Holztor in die Halle, die im Dämmerlicht lag. Es war sehr laut hier drinnen. Mit dem Geräusch von spritzendem Wasser schlug Luc der Geruch seiner Kindheit entgegen. Für einen Moment schloss er die Augen und sog ihn tief ein.

Dann betrachtete er Monsieur Labadie bei seiner Arbeit. Er hätte all die Arbeitsschritte benennen können, selbst wenn ihn jemand nachts um drei geweckt hätte. Eben war der Austernzüchter dabei, die Austern noch in den *poches* abzuspritzen, damit Algen und andere Muscheln weggewaschen wurden – die immerhin drei Jahre Zeit gehabt hatten, sich an den Säcken und den Meeresfrüchten festzusetzen.

Monsieur Labadie sah auf und drehte das Wasser ab, dann hob er abwehrend die Hand. »Würden Sie bitte wieder hinausgehen? Sie dürfen nicht hier drinnen sein, verzeihen Sie. Hygienegründe. Gehen Sie bitte wieder zur Verkostung.«

Er wandte sich um und hob einen der schweren Säcke an, um ihn gleich darauf in einen der riesigen Wassertanks zu legen. Darin mussten die Austern nun einen Tag baden, in Salzwasser, das mit UV-Strahlen gefiltert wurde, um die Bakterien des Bassins abzutöten und die Muscheln genießbar zu machen. Luc kannte einige Fälle schwerster Vergiftungen, bei denen Spaziergänger wilde Austern vom Strand gegessen hatten.

Anouk trat näher an den Züchter heran, sodass der seine Arbeit unterbrach.

»Bitte, haben Sie nicht verstand …«

»Monsieur Labadie, wir sind von der Police Nationale in Bordeaux. Mein Name ist Anouk Filipetti und das ist Commissaire Luc Verlain.«

Der Mann stutzte. »Verlain? Etwa Luc, Alains Sohn?« Sein Gesicht hellte sich auf. »Mein Gott, Monsieur Verlain, wie geht es Ihrem Vater?«

Luc senkte den Blick. »*Merci* der Nachfrage, Monsieur Labadie, gerade heute geht es ihm ganz gut. Aber wir sind hergekommen, weil wir …«

Das Holztor flog auf, und herein kam eine hübsche Frau Anfang fünfzig, die im Arm eine riesige Tüte hielt, aus der über ein Dutzend mehlbestäubte Baguettes ragten.

»Arnaud, ich bin wieder hier«, rief sie, und ihr breites Lachen zeigte ihre Lebensfreude. Luc wurde es ganz bang ums Herz. Sie blieb stehen und blickte die beiden Beamten fragend an.

»*Chérie*, das sind zwei Polizisten«, erklärte Monsieur Labadie, und seine freundliche Stimme verriet, dass er nichts ahnte.

»Wir sind hergekommen«, wiederholte Luc, und automatisch spürte er, wie er leiser wurde, wie die Last der Nachricht seine Stimmbänder niederdrückte, »um Ihnen zu sagen, dass wir Ihren

Sohn … dass wir François aufgefunden haben. Es tut mir sehr leid – Ihr Sohn ist Opfer eines Gewaltverbrechens geworden.«

Die längsten Sekunden im Leben eines Polizeibeamten.

Madame Labadie prüfte sein Gesicht, suchte nach Spuren des Irrtums, nach einem Lächeln, nach einem Grinsen, einer Spur von Ironie – und als sie nichts davon fand, stand sie da, bereit zum Sprung, wie eine Löwenmutter und dann, nur eine Sekunde später, zerbrach die ganze Freundlichkeit, die ganze Lebensfreude. Die Tüte mit den Baguettes fiel zu Boden, und Madame Labadie sank hinterher, sie schlug die Hände vors Gesicht und schluchzte laut und heftig, und ihr Mann rannte zu ihr und kniete sich hin, richtete sie wieder auf und drückte sie eng an sich.

»François«, rief sie, »François«, und Monsieur Labadie blieb still und drückte sie immer wieder fest an sich, in Intervallen, flüsterte ihr beruhigend zu: »*Chérie, calme-toi, chérie …*«

Irgendwann verstummte sie für einen Moment, sah von unten tränenüberströmt hinauf zu Anouk und Luc, die nähergetreten waren.

»Wie … wie ist es passiert? Sind Sie sich …«

Sie beendete die Frage nicht. Sie hatte Lucs Sätzen angehört, dass es keinen Zweifel gab.

Monsieur Labadie half seiner Frau auf, die sich gegen das Sortierband stützte. Noch immer war es in der Cabane ohrenbetäubend laut, und endlich legte der Austernzüchter den Schalter des Beckens um, sodass sofortige Stille eintrat.

Luc kam seine eigene Stimme sehr hohl vor, als er sagte: »Wir haben François draußen im Austernpark gefunden. Er hatte eine große Wunde am Kopf. Wir nehmen an, dass er überfallen wurde.«

Diesmal war es Monsieur Labadie, der ungläubig nachfragte. »Draußen? Auf der Austernbank? Wer sollte denn dort François überfallen?«

Anouk sprach sanft und leise. »Ihr Sohn war nicht allein draußen. Vincent Pujol war bei ihm. Er ist auch ums Leben gekommen.«

Die beiden Eheleute sahen sich an, Madame Labadie stand der Mund offen.

»Vincent auch? Aber wie …«

»Die Untersuchungen stehen noch aus«, sagte Luc, »wir kennen die endgültige Todesursache noch nicht. Wir geben Ihnen natürlich sofort Bescheid, wenn wir mehr wissen.«

»Wer … wer hat das getan?«, fragte sie und begann wieder zu schluchzen.

Luc schüttelte den Kopf.

»Es tut mir sehr leid, Madame Labadie, aber wir wissen ehrlich gesagt noch gar nichts. Wir haben Ihren Sohn gerade erst gefunden. Ihre Tochter sagte, er sei nicht nach Hause gekommen …«

»Sie haben Julie schon davon erzählt?«, fragte sie und wollte hinausstürmen.

»Nein, Madame, keine Sorge, wir haben nur nach Ihnen gefragt, und Ihre Tochter hat uns gesagt, dass Sie in der Stadt waren – und dass François derzeit nicht im Betrieb ist.«

»Ja, François war heute Morgen nicht da. Wir haben uns nichts dabei gedacht. Eigentlich.«

»Wieso eigentlich?«

»Er geht nachts eigentlich nur dann zum Party machen nach Bordeaux, wenn nicht viel zu tun ist. Im Herbst. Aber jetzt, im Winter, ist Hauptsaison. Da hilft er uns in der Regel jeden Tag.« Sie biss sich auf die Lippe. »Er half uns …«

Monsieur Labadie legte wieder den Arm um die Schultern seiner Frau und zog sie zu sich heran.

»Was kann er nachts um drei oder vier gewollt haben, draußen auf dem Bassin? Gibt es dort etwas zu tun?«

Der Austernzüchter lachte bitter.

»Und das fragen Sie, Commissaire? Alain Verlains Sohn? Ja, ganz recht, *chérie*, das ist der Sohn vom alten Alain aus dem Port de Larros. Sie wissen es doch ganz genau. Hier ist immer etwas zu tun. Die Jungs arbeiten oft zusammen, manchmal brauchen wir Hilfe, dann hilft uns Vincent. Und manchmal brauchen die Pujols Hilfe, dann hilft François. Wo war es, sagen Sie? Wo war es genau?«

»Auf dem Weg zur Banc d'Arguin, im großen Austernpark an der Mündung.«

»Dort haben wir beide einen Park, Monsieur Pujol und auch wir«, sagte Monsieur Labadie schnell.

Luc nickte.

»Gut, Monsieur. Wir werden jetzt Familie Pujol informieren, und dann werden wir Sie noch einmal aufsuchen müssen. Wohnen Sie hier?«

»Nein, wir haben ein kleines Haus in Pyla. Dort wohnen wir alle.«

»Gut. Wir werden uns dort François' Zimmer ansehen müssen. Obwohl ich denke, dass die Ursache für den Überfall draußen auf dem Wasser zu suchen …«

Das Tor flog ein weiteres Mal auf, und – genau wie ihre Mutter vor zehn Minuten – diesmal sprang Julie hinein, den Kopf hochrot vor Erregung und Anstrengung.

»Maman, Papa, draußen ist die Hölle los, wir brauchen Brot, ich brauche Hilfe, die Gäste rennen uns die Bude ein.«

Madame Labadie sah ihre Tochter mit bleichem Gesicht an.

»Maman, was ist denn? Du …« Sie sprach nicht weiter. Es war ihr anzusehen, dass sie bereits das Schlimmste ahnte.

»François ist tot. Er wurde ermordet«, sagte Madame Labadie leise.

Julie stand nur da. Einen langen Moment sah sie ihre Mutter an, dann machte sie kehrt und rannte aus der Cabane, warf die Tür zu, und Madame Labadie fing wieder an zu schluchzen.

Kapitel 7

»Hallo? Hallo … Ist da jemand?«

Anouk klopfte kräftig gegen die Tür der Austernzucht, doch es antwortete niemand. Dabei war das schwarze Austernboot der Pujols vor der Holzhütte festgemacht, und auf dem Parkplatz daneben stand ein alter Renault Van. Sie konnten nicht weit sein.

Vorsichtig öffnete Anouk die Tür. Allein ein winziges Fenster im hinteren Teil des Raumes ließ ein wenig Licht ins Innere. So waren die Holzkisten und die Arbeitsutensilien nur schemenhaft zu erkennen.

Kopfschüttelnd wandte sie sich um. »Nichts …«

Gerade, als sie wieder umkehren wollten, kam eine Frau angeschlurft, sie trug eine Schürze und ein Kopftuch und sah die Beamten mit ihrem zerfurchten Gesicht fragend an.

»Ja bitte? Wir haben schon geschlossen. Unsere Austern gibt's in der Markthalle in Arcachon.«

»Wir sind leider nicht gekommen, um Ihre Austern zu probieren«, sagte Luc. »Madame Pujol, nehme ich an?«

»*Bah oui*«, fuhr sie rasch fort, »ich habe ein Cassoulet auf dem Herd, was wollen Sie?«

Luc sah sich um. Da war nichts, kein Haus jedenfalls, nur das winzige Holzhaus hinter der Austernhütte, aber ja, er sah richtig, dort oben drang Rauch aus dem Schornstein. Sollten die Pujols wirklich in diesem Verschlag wohnen?

»Wir sind von der Police Nationale in Bordeaux«, sagte Anouk und verzichtete darauf, ihren Ausweis zu zeigen. »Wir müssen mit Ihnen sprechen.«

Madame Pujol zuckte zusammen. »Wieder was gestohlen worden draußen?«

Sie wies auf das Bassin hinaus, das nun im gleißenden Sonnenlicht dalag. Doch die Sonne wärmte kein bisschen, erst recht nicht nach all der Nässe und dem kalten Wind vorhin.

»Wollen wir nicht hineingehen? Sie sagten doch, Ihr Cassoulet …«

»Natürlich«, gab Madame Pujol zurück. »Kommen Sie.«

Sie folgten ihr zu dem winzigen Holzbau. Anouk drehte sich um und warf Luc einen fragenden Blick zu. Der zuckte mit den Schultern. Sie betraten die Hütte und wirklich: Sie war ein Verschlag. Ein dunkler Raum mit nur einem winzigen Fenster. Der Gasherd und der Ofen daneben machten ordentlich Qualm, den der Schornstein nicht komplett aufnehmen konnte. So stank die Hütte nach Rauch und irgendwie nach Verbranntem.

»Mist, meine Bohnen«, rief Madame Pujol und stürzte zum Herd, um mit einem riesigen Holzlöffel in einem großen Topf zu rühren. Wütend drehte sie sich um. »*Merde*, Fred. Hättest du nicht …«

Doch sie brach ab, als sie sah, dass ihr Mann vor dem Fernseher eingeschlafen war. Sein Kopf war nach hinten auf die alte Couch gesunken, die offenbar zugleich das Ehebett war. In dem kleinen Fernseher auf einer Truhe lief das Mittagsjournal von *TF1*, Jean-Pierre Pernaut verlas eben mit seinem Altherrenlächeln, was es Neues im Élysée-Palast gab.

»Verzeihen Sie«, sagte Madame Pujol mit einem Seitenblick, um weiter beinahe manisch in ihrem Topf zu rühren, »wir waren um fünf auf, jetzt im Weihnachtsgeschäft ist es brutal, wir sind beinah pausenlos im Einsatz.«

Luc nickte verständnisvoll. Er hatte die Adventszeit als Jugendlicher selten in der Schule verbracht, denn der Umsatz zu dieser Zeit entschied, wie sie über den Rest des Jahres kamen – so war schon damals jede helfende Hand unabdingbar gewesen.

Der Alte auf der Couch schnarchte mittlerweile, die dreckigen Stiefel standen in einer Lache aus schmutzigem Wasser auf dem Fliesenboden.

»Madame«, begann Anouk, »könnten Sie Ihren Mann aufwecken? Wir haben Ihnen etwas sehr Wichtiges mitzuteilen. Und es kann leider nicht warten …«

»Aber worum geht es denn?«, fragte die Frau. »Nun sagen Sie doch schon …«

»Ihr Sohn, Vincent«, fuhr Anouk fort, »wir haben ihn tot aufgefunden, er wurde …«

»Was?«, schrie Madame Pujol und riss dabei den Löffel so unglücklich aus dem Topf, dass der direkt hinterher rutschte – und es kam Luc vor, als würde das alles in Zeitlupe geschehen. Der Blick der Frau im Schock, dazu der offene Topf, aus dem die rote Suppe spritzte und sich mitsamt den verbrannten Bohnen in alle Richtungen verteilte, bevor der riesige Bottich mit einem großen Knall auf den Boden krachte, sodass sein Inhalt in alle Richtungen spritzte. Klatschen, Scheppern, Klirren, der Schrei von Madame Pujol, es waren Sekundenbruchteile, in denen ihr Mann die Augen öffnete und hochfuhr, erst kerzengerade auf der Couch saß, um gleich darauf wie versteinert im Raum zu stehen. Er betrachtete das Chaos auf dem Boden und sah dann verstört zwischen den Beamten und seiner Frau hin und her.

»Monsieur Pujol«, sagte Luc, »verzeihen Sie das unsanfte

Wecken.« Er atmete tief durch. »Wir sind hier, weil wir Ihnen mitteilen müssen, dass Ihr Sohn ermordet wurde. Es tut uns sehr leid.«

Madame Pujol wimmerte, immer noch starrte sie auf das Cassoulet, das zu ihren Füßen schwamm.

Aber Luc hatte nur Augen für ihren Mann. Jetzt, wo er stand, war zu erkennen, was für ein Riese er war. Ein Mann wie ein Baum. Die schwarzen Haare mit den grauen Sprenkeln, die wild vom Kopf abstanden, die buschigen Augenbrauen, die wütenden Augen, die Hände, die er abwechselnd zu Fäusten ballte und dann wieder schlaff hängen ließ, der breite Brustkorb, der bebte, weil er so heftig atmete – alles an Monsieur Pujol war riesig. Und doch schien es, als schrumpfe er im Angesicht dieser Nachricht, als wolle er in sich zusammenfallen.

Luc hatte sich auf dieses Gespräch nur einstellen, jedoch nicht vorbereiten können. Es war die schlimmste Aufgabe im Leben eines Polizisten, Eltern den Tod ihres Kindes mitteilen zu müssen. Mit dem, was nun kam, aber hatte Luc überhaupt nicht gerechnet.

Monsieur Pujol, dem zusammengefallenen Riesen, schossen die Tränen in die Augen. Als er es bemerkte, versuchte er nicht, sie zu verbergen, vielmehr ballte er wieder die Hände zu Fäusten, prustete einmal und stieß den überraschten Luc auf dem Weg zur Tür zur Seite, ging ohne ein Wort hinaus und verschwand. Die Tür ließ er offen, sodass die kalte Winterluft hineinwehen und den Rauch des verbrannten Cassoulets mit sich nehmen konnte.

Madame Pujol stand wie festgefroren da und sah Anouk und Luc an.

»Ich habe ihn noch nie weinen sehen«, sagte sie schließlich und schüttelte den Kopf, »in fünfunddreißig Jahren. Noch nie.«

Sie nahm ein Tuch von der winzigen Anrichte und begann,

das Cassoulet aufzuwischen, was angesichts der Menge eine unmögliche Aufgabe war.

Anouk beugte sich zu ihr hinunter. »Madame Pujol, lassen Sie, bitte …«

Und da fiel ihr die alte Frau in die Arme und weinte hemmungslos. Offenbar war es das, was sie jetzt brauchte. Sie wollte gehalten werden, und Anouk hielt sie, schützte sie, streichelte ihr über den Kopf, dass sich das Tuch löste und zu Boden fiel und den Blick freigab auf stachelkurze, ausgedünnte Haare. Anouk und Luc wechselten einen Blick, und Madame Pujol griff sich mit der Hand an den Kopf, löste sich von Anouk und sagte fast trotzig: »Brustkrebs. Ich dachte, ich wäre die, die in unserer Familie als Nächstes stirbt.«

Ein kurzer Moment der Stille. Luc versuchte durch die Tür zu erspähen, ob Monsieur Pujol in der Nähe des Hauses war, dann fuhr Madame Pujol fort: »Nun sagen Sie schon, was in aller Welt ist denn geschehen?«

»Wir haben Ihren Sohn heute Morgen kurz nach Sonnenaufgang gefunden, er war an einen Pfahl gebunden, draußen auf dem Bassin. Zusammen mit dem Sohn der Familie Labadie.«

»François? Er auch …?«

»Ja, sie waren zusammen da angebunden. Sie sind beide getötet worden, daran gibt es leider keinen Zweifel. Und es gab noch einen Angriff auf einen Austernzüchter. Einen Mann aus La-Teste-de-Buch, er hat überlebt.«

»So weit musste es ja kommen«, rief Madame Pujol aus und konnte sich gar nicht mehr zurückhalten, wiederholte: »So weit musste es ja kommen.«

Dann sah sie Lucs Blick und hielt sich erschrocken den Mund zu.

»Was meinen Sie, Madame?«, fragte Anouk und berührte sanft ihre Schulter, doch Madame Pujol schüttelte sie ab.

»Ich kann nicht …«, sagte sie, plötzlich kalt und starr. »Gehen Sie, ich möchte meinen Mann suchen, wir müssen nun trauern …«

»Aber Madame«, beharrte Anouk, »Sie müssen uns sagen, was Sie wissen. Wir suchen schließlich den oder die Mörder Ihres Sohnes.«

Sie war schon auf dem Weg nach draußen, doch in der Tür drehte sie sich noch mal nach den Polizisten um. »Sie denken doch ohnehin alle, dass wir es sind, die hier die Austern stehlen. Und nun nehmen sie Rache.«

Damit verschwand sie und knallte die Tür hinter sich zu.

Luc schüttelte den Kopf und sah Anouk lange und schweigend an.

»Das waren merkwürdige Minuten«, sagte sie.

»Wie ein Kammerspiel«, entgegnete Luc. »Drama, Trauer, Wut, alles war dabei.«

Sie nickte.

»Sollen wir hier gleich durchsuchen?«, fragte Anouk. »Wo wir schon mal allein in der Hütte sind?«

Luc schüttelte den Kopf.

»Was sollen wir hier finden?«, fragte er und betrachtete die Unordnung, die kargen Möbel, die Reste der Bohnensuppe auf dem Boden, Armut als Stillleben in eine Hütte gebannt.

Kapitel 8

»Ich hasse Krankenhäuser«, sagte Anouk und sprach Luc damit aus der Seele. »Sie erinnern mich immer an den Tag, an dem ich Maman im Krankenhaus in Venedig verabschieden musste. Dieser Geruch, das kann ich nicht vergessen.«

Sie verzog das Gesicht, und gemeinsam gingen sie schnell den Flur der zweiten Etage des *Centre Hospitalier d'Arcachon* entlang, einem modernen Neubau in Pastellfarben, der am östlichen Rand der Stadt lag, genau an der Schnellstraße, die hinaus nach Bordeaux führte. Der Gendarm in Blau vor der Tür von Zimmer 213 war schon von weitem zu erkennen.

»Luc Verlain, Police Nationale«, begrüßte ihn der Commissaire und zeigte beiläufig seinen Ausweis, »und das ist Anouk Filipetti.«

Der alte Gendarm nickte und wies zur Tür. »Er ist wach, glaube ich. Gerade war er pinkeln.«

Anouk klopfte und öffnete die Tür, dann traten sie ein.

»Monsieur Lascasse, *re-bonjour*«, begrüßte Luc ihn. »Das ist meine Kollegin Anouk Filipetti. Ich hoffe, Sie haben sich aufgewärmt. Wie geht's dem Kopf?«

Der Austernzüchter saß auf dem Bett, der Fernseher lief und

zeigte eine dieser nachmittäglichen Ratesendungen aus einem sehr bunten Studio. Schwerfällig wandte Monsieur Lascasse den Kopf, den ein weißer Verband schmückte. Es war viel zu heiß in dem kleinen Krankenzimmer. Monsieur Lascasse schwitzte und war dennoch ganz blass.

»Gehirnerschütterung«, murmelte er. »Der hat mir richtig eins übergezogen. Mann, ich hätte tot sein können.«

Er weiß gar nicht, wie recht er hat, dachte Luc, sagte aber nichts. Anouk zog sich einen Stuhl heran und setzte sich neben das Bett. Luc blieb davor stehen.

»War das die einzige Verletzung, die Sie erlitten haben? Sie lagen ja sehr lange auf der Sandbank, wie Commissaire Verlain mir erzählt hat«, forschte Anouk nach.

Monsieur Lascasse schnaufte. »Die Ärzte sagen, ich sei ziemlich unterkühlt gewesen. Aber ja, ansonsten war da nur der Schlag auf den Kopf.«

»*Alors,* Monsieur Lascasse, Sie hatten nun etliche Stunden zum Nachdenken«, sagte Luc und bemühte sich darum, freundlich zu klingen. »Ist Ihnen denn irgendwas eingefallen? Haben Sie vielleicht den oder die Täter gesehen? Und wie sind Sie danach auf die Sandbank geraten?«

Der Austernzüchter fasste sich an den Kopf, unwillkürlich, verzog das Gesicht, dann sprach er beinahe tonlos, ohne Luc anzusehen, sein Blick ruhte auf Anouk: »Wissen Sie, ich bin froh, überhaupt noch hier zu sein. Ihr Commissaire hat mich ja gerade so retten können, bevor das Wasser die Sandbank überspült hatte. Es ist, es war … Ich bin vorhin kurz eingeschlafen und hatte einen Albtraum. Wie ich dort weggespült wurde, hinaus ins offene Meer. Ich hab richtig geschrien, hier im Bett, da können Sie den Gendarmen fragen, Mademoiselle.«

Anouk nickte und lächelte beruhigend, was Monsieur Lascasse zu entspannen schien.

»Ich kann mich wirklich an nichts erinnern. Wie gesagt, Commissaire, da war ein Schatten, dann der Schlag. Und dann bin ich wieder aufgewacht, hab mich orientiert, mein Boot im Wasser gesehen, habe Panik bekommen und Sie direkt angerufen.«

»Der oder die Täter haben Ihnen also Ihr Handy gelassen, Monsieur Lascasse? Sie haben Sie nicht durchsucht?«, fragte Anouk.

Der Austernzüchter zuckte die Schultern.

»Darüber habe ich überhaupt noch nicht nachgedacht. Aber: Ja, ich hatte mein Handy bei mir.«

»Was haben Sie da draußen gemacht, Monsieur Lascasse?«, fragte Luc bewusst kalt und drängend, sodass der Austernzüchter ihn mit furchtsamem Blick ansah. »Wir haben keinen Austernsack auf Ihrem Boot gefunden. Dabei haben Sie gesagt, dass Sie an den *poches* gearbeitet hätten, als die Täter auf Ihr Boot kamen.«

»Ich weiß auch nicht«, stammelte Lascasse, »vielleicht haben die die Säcke mitgenommen.«

»Sie wissen so gut wie wir, wie viele Austern jedes Jahr auf dem Bassin gestohlen werden. Und es sind die Züchter untereinander, die dahinterstecken. Deshalb gibt es ja die Patrouille der Gendarmerie, die Ihnen heute das Leben gerettet hat. Also: Was haben Sie da draußen gewollt?«

Nun fuhr Monsieur Lascasse fast aus dem Bett: »Ich soll geklaut haben? Austern? Ich hatte meine Säcke auf dem Boot, für meine Verkostung heute Nachmittag. Und ich ...«

»Monsieur«, fuhr Luc leise und drohend fort, »Sie wissen ganz genau, dass Sie die Austern, die Sie heute ernten, nicht gleich heute verkaufen können – weil sie noch gar nicht gesäubert sind.«

Die letzte Farbe wich aus dem Gesicht des Austernzüchters.

»Herrjeh«, sagte er und hielt sich wieder den Kopf, »ich bin ganz durcheinander. Ich habe, ich meine, vielleicht für morgen die Austern holen wollen …«

»Wir werden das sehr gründlich ermitteln, Monsieur Lascasse, aber ich kann Ihnen schon sagen, dass Sie, sollten wir darauf stoßen, dass Sie doch Austern stehlen wollten, nicht nur mit einer Anklage wegen Diebstahls rechnen müssen, sondern auch wegen der Behinderung von Ermittlungsarbeiten. Und da geht's dann nicht um eine Geldstrafe. Das kann Sie in ernsthafte Schwierigkeiten bringen.«

»Aber, Commissaire, wirklich, ich bin doch das Opfer …«

»Sie sind eines der Opfer, Monsieur Lascasse. Und zwar das Opfer, das am glimpflichsten davongekommen ist. Zwei junge Männer sind am Morgen auf dem Bassin ermordet worden. Und ich würde gerne wissen, ob Sie etwas davon mitbekommen haben. Vielleicht haben Sie ein Boot gesehen? In der Nähe der Austernbank von Mimbeau?«

»Was ist passiert?«, fragte er, und sein Gesicht zeigte echte Erschütterung. »Es gab noch mehr Überfälle?«

»Es gab zwei Morde auf dem Bassin. Ob es Überfälle waren, wissen wir nicht«, sagte Anouk, »und es ist wirklich wichtig zu erfahren, ob Sie etwas gesehen haben.«

Monsieur Lascasse grübelte. »Ich weiß nicht, ich bin hinausgefahren, so gegen eins. Da war wirklich niemand. Außer den Gendarmen. Ich habe sie gesehen, gerade als sie aus dem Hafen in Arcachon kamen. Ansonsten war niemand da. Kein Boot. Bis zur Banc d'Arguin nichts.«

»Wenn Ihnen doch noch etwas einfällt, dann sagen Sie es dem Gendarmen, er ruft uns dann. Monsieur Lascasse, ich bitte Sie ausdrücklich, uns die Wahrheit und alles zu sagen, was Ihnen im Nachhinein vielleicht doch auffällig vorkommt. Mir sind drei Säcke geklauter Austern scheißegal, ich will aber wissen, wer zwei junge Züchter ermordet hat – einfach so. Verstanden?«

Der Austernzüchter nickte.

Anouk stand auf und folgte Luc zur Tür.

»Gute Besserung.«

Kapitel 9

»Ja, hier ist Luc Verlain. Guten Tag, Lieutenante Giroudin, wie geht es Ihnen? Konnten Sie etwas ausruhen?«

Die Stimme der Gendarmin war noch schläfrig, Luc hoffte, dass er sie nicht geweckt hatte.

»Es schläft sich schlecht, wenn man schon zum Frühstück zwei Wasserleichen serviert bekommt. Wie machen Sie das, Commissaire, solche Bilder zu verdrängen?«

»Leider gar nicht«, entgegnete Luc. »Es wird nicht besser. Und eigentlich bin ich ganz dankbar dafür. Das zeigt, dass der Zynismus noch nicht Herr meines Kopfes ist.«

»Da haben Sie recht.«

»Lieutenante, ich bitte Sie nur ungern, aber könnten Sie zu uns nach Bordeaux ins Hôtel de Police kommen? Wir würden gerne sammeln, was wir über die Morde haben – und Sie könnten uns dabei helfen, mit Ihrer Austernexpertise. Denn dass diese beiden Taten aus purem Zufall in einer Nacht passieren, das kann doch wirklich niemand glauben.«

»Natürlich komme ich sofort, in anderthalb Stunden kann ich bei Ihnen sein.«

»*Merci beaucoup, Madame, et à bientôt.*«

Luc legte auf.

Anouk lenkte den Jaguar XJ6 ganz beherzt von der Arcachon-Autoroute 660 auf die Autoroute 63, die sie direkt nach Bordeaux führen würde. Lucs Jaguar XJ6. Er lächelte leise in sich hinein. Sie war nicht nur die erste Frau, die seinen Oldtimer lenken durfte, sie war der erste andere Mensch überhaupt, den er ans Steuer ließ. Irgendwann im Herbst hatte er sie zum ersten Mal gebeten, zu fahren, er müsse noch viele Telefonate erledigen. Am Anfang hatte er jeden schnellen Spurwechsel kommentiert, sie gebeten, nicht so rasch zu bremsen, bei 131 km/h auf den Tacho geschaut und laut geseufzt. Bis sie zu ihm gesagt hatte: »Entspann dich, mein Lieber. Mein vorheriger Freund fuhr einen Ferrari Enzo – und den habe ich auch nicht geschrottet.« Seitdem war er ruhig.

Sie trug eine dunkle Sonnenbrille, hatte den Ellbogen lässig auf der Armstütze liegen, die dunkelbraunen Haare tanzten im Wind, weil ihr Fenster offen stand. Er war echt verschossen in diese Frau.

»Du glaubst dem Kerl nicht, oder?«

»Lascasse? Dass er seine Säcke holen wollte? Nein, das glaube ich nicht. Er war eben ja mehr von der Rolle als vorhin auf dem Bassin. Als hätte er seinen Auftritt da draußen geübt. Wir müssen rauskriegen, wie groß seine Bude ist und wie es um die Finanzen steht.«

»Aber meinst du, er hat was mit dem Mord zu tun?«

»Schwer zu glauben«, er stockte, »andererseits: Ein Mörder – aus welchen Gründen auch immer – gerät in Panik und denkt sich ein gänzlich hanebüchenes Alibi aus: Fährt zur Sandbank, steigt vom Boot, wartet auf die Flut und ruft die Polizei.«

Anouk dachte kurz nach, der Wind übertönte die Motorengeräusche.

»So könnte es gewesen sein. Obwohl er – nun ja – nicht gerade kaltblütig wirkte.«

Sie schwiegen, Luc öffnete auch sein Fenster und rauchte eine Zigarette.

Als Anouk im dichten Verkehr an den Quais der Garonne langsamer fahren musste, sagte sie: »Eigentlich gibt es nur einen, der die Austernzüchter dort alle sehr gut kennt, ein echter Insider.«

Luc überlegte einen Moment zu lange, dann schlug er sich an den Kopf und sagte lächelnd. »Na, dass er in seinem Alter noch Ermittler wird …«

Dann griff er zum Telefon und wählte die Nummer seines Vaters, den ein Polizeiwagen vorhin vom Hafen in Arcachon in sein Heim für betreutes Wohnen gefahren hatte, in dem er seit zwei Monaten untergebracht war.

Eben kamen sie an der Place de la Bourse vorbei, diesem hochherrschaftlichen Ensemble, das schon Victor Hugo so bewundert hatte – und am beliebten Wasserspiegel, dem *Miroir d'Eau,* der genau am Ufer des Flusses lag. Es war zu kalt, als dass hier Kinder spielten, aber es sah schön aus, wie die Sonne vom Wasser auf dem glatten Stein zurückgeworfen wurde und die Altstadt funkeln und glitzern ließ.

»*Bonjour,* Papa«, sagte Luc und war sofort viel fröhlicher gestimmt, denn schon allein die Stimme seines Vaters zu hören, bescherte ihm stets ein Glücksgefühl. »Kannst du zu uns nach Bordeaux kommen? Wir lassen dich abholen. Wir brauchen dich bei den Ermittlungen.«

Kapitel 10

Luc hatte ganz vergessen, was ihn im Kommissariat erwartete, so sehr hatte ihn der hektische Vormittag auf dem Bassin noch in seinem Bann. Und so erschrak er kurz, als er das Büro betrat, hoch oben im Hôtel de Police gleich hinter der Kathedrale – doch der andere war schon aufgestanden und schlurfte von seinem Schreibtisch zu ihm hinüber und sie nahmen sich in die Arme, zwei Männer, die sich kurz festhielten und einander die *bises* gaben.

»Commissaire Etxeberria«, sagte Luc, »ich freue mich, dass Sie wieder hier bei uns sind.«

Er schob den Basken ein Stück von sich weg, um ihn zu mustern, dann sagte er: »Sie sehen gut aus. Wie geht es Ihnen?«

»Besser, Commissaire Verlain, besser. Es waren keine schönen Monate – erst so lange im Krankenhaus und dann in der Reha. Was für ein Fraß die mir da angeboten haben. Wie soll man denn da gesund werden? Aber gut, ich bin wieder zusammengeflickt – auch wenn es mit dem Außeneinsatz so schnell nicht wieder werden wird.«

»Sie sind bald wieder draußen an Bord – und so lange führen Sie von hier aus das Kommando«, sagte Luc diplomatisch und sah Etxeberria zu seinem Schreibtisch zurückgehen wie einen alten Mann.

Nein, sie hatten nicht den besten Start gehabt, der Baske und er. Schließlich war eigentlich Commissaire Etxeberria der Chef der Einheit für Kapitalverbrechen in Bordeaux und im Département Gironde. Doch als Luc sich entschied, seinen todkranken Vater zu pflegen, hatte ihn sein alter Lehrmeister Commandant Preud'homme kurzerhand an Etxeberrias Seite aufgenommen. Klar, dass der Baske seine Felle davonschwimmen sah. In Lucs erstem Fall in der Aquitaine, dem Mord an einem Teenager, hatten sich Etxeberria und er regelrecht bekriegt – weil der Baske den falschen Mann hatte einsperren lassen und darüber auch noch ziemlich aufmerksamkeitsheischend die Presse informiert hatte. Als sie den jungen Mann wieder hatten freilassen müssen, entschuldigte sich Etxeberria bei Luc. Doch dann ging das Dorf des toten Mädchens in Lynchjustiz auf den Unschuldigen los. Und der Baske bekam ausgerechnet vom Vater des Täters eine Kugel in den Bauch verpasst. Er wurde notoperiert und lag mehrere Wochen im Krankenhaus – und war bis Ende November in der Reha gewesen. Seine Rückkehr ins Büro fiel in die Zeit, in der Luc in Paris gewesen war. Und nun befand Verlain, dass der Baske zwar noch ziemlich wackelig auf den Beinen war – kein Wunder, nach einer so gravierenden Verletzung –, dass ihm die Reha aber aus einem anderen Grund sehr gut getan hatte: Er sah nicht mehr so versoffen aus, und er roch auch nicht mehr nach dem billigen Fusel, den er sich noch im Juli nächtelang reingezogen hatte. Seine Augen waren klar, und auch das nervöse Zucken über dem linken Auge hatte aufgehört. Ein gutes Zeichen.

Anouk saß schon an ihrem Schreibtisch und fuhr gerade den Computer hoch, Luc setzte sich an seinen Arbeitsplatz, genau vorm Fenster – das erste Mal seit über einem Monat. Eben ging die Tür auf, und Hugo Pannetier schlenderte herein, der junge Kriminalassistent. Er hatte Kaffee dabei, vier Becher aus dem kleinen Café unten am Platz, die er nun vor die Beamten stellte.

»*Salut,* Commissaire«, begrüßte er Luc, »schön, dass Sie wieder hier sind. Ich werde Sie nicht fragen, wie es in Paris war, weil ich es ehrlich gesagt nicht wissen will. Ich freue mich aber sehr, Sie wieder gesund bei uns zu haben.«

Luc bedankte sich und lächelte Hugo zu. Er wusste, dass der junge Mann lange Jahre bei der Festnahmeeinheit *CRS* gearbeitet hatte. Er kannte die schlimmen Einsätze bei Katastrophenlagen und Terrorismus zur Genüge.

»Hugo, alles gut?«

»*Bien sûr.* Wie sollte es denn hier schlecht sein? Obwohl«, er rieb sich die Hände, »echt kalt da draußen.«

Es klopfte an der Tür.

»Herein«, rief Etxeberria.

Und dann traten sie gemeinsam ein: Lieutenante Giroudin und Alain Verlain, die Jüngere hielt Lucs Vater die Tür auf, er sah sich vorsichtig um.

Luc ging auf ihn zu.

»*Salut,* Papa«, sagte er und gab Alain die *bises,* dann begrüßte er die Gendarmin.

»Wollen wir gleich hier herübergehen? Dann haben wir Ruhe zum Reden.«

Er führte die beiden Gäste zum Konferenztisch, der mit Kaffee und Gebäck eingedeckt war, dann nahmen auch die Polizisten Platz, und Luc begann seine Einführung.

»Wie Sie alle wissen, war ich zufällig heute am frühen Morgen mit meinem Vater auf dem Boot der Gendarmerie in Arcachon. Wir haben eine Patrouille begleitet. Lieutenante Giroudin leitet die Einheit zum Schutz der Austern«, sagte Luc und sah, wie Etxeberria der Gendarmin grüßend zunickte. »Wir wurden durch einen Anruf zur Banc d'Arguin gerufen, wo ein Austernzüchter, Pierre Lascasse aus La-Teste, überfallen worden war. Der Mann wurde niedergeschlagen – er denkt, auf seinem Boot, der Motor soll die Geräusche eines anderen Bootes überdeckt haben. Dann wurde er angeblich auf die Sandbank geschleift und dort abgelegt. Die Flut hätte ihn beinahe erreicht – doch dass die Täter ihn wirklich umbringen wollten, glaube ich nicht. Sie haben ihm sein Handy gelassen, und seine Wunde war nach Aussagen der Ärzte nicht lebensgefährlich.«

Anouk übernahm das Wort. »Monsieur Lascasse kann sich nicht an die Täter erinnern. Er hat einen kompletten Filmriss und weiß auch nicht mehr, wie er auf die Sandbank gelangt ist. Monsieur Verlain«, wandte sie sich an Lucs Vater, »erlauben Sie, dass ich Sie gleich mit einbeziehe? Wie gut kennen Sie Monsieur Lascasse? Ist er ein glaubwürdiger Zeuge?«

Alain Verlain nahm einen kräftigen Schluck aus seiner Kaffeetasse, dann blickte er Anouk mit funkelnden Augen an. Luc sah, wie aufregend sein Vater es fand, dass ihn die Beamten nun für ihre Ermittlungen brauchten.

»Pierre Lascasse ist schon sehr lange im Geschäft. Aber er hat nur eine kleine Zucht, zwei kleinere Flächen im Park von Arguin. Ich mag ihn, er ist sehr freundlich, vielleicht etwas schwatzhaft. Im Rat der Austernzüchter hat er immer zuerst das Wort ergriffen.«

»Merkwürdig. In unserer Gegenwart war er sehr schweigsam«, sagte Luc.

»Nun, er redet auch lieber über andere«, gab Alain augenzwinkernd zurück.

»Wie läuft es finanziell für ihn?«, wollte Anouk wissen.

»Wie gesagt: Er hat nur eine kleine Zucht. Eine winzige Cabane in La-Teste, wo er seine Austern bei Verkostungen direkt an die Leute bringt. Sicher ist er kein reicher Mann.«

»*Merci*, Papa«, sagte Luc und fuhr fort: »Wir haben Monsieur Lascasse in Arcachon in den Krankenwagen gesetzt und wollten gerade sein Boot holen, als mein Vater durchs Fernglas die beiden Toten sah. Angebunden an die Pfähle, mitten im Austernpark. Ein schrecklicher Anblick.«

Anouk holte die auf großen Blättern gedruckten Fotos aus einer Mappe und legte sie vor die Kollegen auf den Tisch.

Hugo blickte aufs erste Foto und sog die Luft durch die Zähne.

»Ach du Scheiße«, sagte er, und Etxeberria ergänzte: »*C'est une catastrophe*. So junge Männer …«

»Ja, in der Tat, zwei junge Austernzüchter aus Gujan-Mestras: Vincent Pujol aus dem Port de Meyran und François Labadie aus dem Port de Larros. Beide waren gerade einmal zwanzig Jahre alt. Sie wurden erschlagen, der Gerichtsmediziner ist dran.«

Etxeberria nahm das Foto in die Hand, auf dem die ganze Szenerie als Totale aufgenommen worden war.

»Sehen aus wie Marterpfähle«, sagte er und stützte den Kopf auf die Hand, »eine echte Hinrichtung, oder was meint ihr?«

»Wir haben die Situation extra noch mal nachgestellt, als die Ebbe zurück war«, erklärte Luc. »Zuerst ging es uns nur darum, die Männer aus dem Wasser zu kriegen. Wir wussten ja nicht, ob sie nicht noch lebten. Dann aber haben wir die Auffindesituation nachgestellt und: Ja, es sieht wirklich aus wie eine Hinrichtung.«

»Aber wer macht denn Jagd auf Austernzüchter?«, fragte Etxeberria. »Ein Serienmörder, der Austern hasst?«, fragte Hugo und sah an den Gesichtern in der Runde, dass der Scherz eher unangebracht war.

»Was kannst du uns zu den Toten sagen?«

Alain Verlain lehnte sich in seinem Stuhl zurück.

»Ich bin ja schon eine Weile nicht mehr im Geschäft«, sagte er, »ich kenne die beiden Jungs also eigentlich nur als Kinder und Jugendliche. Sie haben immer mitgeholfen im Geschäft. Vincent natürlich mehr als François.«

»Wieso sagen Sie ›natürlich‹?«

»Weil François der Sohn einer begüterten Familie war, die keine großen Sorgen hatte – er wollte helfen, aber er musste nicht. Vincent dagegen ist der Sohn der Pujols – und die haben all ihre Hoffnungen auf ihr einziges Kind gesetzt. Er musste schon mit zehn Jahren auf dem Boot seines Vaters mithelfen, und es wurde erwartet, dass er irgendwann das miserable Unternehmen seines Vaters übernimmt.«

»Laufen die Geschäfte für die Pujols denn so schlecht?«

»Sie machen die besten Austern, die ich kenne«, entgegnete Alain Verlain und fügte mit einem Lächeln hinzu: »Natürlich erst, seitdem ich keine mehr mache. Aber im Ernst: Fred Pujol hat einen wahnsinnig hohen Qualitätsanspruch.«

Lucs Vater kniff auf einmal die Augen zusammen und fasste sich unter Stöhnen an den Bauch.

»Papa, was ist?«, fragte Luc und beugte sich zu ihm, doch Alain winkte ab. Anouk sah die beiden besorgt an und stand auf, um ein Glas Wasser zu holen.

»Vielleicht ein bisschen viel, das alles heute«, sagte Alain und stand unter Schmerzen auf, reckte sich, dann setzte er sich wieder, kramte in seiner Fischerjacke, die er über den Stuhl gehängt hatte und nahm die wohlbekannte Flasche heraus. Er nahm einen Schluck, beäugt von den umstehenden Polizisten, dann atmete er tief durch.

»Schon besser«, sagte er. »Fred also. Ein wirklich guter Austernzüchter. Aber mit viel zu wenig Fläche. Er schafft es gerade so, seine Familie über Wasser zu halten.«

»Wohin liefert er seine Austern?«

»Er liefert nicht. Seine Frau verkauft die in Arcachon in der Markthalle. Und auf den Märkten der Region. Fährt täglich an einen anderen Ort. Es ist ein hartes Brot.«

»Und nun, ohne Vincent?«

Alain Verlain schüttelte den Kopf. »Das wird kein gutes Ende nehmen. Wahrscheinlich ein weiterer leichter Fang für Chevalier.«

Luc bemerkte die fragenden Blicke seiner Kollegen und bemühte sich um rasche Aufklärung.

»Bertrand Chevalier ist der größte Produzent auf dem Bassin.«

Sein Vater nickte und ergänzte: »Er hat eine mittelgroße Zucht geerbt, sie ist seit Generationen in Familienbesitz. Aber Bertrand ist ein Fuchs. Er hat Stück für Stück dazugekauft, immer wenn einer von uns kleinen Fischen nicht mehr konnte. Und nun ist er der Boss des Teiches. Ohne Frage. Aber ich kann daran nichts finden. Er hat immer einen fairen Preis bezahlt, auch mir.«

»Gut, Papa, vielen Dank«, sagte Luc und legte seinem Vater die Hand auf den Arm, lächelte ihn freundlich an. Als er in die Runde sah, bemerkte er die Rührung in Anouks Augen.

»Das hat uns sehr geholfen, Monsieur Verlain«, sagte sie. »Lieutenante Giroudin, haben Sie eine Idee, was hier dahinterstecken könnte?«

»Absolut schwer zu sagen«, antwortete diese kopfschüttelnd, »ich habe nicht von einem einzigen Überfall auf dem Bassin gehört, seitdem ich hier arbeite. Und dieser Hass, der zu einem Mord führt«, sie wies auf die Fotos, »das passiert doch nicht einfach so.«

»Diebstahl?«, fragte Luc.

»Sie meinen, einer von denen wollte …«

»Wir waren ja vorhin bei Pierre Lascasse, und seine Antworten waren sehr dürftig. Angenommen, er hat Austern gestohlen«, sagte Luc, und Anouk ergänzte: »Sie haben ihn erwischt, und Pierre hat die beiden Jungs getötet, um seine Spuren zu verwischen …« Sie wurde von Lucs Vater unterbrochen: »Mademoiselle, bitte, Sie haben Pierre Lascasse doch gesehen, der hätte nicht mal gegen einen schlafenden Vincent eine Chance gehabt.«

»Das stimmt wohl«, sagte Anouk, »und dennoch müssen wir alle Möglichkeiten durchgehen.«

»Es könnte auch so gewesen sein, dass sie alle Austern gestohlen haben. Und jemand das unbedingt verhindern wollte«, sagte Luc.

»Jemand, der erst den Lascasse aussetzt und dann, beim nächsten Mal, schon so sauer ist, dass er die Jungs umnietet«, fuhr Etxeberria fort. »Dieser Jemand muss aber geradezu wahnsinnig sauer gewesen sein.«

»Der unbekannte Dritte. Sagt Ihnen das irgendwas, Madame Giroudin?«

Doch die Lieutenante antwortete nicht, stattdessen blickte sie unverwandt auf eines der Fotos, das das Gesicht von François zeigte.

»Lieutenante?«

Sie schreckte hoch, als wäre sie sehr weit weg gewesen. »Ja?«

»Sagt Ihnen das etwas: ein unbekannter Dritter, der Austerndiebe jagt?«

Sie blickte Luc starr an und schüttelte den Kopf. »Nein, das sagt mir gar nichts.«

Er hielt ihrem Blick noch einige stille Sekunden stand, dann wandte er sich den Kollegen zu.

»Gut, Commissaire Etxeberria, können Sie mit Hugo bitte alles über die Pujols und die Labadies herauskriegen? Vorstrafen, finanzielle Situation, alles. Ich fahre mit Anouk gleich in die

Pathologie. Und Sie, Lieutenante Giroudin, würden Sie meinen Vater mit nach Arcachon nehmen? Das wäre wunderbar, vielen Dank.«

»Selbstverständlich, Commissaire.«

Sie stand auf und half seinem Vater in die Jacke, Luc gab ihr die Hand, nickte Etxeberria zu und verabschiedete Alain mit den *bises*.

»*Merci*, Papa. Wir sehen uns morgen.«

»Mach's gut, Junge.«

Sie gingen zur Tür. Noch einmal fing Luc Lieutenante Giroudins Blick auf. Unstet, unsicher.

Auf dem Weg zu seinem Schreibtisch verharrte er einen Moment, schüttelte den Gedanken aber schnell ab.

»Unsinn«, murmelte er.

Kapitel 11

Das Wirrwarr auf dem Parkplatz war vollkommen, offensichtlich war im großen Krankenhaus von Bordeaux wahnsinnig viel los. Es dauerte eine ganze Weile, bis es Luc gelang, seinen Wagen sicher abzustellen.

Von der Lobby aus nahmen Anouk und er den Fahrstuhl in den Keller und gingen den kahlen und kalten Flur entlang bis zu der vertrauten schweren Tür. Sie klingelten. Keine Minute später betraten sie den großen Saal mit den metallenen Tischen. Sie erkannten die zwei Körper sofort, der Gerichtsmediziner stand zwischen den beiden. Luc fröstelte.

»Oh, Mademoiselle, was für ein Glanz in meiner traurigen Stube«, sagte der junge Mann, der vor seine Jeans und sein Poloshirt eine weiße Schürze gebunden hatte. Darunter trug er bunte Sneakers, was Luc irritierend fand. Geschmacklos sogar.

Er rümpfte die Nase. Insgeheim mochte er den Kerl sowieso nicht, seit er ihn das erste Mal getroffen hatte. Wie der Mediziner stets um Anouk herumscharwenzelte – widerlich kam ihm das vor. Er bemühte sich um einen unterkühlten Tonfall.

»*Alors*, Docteur, was haben Sie für uns?«

Der Gerichtsmediziner sah Anouk unverwandt an, selbst als

er das Tuch von Vincents Körper zog. Eine weitere Angewohnheit des Mannes, die ungut zu Buche schlug – schließlich waren sie wenig erpicht darauf, von jetzt auf gleich mit den nackten Körpern der Toten konfrontiert zu werden. Aber nun: Der Pathologe verbrachte seine Tage mit den Toten. Umso lieber teilte er seine Arbeit mit den Lebenden, wie's schien.

»Schauen wir es uns an«, begann der junge Arzt, »hier haben wir …«, er blickte suchend in die Akte, »Vincent Pujol. Wie ich es mir vorhin schon gedacht habe: kein Tod durch Ertrinken, sondern durch eine schwere Wunde am Kopf. Sehen Sie, hier. Ein stumpfer Gegenstand, lang und flächig. Ich habe ehrlich gesagt keine Ahnung, womit er erschlagen wurde. Aber es hat einen dermaßenen Wumms gegeben, dass er sofort tot war. Der Schädelknochen ist gebrochen, das Gehirn hat starke Quetschungen erlitten. Das hat nicht lange gedauert, vielleicht eine Frage von Sekunden.«

»Und die Hauptwunde ist diese hier?« Anouk wies auf den Vorderkopf.

»Ganz recht, Mademoiselle.«

»Dann hat er den Täter also kommen sehen?«

»Merkwürdig, nicht? Er hat sich nicht gewehrt. Und trotzdem hat er sich etliche Quetschungen zugezogen, am ganzen Körper, insbesondere hier in der Bauchgegend. Schwere Quetschungen, als wäre sein Körper zwischen etwas geraten. Aber diese Verletzungen waren nicht tödlich. Entscheidend waren ausschließlich die Kopfverletzungen.«

»Und bei François?«

»François … Labadie. Genau.«

Wieder wollte er das Tuch vom Körper ziehen, doch Luc räusperte sich deutlich vernehmbar und legte leicht seine Hand auf das weiße Laken. Der Gerichtsmediziner sah ihn kurz fragend an. Dann zuckte er mit den Schultern und sagte:

»Eine ähnliche Wunde. Oder besser: ähnliche Wunden. Er wurde hinterrücks erschlagen. Und die Wunden im Kopfbereich haben einen auffälligen Abstand, ganz so, als hätte der Täter sichergehen wollen und es nicht bei einem Schlag belassen.«

»Ein Schlag von vorne bei Vincent, mehrere Schläge von hinten bei François. Habe ich das richtig verstanden?«

»Sehr gut, Mademoiselle, Sie sind ein Naturtalent.«

Luc hätte ihm gerne eine verpasst, wobei der Schlag in jedem Fall von vorne gekommen wäre.

»Wie lange lagen die Männer im Wasser?«

»Ihrer Temperatur nach würde ich sagen: drei Stunden. Am Zustand der Haut ist abzulesen, dass die Flut wie zu erwarten wirklich von unten an den Füßen eingesetzt hat und dann den Körper hochgekrochen ist. Bis Sie, Commissaire, die beiden Männer herausgezogen haben, also kurz bevor das Wasser ihre Köpfe erreichte.«

Luc nickte.

»Ich hab aber noch etwas. Sehen Sie hier …«

Anouk und Luc traten näher an Vincents Leiche heran, Luc vermied, in das tote Gesicht des Jungen zu sehen.

Der Gerichtsmediziner hielt die blasse Hand hoch und wies auf das Gelenk.

»Sehen Sie?«

Anouk berührte die Spuren, die das blaue Tau am Handgelenk hinterlassen hatte.

»Hier war er festgebunden.«

»Genau wie der andere«, sagte Luc und besah sich die Maserung an François' Handgelenk.

»Richtig. Und doch ist etwas merkwürdig. Schauen Sie, hier habe ich ein handelsübliches Fischertau. Ich habe gleich meinen Assistenten zu *Roumaillac* geschickt, Sie wissen schon, dieses große Angelgeschäft draußen in Mérignac genau an der Rocade. Und nun kann ich Ihnen etwas vorführen. Mademoiselle, dürfte ich Sie fesseln?«

Anouk konnte sich ein Lachen nicht verkneifen.

»Wie bitte?«, fragte sie und hielt sich die Hand vor den Mund.

»Ich will Ihnen …«

Da hielt Luc dem Gerichtsmediziner schon seine Hände hin.

»Na los, die Opfer waren Männer, das ist doch viel authentischer.«

Der junge Mann sah etwas enttäuscht aus, aber dann packte ihn wieder die Lust auf die Präsentation seiner Entdeckung.

»Gut, Commissaire, sehen Sie. Ich winde also das Tau – es ist genauso dick wie das, mit dem die beiden Jungs gefesselt waren – um Ihre Hand und binde es fest. Denn ich will ja, dass es hält.«

Luc verzog das Gesicht, denn das Tau grub sich tief in sein Handgelenk, genau an der Stelle, wo die Haut am dünnsten und empfindlichsten war.

»So, nun müsste es sitzen. Versuchen Sie mal, die Hand herauszuziehen.«

Luc zog mit aller Kraft, aber das Tau gab nicht nach. Er schüttelte den Kopf.

»Sehen Sie? Und nun«, der Pathologe fummelte an dem dicken Knoten herum, »löse ich es wieder.«

Nach einer Weile hatte er sein Werk wieder geöffnet. Gemeinsam blickten die drei auf Lucs Handgelenk. Eine tiefe Maserung zeichnete sich ab, die Stelle war stark gerötet.

»Sehen Sie? So sieht es aus, wenn man ein Tau fest um eine Hand bindet.«

Dann nahm er wieder Vincents Hand. In der Tat: Der Unterschied war bemerkenswert. Die Maserung war höchstens hellrosa.

»Das hier sieht aus, als hätte ein fünfjähriges Mädchen seine Puppe festgebunden.«

Kapitel 12

Er hatte Anouk bei ihr zu Hause abgesetzt, in dem wunderschönen Apartment vis-à-vis der Basilika von Saint-Michel. Heute würde er daheim in seiner Cabane in Carcans-Plage schlafen. Doch bis es so weit war, gab es noch einen Besuch zu erledigen.

Er ließ den Jaguar auf dem Seitenstreifen ausrollen, dann stieg er aus, schloss ab und atmete die Abendluft tief ein. Das Meer begann hinter den Häusern, die in dieser Straße dicht an dicht standen.

Die herrschaftlichen Anwesen der Gemeinde Pyla lagen ein Stück von hier entfernt in Richtung Düne. Hier, nahe des Strands von Arbousier, waren die Häuser bescheidener, hier wohnten kleine Unternehmer, Familien, Senioren, die sich einen Traum erfüllt hatten.

Luc trat durch das Gartentor, ging den schmalen Kiesweg entlang, unterquerte ein Spalier aus Rosen und stand schließlich vor einem kleinen Häuschen, das bis auf die blauen Fensterläden weiß gestrichen war. Es hätte in der Bretagne stehen können. Wie so viele Häuser in der Region war auch dieses getauft worden. *Bonheur* stand am Giebel des Hauses. *Glück*. Lucs Herz krampfte sich zusammen. Er drückte auf die Klingel.

Es dauerte eine halbe Minute, dann öffnete Monsieur Labadie die Tür.

Er trug nun eine Jeans und einen grauen Wollpullover, seine dunklen Haare waren noch nass, offenbar hatte er eben geduscht. Seine Augen waren von roten Äderchen durchzogen, und seine Nase klang verstopft, als er mit belegter Stimme sagte:

»Monsieur le Commissaire, Ihr Büro hat Ihr Kommen angekündigt. Kommen Sie herein.«

Luc folgte dem Austernzüchter durch einen schmalen Flur, dessen Wände voller Familienfotos hingen. Ein Foto ließ ihn innehalten: Es zeigte François im Schoße seiner Familie. Ein hübscher, lebendiger Junge – vielleicht war er auf diesem Bild fünfzehn, sechzehn Jahre alt. Madame und Monsieur Labadie hatten ihn und Julie, die jüngere Schwester, in ihre Mitte genommen. Sie standen vor der Cabane im Austernhafen, alle strahlten in die Kamera.

Luc riss sich los und fand sich ein paar Schritte später im Salon der Familie wieder, der gleichzeitig das Esszimmer war. Auf dem hölzernen Esstisch und auf den Regalen ringsum standen brennende Kerzen, die dem Raum ein sanftes Licht gaben, gelb und warm. Im alten Kamin mit dem hohen Sims brannte ein helles Feuer, die Wärme flutete den Raum so direkt und scharf, wie es nur offene Flammen konnten. Auf einem Sofa am Rande des Zimmers saß Madame Labadie, Julie lag quer über dem Sofa, den Kopf auf dem Schoß ihrer Mutter. Sie sah sehr verletzlich aus in diesem Moment.

»Sie ist eben eingeschlafen«, flüsterte Madame Labadie, »endlich. Der Arzt aus Arcachon war hier, er hat uns beiden ein Beruhigungsmittel gegeben. Commissaire, ich würde gerne Ihre Fragen beantworten, aber ich muss mich zuerst um mein einzig verbliebenes Kind kümmern. Entschuldigen Sie mich. Benoît wird alle Ihre Fragen beantworten.«

»Natürlich, Madame.«

»Hilfst du mir, *chéri?*«, fragte sie ihren Mann.

Gemeinsam nahmen sie ihre Tochter in die Arme und trugen sie durch den Flur und hinauf in ihr Zimmer.

Luc setzte sich an den großen Esstisch. Unglaublich, wie viel Würde diese Menschen hatten, trotz der unvorstellbaren Tragödie, die an diesem Wintertag über ihr Leben hereingebrochen war. Gedankenverloren starrte er ins Kerzenlicht, bis er Schritte die Treppe hinunterkommen hörte.

Monsieur Labadie trat ein und sagte: »Bitte, bleiben Sie sitzen, Commissaire. Ich mache uns rasch etwas zu essen, ich habe den ganzen Tag gehungert – und das ist in der Trauer wirklich nicht das Beste. Haben Sie etwas Geduld?«

»*Bien sûr*, Monsieur.«

Er verschwand in der Küche, Luc hörte ihn klappern und hantieren.

Dann kam er wieder, brachte Gläser und eine Flasche Weißwein, die vor Kälte beschlagen war. Ein *Clémentin*, der Zweitwein des *Château Pape Clément*. Ein wahnsinnig berühmtes Schloss in Pessac, ganz nahe bei Bordeaux. Die Weißweine aus dem Anbaugebiet Graves waren die besten in ganz Frankreich. Luc verstand gar nicht, warum alle Welt immer dachte, im Bordelais entstünden nur Rotweine von Rang. Wahrscheinlich, weil in den Achtzigern im Anbaugebiet Entre-deux-Mers nur gepanschte Billigweine verkauft worden waren. Doch mittlerweile hatten die Winzer auch bei den Weißen an der Qualität gearbeitet und sich bei Weinkennern einen echten Ruf erworben.

Benoît Labadie trat wieder ein und stellte eine Platte vor Luc auf den Tisch. Der stöhnte kurz auf vor Glück über diesen Anblick, beherrschte sich aber gleich wieder angesichts des Anlasses, aus dem er hier war.

»Nur zu, Commissaire, das sind auch in schlimmen Zeiten

die wahren Freuden. Gutes Essen, guter Wein, deshalb sind wir auf dieser Welt. Das hat François genauso gesehen.«

Er goss den Wein in die Gläser.

»Und wie Sie es wohl von Ihrem Vater kennen: kein Champagner zu den Austern. Herb und zart verträgt sich nicht. Wir nehmen lieber Chablis. Oder diesen hier.« Dann stieß er mit Luc an.

»Auf François.«

»Auf François«, entgegnete Luc. Der Wein war wie zarter Schmelz, der sich auf den Gaumen legte, kalt und doch ganz weich und samtig, dazu das Aroma von Pfirsichen und Zitronen.

Luc griff den bereitgestellten Teller und nahm sich mit seiner Gabel vorsichtig eine der Austern. Sie war noch sehr heiß, Monsieur Labadie hatte wohl einen Ofen in der Küche, aus dem er die Austern eben erst geholt hatte.

Der Commissaire löste die Auster ganz vorsichtig, dann aß er sie in einem Stück. Der Geschmack war phänomenal: Da war das Salz der Auster und ihre besondere Konsistenz, weich und fest zugleich. Dazu schmeckte er eine pralle Süße und eine Cremigkeit, die sich über die Frucht gelegt hatte, all das vereint mit der Hitze des Ofens.

»*C'est délicieux*«, sagte Luc und sah Monsieur Labadie erstaunt an, »wunderbar. Wie haben Sie das nur geschafft in so kurzer Zeit?«

Doch Benoît Labadie winkte ab, auch er war gerade damit beschäftigt, seine Auster zu lösen.

»Altes Familienrezept, Monsieur le Commissaire. Da können Sie mich morgens um drei wecken, und ich mache die Ihnen in fünf Minuten.«

»Was ist da drin?«

»Wir nehmen Schalotten und Zitronenzeste, kochen alles mit Butter auf, ein wenig Sahne dazu. Und dann, wenn die Hitze reduziert ist, geben wir Sauternes dazu, nicht sehr viel. Und dann überbacke ich das mit ganz wenigen Semmelbröseln. Nur eine Minute im richtig heißen Ofen.«

»Sauternes«, murmelte Luc und löste die nächste Auster.

»Phantastisch, nicht wahr?«

Der Weiße aus Sauternes war der bekannteste Süßwein der Welt: ein Wein, der nur in den feuchten Tälern südlich von Bordeaux stammen konnte, weil hier genau die richtige Witterung war, die die berühmte Edelpilzfäule hervorbrachte, die den Wein so unglaublich süß und edel werden ließ. Den legendärsten Tropfen von allen produzierten sie im *Château d'Yquem* – dafür kostete die kleine Flasche eines edlen Jahrgangs dann aber auch gern mal ein Monatsgehalt.

Diese Austern waren wirklich ein Gedicht. Luc befand, dass sie sogar mit den überbackenen Austern mithalten konnten, die sein liebster Wirt Gaston in Carcans-Plage nach einem geheimen Rezept zubereitete.

»François hat sie sehr geliebt«, sagte Benoît Labadie, als er die dritte Auster gegessen hatte. Er wischte sich einmal über die Augen, dann goss er aus der Weinflasche nach.

Luc stand währenddessen auf und ging zum Kamin, nahm ein Scheit aus Buchenholz von dem Stapel daneben und legte ihn vorsichtig hinein. Das Holz knisterte nur einen kurzen Moment, dann griffen die Flammen zu, und sofort wurde die Hitze wieder direkter, drückender. Der Commissaire setzte sich wieder an den Tisch und nahm noch eine Auster, dazu ein Stück Baguette.

Erst als sie die Platte geleert hatten, spürte er, dass der Austernzüchter bereit war, zu reden.

»Monsieur Labadie«, begann Luc, doch der Mann unterbrach ihn.

»Bitte, Commissaire, wir teilen diesen Abend. Nennen Sie

mich, wenn es Ihre dienstliche Distanz zulässt, doch einfach Benoît, *d'accord?*«

»Gut. Benoît. Ich bin Luc. Ich kann wohl nur entfernt erahnen, wie dieser Tag für dich gewesen sein muss – und dennoch möchte ich fragen, ob dir irgendetwas eingefallen ist, was uns weiterhelfen kann. Um ehrlich zu sein, tappen wir ziemlich im Dunkeln.«

Benoît trank noch einen Schluck Weißwein.

»Wir hatten wahrlich nicht sehr viel Zeit, denn Julie hatte einen Zusammenbruch, deshalb war der Docteur da, und ich konnte mit meiner Frau nicht lange reden. Aber ich habe natürlich nachgedacht. Und bevor du mich das fragst, nein, François hatte keine Feinde. Er war ein ruhiger, sehr ausgeglichener junger Mann. Nicht aufbrausend, überhaupt nicht. Sondern ganz zurückhaltend, ja schüchtern. Jeder mochte ihn. Auf der Schule. Und hier in der Gegend. Auch die anderen Austernzüchter hatten ihn ehrlich gern.«

»Und im Privaten, wie ging es ihm da? Hatte er eine Freundin?«

Auf dem Gesicht von François' Vater erschien ein sanftes Lächeln.

»Er war noch zu jung. Er war wie ich damals. Er wollte sich erst mal austoben. War viel in den Clubs in Arcachon, oder auch Bordeaux. Einmal hat er ein Mädchen mitgebracht, Sofie hieß sie, glaube ich. Aus Arcachon. War aber nichts Ernstes. Tja, die Mädels mochten ihn. Obwohl – kein Vergleich zu Vincent, der war ein echter Hahn im Korb. Die Damen von Arcachon haben sich förmlich auf ihn gestürzt.«

»Auf Vincent?«

»Ja, die Mädels haben ihn verehrt. Ich glaube, meine kleine Julie war auch in ihn verliebt, aber ich habe sie nie darauf angesprochen. Wir Väter – na, du weißt schon.«

Luc wusste nicht. Kinder hatten sich bei ihm bisher nicht ergeben.

»Was hat er so spät auf dem Bassin gewollt?«

»Na, arbeiten natürlich. Du kennst das doch aus nächster Nähe, wir müssen raus, wenn Ebbe ist.«

»Aber du warst auch nicht draußen.«

»Stimmt. Ich habe auf die Ebbe am Mittag gewartet. Im Winter versuchen wir zu vermeiden, die halbe Nacht auf dem Wasser zu verbringen. Wir müssen unsere Kräfte einteilen. Denn wenn so stark Ebbe ist wie diese Woche, kommen wir ja nicht zurück in den Hafen. Dann sind wir da draußen in den Parks erst mal gefangen.«

»Aber François war draußen.«

»Warum fragst du so genau nach?«

Seine Stimme schwang ein wenig ins Misstrauische.

»Wir haben diesen anderen Austernzüchter, der in dieser Nacht überfallen wurde, wie er sagt. Wir hängen nichts davon an die große Glocke, weil ich erst in Ruhe ermitteln will. Aber irgendwie kann ich diese Geschichte nicht recht glauben. Und so frage ich mich: Was hat all das mit den Austerndieben zu tun?«

»Die Austerndiebe«, Benoît Labadie lachte bitter, »willst du andeuten, dass mein Sohn womöglich Austern gestohlen hat?«

»Ich weiß nicht, was er draußen auf dem Bassin getan hat, ich dachte, vielleicht hast du eine Idee.«

»Er hat Vincent geholfen, seinen Vater vor der Pleite zu retten. Die beiden waren wie Pech und Schwefel. Sie haben so viel zusammengearbeitet, um endlich etwas Kohle auf die Kante zu legen. Das Boot von Fred ist kurz vor dem Motorschaden. Und wenn der eintritt, können die gleich zumachen. So war es die letzte Chance – dieses Weihnachtsgeschäft. Noch eine Chance gibt es nicht.«

»Aber, Benoît, ganz im Ernst: Wäre es da nicht eine Möglichkeit, Austern zu stehlen, wenn es einem selbst so schlecht geht?«

Der Austernzüchter sah Luc lange und prüfend an. Dann sagte er mit tiefer Stimme: »Ich weiß, du ermittelst nur, du musst diese Fragen stellen, deswegen werde ich dich nicht bitten, mein Haus zu verlassen, so wie ich es getan hätte, wenn jemand mit solchen Anschuldigungen zu mir kommt. Kurz gesagt: Nein. Fred ist ein Ehrenmann, er liebt seine Superaustern. Auch wenn sie nicht viel einbringen. Er würde niemals die Ware seiner Konkurrenten klauen. Alle reden über diese beschissenen Austerndiebe. Mich hat sogar mal ein Sender aus Amerika angerufen und die BBC aus England, weil sie es nicht glauben konnten, dass hier wirklich die Soldaten unsere Austern beschützen. Als wenn das unser größtes Problem wäre.«

»Was ist denn euer größtes Problem?«

»Wie viel Zeit hast du?«

Wieder klang er sehr bitter.

»Die ganze Nacht lang.«

»Na, dann will ich uns mal was holen, womit sich besser über diese verfluchte Welt sprechen lässt.«

Er ging wieder in die Küche und kam nach einer Weile mit einer Flasche dunkelbrauner Flüssigkeit zurück.

»Nichts geht über Hennessy X.O, wenn es um die Probleme der Austernzucht geht«, sagte er und stellte die Flasche mit zwei Gläsern auf dem Tisch ab, öffnete sie und goss reichlich Cognac ein. Dann schob er Luc ein Glas zu und stieß mit ihm an. Der Commissaire nahm einen tüchtigen Schluck und spürte, wie sich das Brennen auf seine Zunge legte, seinen Mund erwärmte – aber der alte Cognac war gar nicht scharf, er war ganz sanft und irgendwie tief und natürlich alkoholisch, das perfekte Getränk nach den leichten, süßlichen Austern.

»Wir waren mal tausend Austernzüchter hier. Vor gerade mal zehn Jahren. Heute sind wir noch dreihundertfünfzig.«

»Das ist ja weniger als die Hälfte«, sagte Luc erstaunt. Er hatte die Geschicke der Branche etwas aus dem Blick verloren, seit sein Vater die Zucht verkauft hatte und er selbst in Paris lebte. »Woran liegt das?«

»Wir werden – wenn es ganz schlimm kommt – die ersten Opfer des Klimawandels sein. Im Sommer wird das Bassin immer heißer und im Winter immer kälter. Das heißt, dass im Sommer die Algen immer mehr werden, unsere Austern finden keine Nahrung mehr. Und im Winter, wenn es hier friert, was es früher so gut wie nie getan hat, sterben unsere Jungtiere, die wir in das Bassin gesetzt haben, einfach ab. Ich kaufe jedes Jahr eine halbe Million Babyaustern – zusätzlich zu denen, die ich selber von meinen Sammelbecken abkratze, per Hand versteht sich. Von den fünfhunderttausend überleben am Ende vielleicht hunderttausend. Alle anderen sterben. Weil sie keine Nahrung mehr finden. Oder weil die Krabben sie holen oder Miesmuscheln sie ersticken. Die lieben es nämlich, sich an die Austern zu setzen. Also zahle ich zwanzigtausend Euro im Jahr für Babyaustern und verliere im selben Jahr fünfzehntausend Euro davon – einfach so. Und die, die überlebt haben, wachsen unter den klimatischen Bedingungen nicht mehr so schnell wie früher. Wir haben schon ein paar Züchter, die ein weiteres Becken in der Bretagne haben. Oder noch schlimmer: am Mittelmeer in Bouzigues. Weil sie dort schneller wachsen als hier. Aber ich will das nicht. Ich will Austern aus Arcachon, die auch aus Arcachon stammen. Weil nur die so schmecken, wie es unsere eben tun. Aber wir brauchen drei bis vier Jahre, bis eine Auster groß genug zum Verzehr ist. Und weißt du, wie oft ich in den drei Jahren jede einzelne Auster anfasse, säubere, in den Hafen hole, wasche, sie wieder rausfahre? Zehn bis fünfzehn Mal. Und was verdiene ich dann an einer Auster? Na, vielleicht etwas über einen Euro. Weil ich sie ja serviere, in meiner eigenen Cabane. Und Wein dazu verkaufe. Und Crevetten. Und weil die Menschen wiederkommen. Das ist immer noch mehr und besser als in Freds Fall. Dessen Frau das Dutzend für sieben Euro auf dem Markt raushaut. Wenn der Nachbar nicht nur sechs Euro nimmt. Das macht fünfzig Cent pro Auster. Wie willst du davon leben? *Santé* …«

Er trank einen Schluck Cognac und fuhr fort:

»Wenn du dann noch einen Kredit hast – und wir haben alle den Arsch voller Kredite, dann wird die Luft richtig schnell dünn. Weißt du noch? Es müsste das letzte Jahr deines Vaters auf dem Bassin gewesen sein. 2004 hatten wir das erste Mal immens viele tote Austern, und seitdem bald alle zwei Jahre wieder. Bei manchen Kollegen sind alle Bestände gestorben. Die Forscher haben ja nun gerade herausgefunden, woran es lag: Herpesviren und Bakterien. Beides zusammen. Durch den Herpes war das Immunsystem der Austern so geschwächt, dass sie gegen die Bakterien keine Chance mehr hatten. Und auch das liegt am Klimawandel, also an uns Menschen. Und wenn du zwei Jahre in Folge alle Austern verloren hast, dann kannst du dichtmachen. Und die Bank räumt dir noch die Bude aus, um den Kredit zu bedienen.«

Er war aufgestanden und stützte sich schwer auf den Tisch. Er atmete einmal tief durch, es schien, als wolle er zum Ende kommen.

»Du siehst, mein lieber Luc, uns geht's hier wirklich nicht um ein paar geklaute Austern. Ich bin seit zwanzig Jahren Züchter. Die Kollegen respektieren mich. Die würden mir nie Austern klauen. Wir haben ganz andere Probleme. Ich wusste nie genau, ob François das hier alles übernehmen will. Doch nun … ja, nun, so tragisch es ist, habe ich Gewissheit. Wie sollen wir denn weitermachen? Ich habe das alles für ihn aufgebaut. Julie will studieren. Sie will irgendetwas mit Marketing machen, Werbung, in Paris. Die will doch nicht in Gummistiefeln durchs Watt laufen. Niemals. Herrjeh, was soll ich denn nur …«

Luc kam um den Tisch herum und nahm den Austernzüchter in die Arme. Lange Zeit hielt er ihn so, spürte die Tränen, spürte, wie schwer Benoît atmete, bis er sich irgendwann beruhigte.

»Ich lasse dich jetzt ausruhen«, sagte Luc. »Wenn ich etwas rausbekomme, dann melde ich mich, in Ordnung?«

»*Merci,* Commissaire. Ich will wissen, wer François das angetan hat. Wer uns das angetan hat.«

Luc gab ihm die Hand, dann ging er langsam zur Haustür.

Als er hinaustrat in die Kälte, war es, als beträte er eine andere Welt. Es waren anfangs nur ganz kleine weiße Flocken, die aber schnell größer wurden, während er ums Haus herum zum Strand ging. Er hob den Kopf und sah, wie der Himmel strahlte, aus dichten weißen Wolken fielen unablässig Schneeflocken auf ihn herab. Er öffnete den Mund, ließ sich Flocken auf die Zunge schneien, schmeckte die Kälte. Schon war seine Jacke weiß, der Schnee fiel auf seine Hände, erfrischte ihn. Schnee in der Aquitaine. Das hatte er als Kind vielleicht ein, zwei Mal erlebt. Als junger Mann noch ein einziges Mal. Ausgerechnet heute schneite es wieder. Und zwar richtig heftig.

Luc zündete sich eine Zigarette an und spazierte den Strand entlang, spürte den harten Sand unter seinen Schuhen, die oberste Erde musste wohl gefroren sein, es knirschte jedenfalls. Er sog den Rauch tief ein, vor seinen Augen tänzelten die Schneeflocken. Er liebte diesen Anblick, liebte den Schneegeruch, die plötzliche Veränderung der Landschaft. Das Bassin zu seiner Linken war menschenleer, obwohl, nicht ganz, dort hinten zog ein einsames Austernboot seine Runden. Nein, es war kein Austernboot, er erkannte das Boot von Lieutenante Giroudin. Sie war also schon wieder im Einsatz. Er würde morgen mit ihr sprechen, fragen, ob sie etwas erlebt hatte in dieser Nacht. Natürlich hoffte er, dass alles ruhig blieb dort draußen. Eine kurze Runde noch, dann würde er nach Hause fahren. Er hätte Anouk jetzt so gerne bei sich gehabt. Es wäre ihr erster gemeinsamer Schnee gewesen.

Le dimanche 20 décembre –
Sonntag, der 20. Dezember

LÜGEN UND AUSTERN

Kapitel 13

An diesem Morgen war Bordeaux wie Paris. Luc erinnerte sich bestens daran, wie es im Berufsverkehr in der Hauptstadt war, wenn auch nur ein Flöckchen Schnee gefallen war. Einmal war es so schlimm gewesen, da war er selbst aus dem Taxi gestiegen und hatte den Verkehr geregelt: der Motorroller hier lang, der Bus dort, dann war Platz, und er konnte seinen Fahrer anweisen, durchzuschlüpfen. Nein, die Franzosen waren nun wirklich keine Skandinavier, das stand fest. Niemand hier hatte seinen Wagen mit Winterreifen ausgestattet – und was noch schlimmer war: Niemand hatte Erfahrung mit rutschigen und weißen Straßen. Bis auf Luc, der auf seinem alten Jaguar XJ6 Winterreifen hatte, er hatte sie in England beim Kauf des Wagens vor Jahren dazubekommen. Und entsprechend fluchte er nun, als er ein ganzes Stück vor sich den Müllwagen erblickte, der sich mitten auf der breiten Avenue François Mitterrand quergestellt hatte und die Fahrbahn komplett blockierte.

»*Merde.*« Ein gellendes Hupkonzert wehte durch den Morgen, und der Commissaire fasste einen Entschluss und fuhr vorsichtig über den Gehweg an dem Chaos vorbei.

Nur fünf Minuten später parkte er den Wagen genau vorm

Hôtel de Police. Aus der kleinen Boulangerie nebenan holte er sich eine *Chocolatine* wie das anderswo *Pain au chocolat* genannte Schokobrötchen in der Aquitaine hieß. Dann stapfte er durch den losen Schnee, der hier in der Stadt schon matschig und grau war, und klopfte sich, im Gebäude angekommen, erst mal die dunkle Hose und die dicke Jacke ab. Es schneite noch immer.

Es war ruhig im Gebäude, wahrscheinlich steckten die Kollegen im Verkehr fest, auf der Autoroute, in der Straßenbahn, oder sie schlitterten vorsichtig auf dem Gehweg zur Arbeit.

Nein, das galt nicht für alle, stellte er fest, als er die Tür zum Büro öffnete: Commissaire Etxeberria saß schon an seinem Schreibtisch. Er hob nur kurz den Blick und nickte Luc zu, dann vertiefte er sich wieder in den Bericht, an dem er offenbar gerade schrieb.

Luc fand das sehr angenehm, er selbst war auch keine morgendliche Stimmungskanone und wollte erst mal in Ruhe den zweiten Kaffee des Tages trinken, den ersten hatte er sich vorhin noch in der Cabane in seiner kleinen Bialetti-Maschine zubereitet. Sein liebster Wirt, Gaston, hatte das *Café de la Plage* für einige Winterwochen geschlossen.

Luc lehnte sich also zurück und vertiefte sich mit seinem Kaffee in die aktuelle Ausgabe der *Sud Ouest*. Kein Artikel über einen Vorfall auf dem Bassin, Robert Dubois hatte Wort gehalten. Auch im Fernsehen war nichts gelaufen. Der Commissaire hatte sich gerade in den Sportteil vertieft, als er einen Schatten bemerkte, der vor seinem Schreibtisch nervös hin- und hertrat. Er blickte auf.

»Etxeberria. Was gibt's?«

Heute zuckte das Auge des Basken wieder. Luc hoffte, dass das keinen Rückfall bedeutete, dass er nicht wieder mit dem Trinken angefangen hatte. Doch seine Augen waren klar, und er roch nur nach Rasierwasser und Zahnpasta.

Er rang kurz mit den Worten, bevor er sagte: »Ich weiß, dass Sie sie sehr mögen, Verlain. Und deshalb wollte ich Ihnen das zeigen. Es kam, als Sie weg waren. Sie hat es natürlich schon gesehen, ich konnte es nicht zurückhalten.«

Etxeberria schob ein amtlich aussehendes Dokument über den Schreibtisch. Es kam aus Paris, wie der Briefkopf verriet.

Amtliche Anforderung

Die Police Nationale erbittet folgende Prüfung:

Mademoiselle Anouk Filipetti, derzeit eingesetzt in der Brigade Criminelle 33 Gironde der Police Nationale Bordeaux, wird hiermit angefordert von der Brigade Criminelle, Abteilung Profiling Kapitalverbrechen der Police Nationale in Paris, Quai des Orfèvres.

Beginn der Tätigkeit am 1. Januar 2016. Dauer: zwei Jahre.

Bitte teilen Sie uns bis zum 22. Dezember 2015 mit, ob der Wechsel erfolgen kann.

Der Wechsel geht mit einer Beförderung in den Rang einer Commissaire einher, bei entsprechender Anpassung der Besoldung.

Gez.: Jean-Patrick Viognier, Inspecteur Général – *Préfecture de Police, Paris*

Luc musste das Schreiben kein zweites Mal lesen. Er selbst hatte selbst schon mehrfach solche Briefe erhalten. An seine Mitarbeiter adressiert – und immer wieder auch an ihn selbst.

Beförderungen, Gehaltssprünge, spannende neue Aufgaben. Er war den Weg jedes Mal gegangen – bis er vor fünf Jahren Leiter der zweiten Pariser Mordkommission geworden war, als jüngster Beamter aller Zeiten auf diesem Posten.

Sein Bauch verkrampfte sich, sein Blick verschwamm. Er hatte keinen Zweifel, dass Anouk diese Aufgabe annehmen würde.

Profiling. In Paris. Als Commissaire. Befristet auf zwei Jahre. Um danach weiter aufzusteigen. Besser ging es nicht. Sie wäre mit dem Klammerbeutel gepudert, wenn sie das nicht annahm.

Er blickte auf. Etxeberria sah angestrengt aus dem Fenster, wohl, um nicht Luc ansehen zu müssen.

»Danke, Commissaire«, sagte Luc leise.

»Sie können das entscheiden, Verlain. Sie können es auch ablehnen, aus dienstlichen Gründen.«

»Sie wissen, dass ich das niemals tun würde«, entgegnete Luc. »Außerdem zählt die Personalführung hier in Bordeaux zu Ihren Aufgaben, Commissaire Etxeberria, ich werde mich da nicht einmischen.«

Der Baske nickte.

»Gut. Ich wollte nur, dass Sie …«

»Das weiß ich sehr zu schätzen.«

In diesem Moment flog die Tür auf und herein kam eine geradezu leuchtende Anouk Filipetti.

»Wow, Schnee in Bordeaux! Ist das nicht herrlich, Jungs?«

Ihre Begeisterung war so ehrlich, so fröhlich und überschwänglich, dass es Luc in die Glieder fuhr. Er rang sich ein möglichst offenes Lächeln ab, stand auf und begrüßte sie mit den *bises*.

»Wollen wir uns kurz besprechen und dann weiter nach Arcachon fahren?«

Anouk nickte und strahlte ihn an.

Kapitel 14

Sogar die Palmen waren gepudert. Und wo sonst Touristen im *Café de la Plage* ihre bleichen Gesichter in die Sonne hielten, waren nun die Rollläden heruntergelassen. Nur wenige Passanten rutschten über den weißen Gehweg. Hier draußen *à la campagne* wirkte der Schnee besonders unberührt.

»Wie still es ist«, sagte Anouk, griff nach seinem Arm und zog Luc eng an sich. »Ist es nicht erstaunlich, wie still es ist, wenn der Schnee gefallen ist? Ich erinnere mich, wie toll ich das in meiner Kindheit fand, wenn es in Venedig mal geschneit hat, diese wenigen Male. Das war wie im Märchen.«

Sie gingen die Strandpromenade entlang, das Bassin zu ihrer Rechten führte Wasser, vorne am Pier wehten die Flaggen Arcachons, schwarz und weiß und gelb. Als sie auf Höhe des prachtvollen Casinos waren, das aussah wie ein sehr berühmtes Weinchâteau, sagte Luc:

»Ich seh dich da richtig vor mir, wie du über die Brücken hüpfst und mit Schneebällen auf die Gondolieri wirfst«, und er sagte es so, dass Anouk sofort heftig lachen musste. Dann gab sie ihm einen kurzen Kuss, den er erwiderte.

»Bei uns war das leider weniger romantisch. Ich weiß gar

nicht genau, wie oft es in meiner Kindheit geschneit hat, vielleicht ein- oder zweimal insgesamt. Doch mein Vater hat darauf bestanden, dass wir trotzdem raus auf das Bassin mussten, um Austern zu holen. Da war nix mit Schlitten fahren von der Düne. Wobei ich gar nicht weiß, ob wir einen Schlitten gehabt hätten. Jedenfalls haben wir uns ordentlich den Arsch abgefroren.«

»Du Armer«, sagte sie, und es klang aufrichtig, »aber du bringst mich auf eine Idee: Wie wohl die Düne aussieht, heute?«

»Wir werden es rausfinden«, sagte Luc, »es soll ja nicht wärmer werden heute und morgen, da bleibt uns der Schnee noch ein bisschen erhalten.«

Gerade waren sie auf dem Place des Marquises angekommen, auch hier war praktisch nichts los, die meisten Händler waren mit ihren Pullovern, Taschen und Elektroartikeln bei dem Wetter offenbar gar nicht erst von zu Hause aufgebrochen.

Vor ihnen glänzte die Markthalle mit ihren Zinnen und dem großen geschwungenen Dach, auf dem in weißen Lettern *Les Halles Arcachon* stand.

Luc fand Arcachon wunderschön, die Stadt atmete überall den Geist ihrer mondänen Vergangenheit als berühmtes Seebad des Fin de Siècle – die Stadtoberen hatten sich wirklich Mühe gegeben, dieses Flair in die Moderne zu retten. Hatten die verstaubte, düstere alte Markthalle beseitigt und die komplette Altstadt sanieren und den Glanz der Belle Époque neu entstehen lassen.

Sie betraten die weite Halle und, anders als draußen erwartet, war hier drinnen die Hölle los. Kein Wunder, schließlich mussten die vielen Tagestouristen bei der Kälte irgendeine Aktivität finden, die Wärme versprach – und da war Essen doch eine wunderbare Möglichkeit. Hier vorne, am Eingang, befanden sich Obst- und Gemüsestände, dahinter gab es Kuchen, Baguettes und Gewürze, und noch ein Stück weiter boten die Fischer ihre Waren feil, daneben die Fleischer. Anouk und Luc gingen an den Ständen vorbei, sahen frische Doraden und leuchtende Brassen, riesige *Côtes de bœuf* und Lammkoteletts. Ihr Ziel lag aber weiter hinten in der Halle. Dort waren große Wasserbassins aufgebaut, und drum herum erwarteten die Austernzüchter ihre Kunden.

Wie liebte Luc diese Selbstverständlichkeit der Aquitaine: Überall sonst auf der Welt, auch in Paris, wurden Austern zelebriert – galten als Delikatesse für die Reichen, es wurde ein Brimborium darum veranstaltet –, hier aber wurden sie schlicht gegessen, zu jeder Tageszeit und einfach so zwischendurch, eine Scheibe Brot dazu, ein kleines Glas Weißwein und fertig.

Ein Stand war schöner und kreativer gestaltet als der andere, und vor jedem saßen Dutzende Menschen vor großen Etageren und ließen es sich schmecken. Ganz am Rande der Halle aber war ein kleiner, schlichter Stand, eine schmale Theke, darauf die großen grünen Austernkisten und darüber ein einfaches handgemaltes Schild: *Hûitrerie Pujol.*

Madame Pujol war kaum zu sehen, so hoch waren die Kisten gestapelt. Kunden hatte sie gerade keine. Sein Bauchgefühl hatte Luc nicht getrogen – es stand wirklich schlecht um Fred Pujols Austernzucht, wenn seine Frau selbst an diesem Tag hier zu finden war.

»Verzeihen Sie, Madame Pujol, wir sind noch einmal gekommen, weil wir einige Fragen an Sie haben«, sagte Anouk sehr freundlich und stellte sich auf die Zehenspitzen, um an den Kisten vorbei einen Blick auf die Frau erhaschen zu können. Wieder trug sie ihr Kopftuch, darunter eine weiße Schürze, die über und über mit Schmutz bedeckt war. Das Kleidungsstück sah exakt so aus wie die Schürze des jungen Pathologen in der Gerichtsmedizin, es fehlte nur das Blut.

Madame Pujol nickte und sah sie beide aus blutunterlaufenen Augen an. Sie wirkte auf Luc erstaunlich ruhig und das, obwohl sie – ohne hinzusehen – auf der Theke unentwegt Austern öffnete. Die eine Hand hielt das Messer, die andere die Auster. Immer klopfte sie zwei Austern gegeneinander, um den Klang zu prüfen. Klangen sie wie zwei aufeinandergestoßene Steine, waren sie gut. Gab es aber einen hohlen Klang, war das Meerwasser ausgetreten, dann war mindestens eine verdorben. Madame Pujol stieß das Messer in die Frucht einer jeden guten Auster, durchtrennte einen Muskel, und schon öffnete sich das Tier wie von selbst und ganz ohne Zerstörungen. Geriet nämlich etwas von der Schale ins Fleisch, war die Auster hinterher ziemlich sicher ungenießbar. Madame Pujol arbeitete rasend schnell und ohne Handschuhe.

Das hatte Luc auch getan, bis er siebzehn war. Dann war er eines Tages abgerutscht und hatte sich das Messer in die linke Hand gerammt. Die Narbe trug er noch heute. Seitdem hatte er immer einen der schweren Handschuhe aus Edelstahl oder Kautschuk benutzt.

Doch Madame Pujol machte den Anschein, als fürchte sie das Messer nicht – oder besser: als würde sie nie abrutschen.

»Entschuldigen Sie sich nicht ständig«, sagte sie nun grimmig. »Sie machen doch nur Ihren Job. Also, fragen Sie … Moment …«

Ein Kunde hatte sich vorbeigedrängelt.

»*Une douzaine de numéro 3, Madame, s'il vous plâit*«, sagte der ältere Herr mit den vollen Einkaufstüten, aus denen Lauch und Wirsing ragten. Mit den Austern würde er sein Diner vollständig beisammen haben.

Madame Pujol packte zwölf Austern der mittleren Größe in eine Plastiktüte und reichte sie über den Tresen.

»Sieben Euro«, sagte sie barsch.

Der Mann reichte ihr das Geld passend hinüber und zog grußlos von dannen.

»Kommen Sie, ich brauche eine Pause«, sagte sie und ging mit flatternder Schürze voraus. Anouk und Luc folgten ihr eine kleine Treppe hinunter zum alten Café der Markthalle. Sie winkte dem Wirt zu: »Machst du uns drei Kaffee?«

Dann stellte sie sich draußen an den einzigen Stehtisch und zündete sich eine Zigarette an.

»Ihnen ist hoffentlich nicht zu kalt«, sagte sie. »Sie, junge Frau, Sie sind ja nur Haut und Knochen.«

Was ironisch hätte gemeint sein können, war ihr voller Ernst. Wahrscheinlich hatte sich Madame Pujol noch gesund und wohlgenährt in Erinnerung, nicht als die ausgemergelte, von der Krebserkrankung gezeichnete Frau, die sie jetzt war.

»Nein, alles in Ordnung, Madame Pujol«, sagte Anouk. »Sagen Sie, ist Ihnen noch etwas eingefallen, das uns weiterhelfen könnte? Etwa, warum Vincent in dieser Nacht noch spät auf dem Bassin unterwegs war?«

»Was meinen Sie denn?«

»Als wir gestern bei Ihnen waren, Madame, haben Sie gesagt: ›Es musste ja so weit kommen.‹ Das waren Ihre Worte. Was wollten Sie damit sagen?«, fragte Luc.

Sie nahm noch einen tiefen Zug, dann warf sie die Zigarette zu Boden und trat mit ihrem schweren Fischerstiefel darauf, zermatschte sie im Schnee wie ein lästiges Insekt.

»Dass hier etwas vor sich geht, auf diesem beschissenen Bassin«, sagte sie in abfälligem Ton und wies auf das Gebäude zu ihrer Rechten, hinter dem sich der Strand befand. »Und dass unsere Familie die Zielscheibe ist.«

»Was soll das heißen, Madame? Bitte, Andeutungen bringen uns nicht weiter. Wir brauchen konkrete Hinweise.«

Lucs Mitleid legte sich langsam, er wurde stattdessen wütend, weil ihn das Gefühl beschlich, hier Zeit zu verschwenden.

»Ich sage Ihnen, was das heißen soll: Ich habe keine Ahnung, was Vincent auf dem Bassin wollte. Er hat es mir nicht gesagt. Weil er seine Sorgen stets mit sich ausmachte. Und die größte Sorge galt mir. Meiner Krankheit. Wissen Sie, Commissaire, morgen oder übermorgen kriege ich Nachricht, meine Chemo ist beendet, und nun haben sie die Untersuchung gemacht: Ist der verdammte Krebs weg oder hat er gestreut. Morgen wird also mein Urteil gesprochen. Vincent, mein kleiner Vincent«, ihre Stimme wurde weicher, »ist damit nicht gut klargekommen. Aber er hat sich nichts anmerken lassen. Er ist dann mit dem Boot raus. Und hat nachgedacht. Denn es war ja nicht seine einzige Sorge. Unser Geschäft – das brauche ich Ihnen ja nicht zu erklären – läuft nicht gerade auf Hochtouren. Obwohl sich Fred und Vincent abrackern. Mein Junge hat wirklich Tag und Nacht auf dem Bassin gearbeitet. Er wollte die Produktion erhöhen, er wollte, dass die Austern schneller wachsen, hat sogar welche in tieferes Wasser gesetzt und sie unter großen Mühen von dort hochgeholt. Er …«

Ihre Stimme brach, und einen Moment schien es, als würde sie nicht weitersprechen. Ihre Augen waren denen von Vincent auf dem Foto so ähnlich. Sie sahen nur so viel müder aus. Sie holte tief Luft und fuhr mit finsterem Blick fort: »Egal, das sind Einzelheiten, die Sie nicht interessieren. Aber es gibt da einen, der denkt: Bei den Pujols, da läuft es nicht. Also sind die Pujols die, die hier kriminell sind auf dem Bassin. Die Austern klauen. Er hat uns schon die Steuerfahndung auf den Hals gehetzt. Und die Polizei, die unsere Bestände kontrolliert hat. Aber wir haben nichts Unrechtes getan. Wir würden niemals …«

»Wer ist es, der Sie anschwärzt?«

»Der, der hier alles aufkauft. Sie, Commissaire, wissen doch sehr genau, wer das ist. Ich habe Sie zuerst nicht erkannt, Commissaire, mein Mann aber schon. Die einzigen Worte, die er gestern zu mir sagte, als er nach Stunden wieder nach Hause kam, waren: ›Das ist der Sohn von Alain Verlain.‹ Und ich hab gefragt: ›Wer?‹ Und er hat gesagt: ›Na, der Bulle.‹ Entschuldigen Sie – das waren seine Worte. Also, Monsieur Verlain, Sie wissen ja, an wen Ihr Vater seine Zucht verkauft hat. Und nun will der alte Gauner auch noch unsere Zucht kaufen. Der feine Monsieur …«

»… Chevalier«, riet Luc.

»Ganz genau«, sagte sie nickend. »Der feine Monsieur Chevalier, Retter der darbenden Austernzüchter, Besitzer dieses fiesen lauten Motorbootungeheuers, mit dem er uns an den Wochenenden seinen Reichtum vorführt.«

Von diesem Gefährt hörte Luc zum ersten Mal. Er machte sich eine Notiz im Hinterkopf.

»Sonst hat Ihr Mann nichts gesagt? Dass er irgendetwas weiß?«

»Kein Wort …«

»Madame Pujol, ich muss Sie das fragen: Wo waren Sie in der Nacht?«

»In unserer Hütte, Commissaire. Ich habe geschlafen. Tief und fest. Mein Tag endet abends am Herd, wo er morgens wieder beginnt, um dann auf dem Markt weiterzugehen. Ich schlafe wie ein Murmeltier, und die Chemo hat ihr Übriges getan … Ich bin ständig erschöpft.«

Luc musste tief durchatmen, so sehr rührte ihn die Frau.

»Haben Sie vielen Dank, Madame. Wir melden uns, sobald wir mehr wissen.« Er nickte ihr zu. »Sie sind sehr tapfer.« Er ging hinein und legte fünf Euro auf den Tresen, dann zogen Anouk und er los in Richtung Auto. Am Rande des Platzes drehte er sich noch einmal um, gerade als Madame Pujol auch die zweite Zigarette wegwarf und in die Markthalle zurückstapfte. Einen Moment sah ihr der Commissaire gedankenverloren nach.

Kapitel 15

»Luc Verlain.«

»Hallo, hier ist …«

»Ja, Madame?«

»Verzeihen Sie, Commissaire, ich muss erst mal durchatmen. Ich bin Julie Labadie. Sie wissen schon, François' Schwester. Sie waren gestern bei uns.«

»Natürlich erinnere ich mich daran, Mademoiselle. Wie geht es Ihnen?«

»Fragen Sie das im Ernst? Beschissen geht es mir. François war mein Bruder!«

»Entschuldigen Sie, Mademoiselle … Also, was kann ich für Sie tun?«

»Ich weiß, dass Sie gestern Abend bei uns waren. Ich habe geschlafen, der Docteur hat mir irgendein Mittel gegeben, das selbst eine Kuh umfallen lassen würde. Ich hab mir Ihre Nummer von der Visitenkarte abgeschrieben, die Sie Papa dagelassen haben. Ich muss Ihnen unbedingt etwas sagen.«

»Bitte, erzählen Sie.«

»François hat mich angerufen, vor ein paar Tagen, ich war da noch in Paris, wo ich studiere. Er hat andauernd davon gesprochen, dass man Chevalier das Handwerk legen müsste, bevor er das komplette Bassin an sich reißt.«

Chevalier. Schon wieder Chevalier.

»Was meinte er damit?«

»Na, das wissen Sie doch, Commissaire.«

»Mademoiselle, verzeihen Sie, Sie sind die zweite Person an diesem Tag, die davon ausgeht, dass ich wirklich jede Geschichte des Bassins in- und auswendig kennen würde. Aber ich bin nur der Sohn eines Austernzüchters, und mein Vater ist seit über zehn Jahren in Rente. Also, bitte, fangen Sie von vorne an. Jedes Detail hilft mir.«

Sie atmete tief durch. Um sie herum war es laut, Luc konnte nicht identifizieren, ob es Autos, Boote oder sonstige Maschinen waren, die da dröhnten.

»François und Vincent hatten eine Idee. Sie wollten das Bassin demokratisieren – zum Jahreswechsel wollten sie eine große Kooperative gründen, die junge Austernzüchter zusammenbringt. Die die Austernparks gerecht aufteilt, den Preis für die Austern steigert und so allen Züchtern die gleiche Chance gibt, künftig mehr Gewinn zu erwirtschaften. Und dem Bassin die Gelegenheit gibt, sich zu akklimatisieren. Keine Überzüchtung, keine Überdüngung mehr. Was auch angesichts des Klimawandels wirklich wichtig wäre.«

»Ein guter Plan.«

»Genau. François war Feuer und Flamme. Sie hatten schon ausprobiert, in der Tiefe Austern zu züchten, die innerhalb von nur einem Jahr verzehrfertig sind. Mein Bruder hat auf einen Kran gespart. Er hat praktisch durchs Telefon gestrahlt, als er davon erzählt hat. Aber jetzt kommt's, Commissaire. Er hat mir gesagt, dass sie für den Plan erst mal erreichen müssten, dass Fred Pujol das Jahr übersteht. Und dass sie Chevalier dafür einmal bluten lassen müssten.«

»Was meinen Sie, was das genau heißen sollte?«

»Ich habe ihn angefleht, keinen Blödsinn zu machen. Aber François hat gesagt, dass der alte Chevalier der Diktator der Austernzüchter sei, der Monopolist. Und das er dem ein Ende setzen müsse. Ich habe ihm gesagt, dass er vorsichtig sein muss, aber da hatte er schon aufgelegt. Und als ich dann hier war, hatten wir keine Zeit, darüber zu sprechen. Er war ständig auf dem Wasser. Commissaire, Sie müssen mit Chevalier sprechen. Er …«

»Wir sprechen mit ihm, Mademoiselle. Ich würde aber in den nächsten Tagen auch gerne noch einmal mit Ihnen sprechen. Ich rufe Sie auf dieser Nummer an. *Au revoir,* Mademoiselle Labadie. Und vielen Dank.«

Anouk bremste eben vor dem großen Haus, als Luc auflegte und murmelte: »Alle Wege führen hierher.«

»Was meinst du?«

»Die Schwester von François Labadie. Sie hat uns empfohlen, doch mal mit dem Bewohner dieses Hauses zu sprechen. Oder wohl besser dieser Villa. Wahnsinn … Hier sieht's ja feiner aus als rund um den Bois de Boulogne.«

Er stieg aus. Als Anouk neben ihm im Schnee stand, schnalzte sie anerkennend mit der Zunge.

»Wow. Das ist ja mal eine Hütte.«

Arcachon war seit der zweiten Hälfte des 19. Jahrhunderts, der Hochzeit der Bäderkultur, die »Stadt der vier Jahreszeiten«. Von der Ville de Printemps und der Ville d'Automne gerahmt, lag Richtung Strand die Sommerstadt, die Ville d'Été, deren Leben von der Markthalle geprägt wurde, der Altstadt, den Einkaufsstraßen, dem Boulevard am Bassin entlang. Ein paar Hundert Meter weiter oben, auf einer Düne gelegen, lag ihr Pendant, die Winterstadt, die Ville d'Hiver. Früher machten hier die Alten und Kranken ihre Kur in der frischen Meeresbrise, natürlich nur die Reichen unter ihnen. Vor allem Menschen mit Tuberkulose kamen ins berühmte Sanatorium. Drumherum bauten sich reiche Pariser und wohlhabende Einheimische prachtvolle Villen im einzigartigen Bäderstil, Belle-Époque-Bauten mit Säulen und Ornamenten, die einen wahlweise an Sankt Petersburg oder griechische Tempel denken ließen.

Und nun standen sie vor einem besonders grandiosen Exemplar einer solchen Villa. Ein beiges Flachdach, daneben ein Türmchen mit rotem Spitzdach, darunter drei Etagen, verziert mit allerlei hölzernen Streben, zwei Balkone an der Front – und das alles umgeben von einem fein säuberlich hergerichteten Garten: perfekt geschnittene Buchsbäume, zwei Palmen, die sich zum Himmel reckten wie strammstehende Soldaten, der Rasen getrimmt wie in Oxford oder Cambridge.

Luc drückte auf die Klingel, und drinnen erklang ein ausgesucht melodischer Gong. Wenige Sekunden später öffnete sich die Tür, und eine schwarze Frau in einer weißen Schürze trat heraus. Eine Hausangestellte. Luc wähnte sich in einer anderen Welt.

»Sie wünschen?«, fragte die Frau und lächelte ausnehmend freundlich.

»Das ist Anouk Filipetti, und ich bin Luc Verlain von der Police Nationale de Bordeaux, wir würden gerne mit Monsieur Chevalier sprechen. Es ist dringend.«

»Bitte warten Sie einen Moment«, sagte die Frau nickend und verschwand im Innern.

»Wir müssen das klug anstellen. Er darf nicht wissen, worum es geht.«

Anouk nickte.

»Bitte«, sagte die Frau, die vollkommen lautlos wieder erschienen war, »kommen Sie.«

Anouk und Luc betraten die Halle, die wohlig warm war, aus

einem der anliegenden Räume war das Knistern eines Kamins zu hören.

»Bitte, gehen Sie doch voraus in den Salon, Monsieur Chevalier kleidet sich gerade an. Er wird in fünf Minuten bei Ihnen sein.«

»*Merci, Madame*«, sagte Luc.

»Sehr schön«, sagte Anouk und blieb vor einer Marmorskulptur stehen, die mitten im Eingangsbereich stand. Zwei nackte Frauen, anmutig ineinander verschlungen.

»Wenn mich nicht alles täuscht, ist das ein echter Rodin«, sagte sie. Luc zweifelte nicht einen Moment daran, dass sie recht hatte.

»In Paris hätten die Besitzer ein Schild montiert, damit auch ja jeder erkennt, was das für ein Schatz ist. Hier stellt man sie anonym in den Eingang. Bescheidenes Völkchen eben ...«

Anouk grinste, dann gingen sie zusammen in den Salon, der die Ausmaße einer mittelgroßen Bahnhofshalle hatte. Unzählige Ölgemälde hingen an den Wänden, und Luc erkannte an der Sicherheit der Pinselstriche und den geschwungenen Buchstaben der Signaturen, dass nicht mal ein Jahresgehalt ausreichen würde, um auch nur den Rahmen eines dieser Bilder zu kaufen.

Der Salon wurde beherrscht von dem brennenden Kamin und einer sehr großen Couch mit dazugehörigem Canapé aus buntem Brokat. Anouk und Luc nahmen darauf Platz und sanken sofort tief ein.

»Ein Möbel zum Bleiben«, sagte Anouk lachend.

»Wer würde hier wegwollen?«, stimmte Luc zu.

»Ich darf Ihnen schon einmal Wasser bringen«, sagte die Haushälterin und stellte auf dem Beistelltisch einen Flaschenkühler mit einer roten Flasche Badoit ab, dann füllte sie drei Gläser. Das dritte stellte sie auf den Tisch neben dem Canapé.

Sie lehnten sich zurück und tranken von dem Wasser, aus den versteckten Boxen erklang leise Jazzmusik. Alles hier strahlte die Eleganz und Überlegenheit eines sehr wohlhabenden Menschen aus, der sich statt über Geld nur noch über Kultur und Schönheit Gedanken zu machen schien.

Es dauerte weitere zehn Minuten, bis sie Schritte vernahmen, leise, getragene Schritte, die eine Treppe herunterzukommen schienen, dann trat ein älterer Herr durch die Tür. Er war sehr groß, maß bestimmt fast zwei Meter. Die graumelierten Haare waren von einem Scheitel geteilt, durch eine randlose Brille sahen zwei wache graue Augen sie an. Luc hatte Monsieur Chevalier nie persönlich kennengelernt, sein Vater allerdings hatte wiederholt dessen eindrucksvollen Blick beschrieben. Die Kühle dieses Blicks überraschte Luc dennoch. Chevaliers Gesicht war schmal geschnitten, hohe Wangenknochen, nur wenig Falten um die Augen. Er trug einen elegant geschnittenen grauen Anzug mit einem Karomuster, darunter ein weißes Hemd und eine blaue Fliege. Einstecktuch, Anstecker der Ehrenlegion. Luc fand, dass eine Viertelstunde für diese Aufmachung fast wenig bemessen war.

»Madame Filipetti, wie ich gehört habe. Und Monsieur Verlain, Commissaire Verlain, verzeihen Sie.«

Chevaliers Stimme war durch und durch distinguiert, sie war weder hoch noch tief, einfach nur wohltuend sanft und passte ganz zu der äußeren Erscheinung des Mannes.

»Monsieur Chevalier, vielen Dank, dass Sie uns empfangen.«

»Aber natürlich, meine Dame, mein Herr. Wenn ich so indiskret sein darf, Monsieur, ich habe vor einigen Jahren mit einem Mann Ihres Namens ein Geschäft gemacht. Darf ich fragen, ob Sie miteinander verwandt sind?«

»Er ist mein Vater.«

»Alain Verlain, ein feiner Herr, wirklich. Es ist mir eine Freude – ja, wirklich, Ihr Park auf der Banc d'Arguin hat sich prächtig entwickelt, er macht mir viel Freude.«

»Oh, Monsieur Chevalier«, gab Luc zurück, »ich kann Ihnen versichern, der Park meines Vaters war stets prächtig entwickelt. Da hatten Sie sicher nicht viel Arbeit.« Er hatte es nicht zurückhalten können.

»Ich bitte Sie, so habe ich das gar nicht gemeint, Commissaire. Natürlich habe ich den Park in einem wunderbaren Zustand übernommen. Wenn nur alle *ostréiculteurs* so arbeiten würden wie Ihr Vater.«

Luc spürte, wie Anouk in dem weichen Sofa tiefer rutschte, sich zusehends entspannte. Und wirklich: Chevaliers Stimme war die eines Hypnotiseurs. Sie sponn sogar Luc ein, zog ihn tiefer in ruhige Gefilde. Und dabei lächelte Chevalier so aufrichtig und freundlich, dass Luc sofort verstand, warum sein Vater ausgerechnet ihm seinen heiß geliebten Austernpark verkauft hatte.

»Aber, meine Herrschaften, so sagen Sie mir doch: Wie kann ich Ihnen helfen?«

Luc setzte sich wieder etwas aufrechter, was schwer war – so, als versuchte er sich in einem Wasserbett aufzusetzen.

»Monsieur Chevalier, wir unterstützen die Gendarmerie Nationale in ihrem Kampf gegen die Austerndiebe. Es gab wohl in diesem Jahr wieder vermehrt Diebstähle. Und da dachte ich mir, dass es Sie als größten Austernzüchter der Region mit hoher Wahrscheinlichkeit manchmal auch erwischt. Ich liege doch nicht falsch damit, dass Sie der größte Züchter sind?«

Chevalier verzog keine Miene, sein Ton blieb servil, als er antwortete:

»Es ist keine Unbescheidenheit, nur die Fakten zu nennen: Ich bin mit Abstand der größte Austernzüchter auf dem Bassin.

Ich züchte mehr Austern als alle meine Konkurrenten zusammen. Und das – da haben Sie recht – ruft Neider auf den Plan, und mitunter sogar Kriminelle. Von daher muss ich sagen, bin ich wirklich erfreut, dass sich nun die richtige Polizei mit diesem Problem befasst. Ich habe lange darauf gedrängt, allerdings ohne Erfolg.«

»Aber, Monsieur Chevalier«, sagte Anouk verwundert, »es gibt immerhin eine eigene Einheit der Gendarmerie, die sich des Problems annimmt. Man könnte meinen, das sollte Sie zufriedenstellen.«

»Ach, Mademoiselle, haben Sie Lieutenante Giroudin und ihre Männer schon getroffen? Ja, sie sind sehr motiviert und haben ein hübsches Boot. Aber ich bitte Sie, die sind zu dritt auf dieser Nussschale, auf der ich nicht mal fischen gehen würde. Und das Bassin ist riesig. Außerdem scheint es mir so, dass Lieutenante Giroudin mich – sagen wir mal – nicht so richtig gut leiden kann. Also kann es vorkommen, dass sie in einer Nacht die Austernbänke der kleinen Züchter aus dem Port de Larros dreimal abfährt und meine großen Bänke gar nicht besucht. Und das wissen die Diebe natürlich.«

»Und woher wissen Sie das?«

Chevalier fuhr sich mit der Zunge über die Lippen. »Ich habe meine Quellen.«

»Folgen Sie der Gendarmerie mit Ihrem Boot?«

»Werde ich hier verhört?«

So geschmeidig seine Stimme war, so schnell konnte sie offenbar scharf werden.

»Keineswegs, mich interessiert nur, woher Sie all Ihr Wissen haben.«

Luc durfte nicht zu weit gehen, er durfte von den Toten auf dem Bassin nichts enthüllen.

»Wenn Sie über meinen Einfluss verfügen, haben Sie gute

Verbindungen zu den Behörden. Ich bin der zweitgrößte Steuerzahler in der Gemeinde Arcachon – und der drittgrößte Arbeitgeber. Meine Austern werden von hier bis Colmar gegessen. Und sogar in der Wüste von Dubai stehen Kisten im Kaufhaus, auf denen mein Name prangt.«

»Wie groß ist denn das Problem des Diebstahls für Sie, Monsieur?«

»Neun Prozent. Neun Prozent im letzten Jahr.«

Chevaliers Gesicht verzog sich zu einer wütenden Grimasse, als bereitete ihm die pure Zahl echte Schmerzen.

»Können Sie sich das vorstellen? Neun Prozent meiner gesamten Ernte, das sind dreihundert Tonnen. Und das wiederum sind Zehntausende Euro, die ich verliere. Geld, das ich mir redlich erarbeitet habe. Dass meine Angestellten verdient hätten, weil sie es waren, die die Austern gezüchtet haben, gesäubert, gewässert, großgezogen. Und dann sind es andere, die uns Dutzende, Hunderte, nein, Tausende Säcke stehlen, in tiefster Nacht. Und ich habe weiß Gott getan, was ich konnte, um das zu verhindern.«

»Was denn, Monsieur Chevalier?«

»Ich habe die Videoüberwachung initiiert. Ich hätte die Kameras auf dem Bassin auf Pfählen festgemacht, ich hätte alles bezahlt. Auch für die Austernbänke der Kollegen. Das Problem betrifft schließlich alle. Ich war mir sehr sicher, dass ich das durchbekomme. Mit absoluter Mehrheit. Hab ich gedacht.« Er lachte laut auf. »Dann kam die EU mit ihrer Datenschutzverordnung. Und schon musste der Beschluss einstimmig sein. Die Rechte am Bild, verstehen Sie?«

»Und dann …«, sagte Anouk vorsichtig.

»Es geht hier nicht nach Größe der Parks. Nein, jeder hat eine Stimme. Und nun raten Sie mal: zweiundfünfzig Prozent der Züchter haben die Kameras abgelehnt. Zweiundfünfzig Prozent. Die absolute Mehrheit, tatsächlich. Und ich gutmütiger Trottel hab gedacht, die würde meiner Sache gelten. Ich war sprachlos. Und fortan wieder auf Lieutenante Giroudin zurückgeworfen. Dieses Jahr rechne ich mit über zehn Prozent Verlust durch die Diebe.«

»Da kann man wütend werden«, sagte Anouk kühl.

Chevalier schaute verblüfft. »Was meinen Sie denn damit, Mademoiselle? Nein, Wut ist der falsche Ausdruck. Es ist pures Unverständnis. Da lassen sich diese Schafe lieber all ihre Austern stehlen, als mich für ihren Schutz bezahlen zu lassen.«

»Könnte es sein, dass einige Züchter dagegen gestimmt haben, damit ihr Treiben auf dem Bassin nicht bemerkt wird? Weil sie selber stehlen?«

Chevalier nickte sanft und wissend. »Das ist eine Möglichkeit. Aber es geht auch noch um vieles andere, was hier in rechtlichen Grauzonen passiert.«

»Sie sind da ja sehr eifrig, was die Denunziation von Kollegen betrifft«, sagte Anouk.

»Sie nennen das Denunziation, Mademoiselle? Dass ich nicht lache. Ich weiß schon, was Sie meinen. Aber heißt es nicht immer, die Polizei wäre so schlecht ausgestattet? Nun, das könnte auch daran liegen, dass angeblich so anständige Händler wie Familie Pujol fast alle ihre Austern schwarz verkaufen – die akzeptieren keine Kreditkarte, keine *Carte Bleue*, geben keine Rechnung, nichts. Während ich hier Millionen an Steuern zahle, jedes Jahr. Und wenn ich die melde, kann ich sicher sein, dass mir wieder von irgendeinem reaktionären Deppen ein *Fuck Chevalier* auf die Mauern gesprüht wird.«

»Ist Fred Pujol auch einer der Austerndiebe?«

»Woher soll ich das wissen? Ich weiß nicht mehr, wer hier Freund und wer Feind ist.«

»Sie klingen ehrlich gesagt so, Monsieur Chevalier, als wäre

Ihre Geduld aufgebraucht. Was wollen Sie denn tun, wenn – wie Sie sagen – die Gendarmerie nichts unternimmt?«

Wieder fuhr er sich mit der Zunge über die Lippen, eine Spur nervöser, wie es Luc schien.

»Nun, Monsieur le Commissaire, Sie sagen ja, dass Sie nun ermitteln. Darauf hoffe ich sehr. Und wenn nicht …«

»Was dann, Monsieur Chevalier?«

»Dann muss ich selbst auf meine Austern aufpassen.«

»Soll heißen?«

»Darüber denke ich nach.«

»Gut, Monsieur. Vielen Dank für das Gespräch. Wir melden uns bei Ihnen, wenn wir mehr wissen, was uns in dieser Sache weiterbringt.«

»Ich danke Ihnen, Mademoiselle, Monsieur.«

Dann stand auch er auf, und als hätte sie jedes ihrer Worte mit angehört, kam in diesem Moment die schwarze Haushälterin mit ihren Jacken herein.

Als Luc sich noch einmal umdrehte, sah der Platzhirsch der Austernzüchter sehr nachdenklich aus.

Kapitel 16

»Das da draußen sind alles seine Bänke«, sagte Anouk und umschrieb mit dem Arm ein riesiges Stück des gefluteten Bassins, hielt dabei die Karte auf ihrem Schoß, die sie von der Gendarmerie bekommen hatte und die die Grenzen der Austernparks verzeichnete. »Und dann hat er noch Bänke auf der Banc d'Arguin, und dazu den alten Park deines Vaters. Wirklich ein wahnsinnig großer Besitz.«

Luc steuerte den Wagen über den Boulevard de la Plage, der direkt am Hafen von Arcachon vorbeiführte. Noch ein Stück weiter östlich lag eine große Fabrikhalle – kein Vergleich zu den Holzhütten der Familien Labadie und Pujol. Hier, unter dem riesigen Banner mit der Aufschrift *Chevalier,* ließ er seine Austern verarbeiten, verpacken und in die ganze Welt verschicken.

Luc fuhr langsam an der Halle vorbei. Am Quai gab es etliche fabrikeigene Anleger.

»Sieh mal da«, sagte Anouk.

Luc bremste und fuhr an den rechten Straßenrand.

»Schnittig«, sagte er anerkennend.

»Sehr schnittig.«

Neben all den großen Austernbooten lag am äußeren Quai ein pechschwarzes Boot in matter Optik. Das Deck war aus Holz, alles andere schien aus Leichtmetall zu sein, es glänzte in der Wintersonne. Auf dem Dach des Bootes und an den Seiten – und das war spektakulär – waren Solarzellen angebracht.

»Ein Solar-Speedboat. So etwas hab ich ja noch nie gesehen«, sagte Luc.

»Es sieht schnell aus«, sagte Anouk.

»Und es ist leise«, ergänzte Luc.

»Was denkst du?«

»Noch denke ich gar nichts. Aber irgendwas ist komisch mit diesem Chevalier. Genau wie mit den Pujols.«

»Hier, eine Mail von Hugo. Er hat die finanzielle Situation der Züchter abgeklopft: Chevalier ist wirklich ein Multimillionär. Viele Angestellte, viele Kredite, aber sehr gute Liquidität. Und ein wahnsinnig hoher Umsatz. Bei den Labadies sieht es aus wie bei jedem normalen Mittelständler. Kein Leben im Dispo, aber auch keine riesigen Rücklagen. Spannend sind Lascasse und Pujol: beide kurz vor der Pleite, Lascasse soll seinen Betrieb schon mal zum Verkauf inseriert haben. Die Verbindlichkeiten sind enorm. Den Pujols hat die *Crédit Agricole* vor ein paar Monaten den Geldhahn zugedreht.«

»Hm«, murmelte Luc, »da ist ja alles dabei.«

»Lass uns noch mal in den Port de Meyran fahren. Wir sollten uns dort mal umhören. Und Monsieur Pujol wird uns auch ein paar Takte erzählen müssen.«

»Sind schon auf dem Weg.«

»Ist er nicht schön, der Schnee?«, fragte Anouk und juchzte kurz und leise. »Es gibt wirklich keinen schöneren Ort und keinen – nun ja – schöneren Kollegen, mit dem ich diesen Moment würde teilen wollen …«

»Ach ja?«

Anouk schaute ihn kurz an, versuchte ihn zu ergründen, dann legte sie die Füße aufs Armaturenbrett und sah aus dem Fenster.

Kapitel 17

»Ich glaube, wir brauchen nicht lange herumzufragen«, sagte Anouk und zeigte auf etwas, was Luc noch nicht sah.

Sie waren in den Hafen von Meyran hereingefahren, der an diesem Nachmittag gänzlich verlassen dalag. Die Austernzüchter waren in ihren Hallen, die Kunden noch auf der Arbeit. Die Boote lagen träge und unbemannt in der Ebbe.

Luc trat näher heran. Anouk stand vor einem alten Boot.

»Es heißt *Dorine*. Wie Madame Pujol. Sieh mal, dort.«

Mit einem Satz war sie hinübergesprungen. Das metallene Boot bewegte sich nicht mal ein paar Zentimeter. Luc nahm Anlauf und sprang ihr hinterher. Dann kniete er sich neben sie und sah, was sie gesehen hatte.

Eine Trommel mit Tau. Blauem Tau.

»Ja. Das könnte passen.«

Luc nahm das Seil in die Hand und befühlte es, es fühlte sich haargenau so an wie das Tau, das um Vincents und François' Hände gewickelt gewesen war. Farbe, Dicke, Rauheit, alles stimmte.

»Aber warum …«

Luc zuckte die Schultern. »Es gibt nur einen, der darauf eine

Antwort weiß. Und den sacken wir jetzt ein. Rufst du Hugo an? Er soll herkommen, vielleicht kann ihn Etxeberria sogar begleiten. Dann kommt er mal wieder raus. Sie sollen die Nachbarn befragen. Ich will wissen, was der alte Pujol vorgestern Nacht getan hat. Hier wissen die Nachbarn doch alles voneinander, oder was meinst du?«

Schon war Anouk am Telefon und sprach mit dem Kollegen in Bordeaux.

Er gab ihr die Hand, doch sie lachte und sprang allein wieder auf die andere Seite des Quais.

Dann gingen sie auf das niedrige Haus neben der Hütte zu, in der die Pujols wohnten. Eine der hölzernen Cabanes, wie sie hier zu Dutzenden standen, nur eben ungestrichen und unsaniert, das Holz sah müde und schmutzig aus.

Luc klopfte nicht an, er öffnete die winzige Tür, bei deren Anblick er sich fragte, wie sie hier wohl die ganzen Kisten hindurchwuchteten. Innen herrschte Ruhe, nur ein Klappern war zu hören, ein leises Knappern.

Sie traten in das Dunkel.

Dort in einer Ecke stand er, Monsieur Pujol. Er trug dieselben Klamotten wie gestern. Vor ihm standen etwa zwanzig hölzerne Kisten. Er befüllte sie, legte eine Auster nach der anderen hinein, fein säuberlich aufeinander, übereinander, bereitete sie für den Verkauf vor, und dabei fasste er jede Auster an, als berühre er eine kleine Kostbarkeit.

»*Excusez-nous*«, sagte Luc leise.

Pujol machte weiter, stoisch, ganz ruhig, Auster für Auster. Anouk und Luc traten näher. Als Anouk direkt neben Monsieur Pujol stand, zuckte der auf einmal zusammen und ließ eine der Austern fallen. Sie klapperte über den Boden, zerbrach aber nicht. Er bückte sich mühsam, hob sie auf und legte sie sorgfältig auf eine andere.

»Ja?«

Er wandte sich Luc zu, Anouk sah er nicht an.

»Monsieur Pujol, wir sind von der Police Nationale, wir haben uns gestern schon bei Ihnen daheim gesehen. Wir haben noch einige Fragen an Sie. Und wir würden …«

Bevor Luc seinen Satz beenden konnte, legte Pujol die Hände zusammen und hielt sie vor sich, ganz so, als würden gleich die Handschellen klicken: »Verhaften Sie mich?«

»Nein, Monsieur Pujol, dazu haben wir aktuell keinen Anlass«, antwortete Luc erstaunt, »aber es gibt einige Dinge, die wir klären müssen. Wir werden Sie mit nach Bordeaux nehmen.«

Pujol nickte langsam und ließ die Hände wieder sinken. Die beiden Polizisten folgten ihm aus der Cabane, er stieg hinten in den Jaguar ein, und dann ließ Anouk den Motor an und sie rollten hinaus aus dem Austernhafen, während überm Bassin die Wintersonne unterging.

Kapitel 18

Der Vernehmungsraum verdüsterte Lucs Stimmung. Vernehmungsräume im Allgemeinen hatten diese Wirkung auf ihn. Die kargen Wände, das miese Licht, die Fensterlosigkeit. In Kriminalfilmen gab es ja oft diese hochfunktionalen Räume, die in alte Industrielofts gebaut zu sein schienen, mit cleverer Lichttechnik und der obligatorischen Scheibe, durch die unsichtbare Beamte dem Verhör lauschen konnten. Doch die Wirklichkeit sah ganz anders aus, egal ob in Paris oder Bordeaux: Die Räume lagen jeweils im Keller der Gebäude, hier im Hôtel de Police neben den zwei Arrestzellen für kurzzeitige Festnahmen. Kein Licht von außen, dafür eine flackernde Neonröhre, ein alter Resopaltisch und drei gänzlich unbequeme Stühle.

Aber noch aus einem anderen Grund verabscheute Luc Vernehmungen an diesem Ort: Draußen im Alltag der Menschen war es viel leichter, sie in Widersprüche zu verstricken. Weil sie sich in ihrem Haus, an ihrem Arbeitsplatz, in ihrem Dorf deutlich wohler und sicherer fühlten – und diese vermeintliche Sicherheit führte stets zu den ehrlichsten Einblicken. Hier dagegen, in diesem kargen Raum, herrschte die Ehrfurcht vor den Insignien der Macht. Und vor den benachbarten Arrestzellen.

Denn dort drinnen wollte niemand landen, erst recht nicht, da es schon im Verhörraum so schrecklich aussah. Egal, heute musste es sein.

»Dann wollen wir mal«, sagte Etxeberria und öffnete die Tür. Luc folgte ihm.

Sie hatten Fred Pujol seit einer Stunde hier drinnen sitzen lassen, allein, ohne eine Chance auf Ablenkung. Doch er saß genauso auf dem Stuhl, wie sie ihn vorhin verlassen hatten, reglos, den Blick auf die nackte Wand gerichtet. Seine massige Gestalt beherrschte den Raum, die dicken Stiefel, die Latzhose, die Felljacke, die er auch hier drinnen nicht abgelegt hatte.

Luc startete das Aufnahmegerät auf dem Tisch, dann lehnte er sich zurück und ließ den Basken beginnen.

»Monsieur Pujol, mein Name ist Gilen Etxeberria. Ich bin Commissaire hier in Bordeaux, meinen Kollegen Luc Verlain kennen Sie ja schon.«

Pujol nickte knapp, die Worte erreichten ihn also.

»Beginnen wir ganz einfach: Was haben Sie in der Nacht gemacht, als Ihr Sohn und François Labadie auf dem Bassin d'Arcachon getötet wurden?«

Pujol hob den Blick, sein Mund bewegte sich unter dem grauen Bart, der wild in alle Richtungen wucherte, doch er sprach nicht. Er fixierte den Basken, als wollte er gleich zum Sprung ansetzen.

»Monsieur Pujol, Sie müssen uns helfen. Commissaire Verlain hat mir gesagt, dass Sie bei der Todesnachricht den Raum verlassen haben. Das verstehe ich, wirklich. Aber hier können Sie den Raum nicht verlassen. Sie werden also wohl oder übel mit uns sprechen müssen.«

Pujol schwieg beharrlich.

»Mein Gott, Verlain«, sagte Etxeberria genervt, »ist das diese schweigende Austernzüchtergilde? Die Omertà von Arcachon, von der immerzu die Rede ist – können Sie das bestätigen? Ist Ihr Vater auch so schweigsam?«

Etwas regte sich in Pujols Gesicht. Seine Augen blitzten. Luc nutzte den Moment.

»Was mein Kollege meint, ist, dass mein Vater auch Austernzüchter ist. Ihre Frau wird es Ihnen ja vielleicht gesagt haben. Alain Verlain. Ich bin sein Sohn, Luc. Sie haben mich schon gekannt, als ich noch ein ganz kleiner Junge war. Erinnern Sie sich, Fred?«

Und wirklich: Ein Erkennen huschte über Pujols Gesicht. Doch er blieb stumm.

Eben setzte sich Etxeberria auf seinem Stuhl aufrecht, da tönte es leise durch den Raum: »Der verlorene Sohn.«

Luc und der Baske sahen Pujol erstaunt an.

»Wie bitte?«

Pujol zeigte mit dem Finger auf Luc. »Na du. Du bist doch verschwunden, hast deinen Vater seinen Mist alleine weitermachen lassen. Als wäre dir das alles nicht gut genug. Da muss es schon Paris sein.«

»Ich wollte nie Austernzüchter werden.«

Pujol zuckte verächtlich die Schultern. »Bist dir zu fein, was?«

»Darum geht es nicht. Ich wollte immer Polizist werden.«

»Na, so war die Bude deines Vaters jedenfalls ein leichter Fang für Chevalier. Dabei waren seine Austern so gut. Er und ich, wir sind die Hüter der alten Regeln. Nun ja, jetzt nur noch ich.«

»Gut, Monsieur Pujol. Aber leider sind wir nicht hier, um uns über den heiligen Gral der Meeresfrüchte zu unterhalten. Ich wiederhole meine Frage: Wo waren Sie vorgestern Nacht?«

Pujol bekam wieder sein regungsloses Gesicht. »Im Bett.«

»Kann Ihre Frau das bestätigen?«

»Bestimmt.«

»Ihre Frau sagt, dass sie durch die Medikamente sehr tief schläft.«

»Kann sein …«

Etxeberria beugte sich über den Tisch.

»Monsieur Pujol, mein Kollege hat mich eben angerufen und mir das übermittelt: Wir haben zwei Aussagen von Nachbarn bekommen. Die sagen, dass Sie seit Wochen nachts unterwegs sind. Im Hafen herumlaufen, mit dem Boot rausfahren. Auch vorgestern Nacht wurden Sie gesehen, wie Sie Pfeife rauchend das Haus verlassen haben, irgendwann zwischen Mitternacht und zwei Uhr. Der Nachbar kann sich an die genaue Uhrzeit nicht erinnern, weil er nur kurz zur Toilette ist und Sie aus dem dunklen Fenster gesehen hat. Langsam werde ich sauer, weil ich nicht gern beschwindelt werde. Also: Wo waren Sie?«

»Draußen. Bin rumgelaufen.«

Pujols Stimme war so dunkel wie sein Gesichtsausdruck.

»Einfach so?«

»Kann nicht schlafen.«

»Und da gehen Sie spazieren? Bei Temperaturen knapp über dem Gefrierpunkt?«

»Was dagegen?«

»Nein, ich bin auch ein sehr nachdenklicher Mensch, Monsieur Pujol«, sagte Etxeberria spöttisch. »Aber ich versuche ausschließlich in den Nächten unterwegs zu sein, in denen keine nahen Verwandten sterben.«

Luc sah Pujols große Pranken auf dem Tisch zittern.

»Fred, bitte, wo waren Sie spazieren? Und zu welcher Uhrzeit ungefähr?«

»Ich habe noch an den Austern gearbeitet, bis zehn. Dann hab ich eine Stunde gedöst, vielleicht auch zwei. Aber dann bin ich hochgeschreckt und konnte nicht wieder einschlafen. Das passiert mir jede Nacht, können Sie sich das vorstellen?«

»Was lässt Sie hochschrecken?«

Pujol lachte, nun seinerseits voller Hohn. »Mit einem Wort? Das Leben.«

Für einen kurzen Moment herrschte Stille.

»Wissen Sie, es ist eh schon alles schlimm genug. Die besten Austern zu machen, aber kurz vor der Pleite zu stehen. Den Familienbetrieb lahmzulegen, kurz bevor mein Sohn ihn übernehmen soll. Und dann kommt, weil es nicht reicht mit dem Schicksal, auch noch meine Frau und sagt mir, dass der Arzt gesagt hat, sie hat Krebs. Das war's dann.«

»Das tut mir alles sehr leid, Monsieur Pujol«, sagte Luc. »Und dennoch ist es …«

»Dennoch ist es eine Tatsache«, unterbrach Etxeberria den Commissaire, »dass wir das hier auf Ihrem Boot gefunden haben.«

Er warf ein Stück des blauen Seiles auf den Tisch. Pujol schaute kurz und interessiert darauf.

»Erkennen Sie das?«

»Ja.«

»Was ist das?«

»Das Seil, mit dem ich arbeite. Die *poches* zusammenbinde. Oder im Park etwas flicke.«

»Genau. Und es ist das Werkzeug, das benutzt wurde, um Ihren Sohn im Austernpark an einen Pfahl zu binden.«

Pujol sagte nichts. Er starrte nur das Seil an.

»Was können Sie dazu sagen?«

»Dass ich meinen Sohn nicht umgebracht habe.«

Etxeberrias Stimme wurde lauter, als er aufstand und um den Tisch herumging, seitlich neben Pujol stehenblieb.

»Monsieur, mir sind das ganz schön viele Zufälle: Sie haben kein Alibi, Nachbarn haben Sie zur fraglichen Zeit aus dem Haus gehen sehen. Und dann noch das Tatwerkzeug …«

Nun geschah etwas Unerwartetes: Mit einem Ruck schob Pujol seinen Stuhl weg und stand auf, drehte sich zu Etxeberria und überragte ihn um anderthalb Köpfe, dann trat er noch einen Schritt näher und stand nun direkt vor ihm. Doch der Baske wich nicht zurück.

»Hören Sie«, sagte Pujol laut und deutlich, »jeder von uns nutzt dieses Seil. Jeder verdammte Austernzüchter. Ich war spazieren. Ich habe meinen Sohn nicht umgebracht. Ich …«

Er wollte gerade die Hände ausstrecken, die Spannung im Raum war förmlich greifbar, da räusperte sich Etxeberria und trat einen Schritt zurück, ging wieder um den Tisch herum und setzte sich hin, als sei nichts geschehen.

Nun stand Pujol allein und ziemlich verloren da, seine Hände zitterten stärker als vorhin.

»Wir werden nach Zeugen suchen, Monsieur Pujol. Und wir werden Zeugen finden, das verspreche ich Ihnen.« Etxeberria klang freundlich und aufgeräumt, als hätte es die Eskalation eben gar nicht gegeben. »Und nun seien Sie unser Gast. Ihre Zelle für die Nacht ist schon bereit.«

Pujol nickte, kurz darauf sah er wieder stumm zur Wand.

Luc ging nach draußen, Etxeberria im Schlepptau.

»Die Reha hat Ihnen gut getan. Kämpferisch wie eh und je«, sagte Luc, und der Baske lachte.

»Ich weiß, Sie sind eher so der Psychologe, Verlain. Aber ich mag es handfest und deftig. So wie daheim.«

Kapitel 19

»Was meinst du?«, fragte Anouk, als sie wenig später durch die abendliche Innenstadt spazierten. Die *vieille ville* von Bordeaux war in gelbes Licht getaucht. Dort, wo der Schnee unterm Streusalz weggetaut war, spiegelten sich die Häuser in den blanken Pflastersteinen.

Sie waren aus dem Hôtel de Police getreten, an der Kathedrale vorbeigegangen, hatten die kleinen Gassen rund um den Cours d'Alsace-et-Lorraine durchquert, um schließlich Hand in Hand die Rue Sainte-Catherine hochzulaufen. In einigen der kleinen Nebenstraßen lag der Schnee zu hohen Bergen getürmt am Rande, die Stadtverwaltung war vom plötzlichen Wintereinbruch offenbar reichlich überrascht worden.

»Hast du alles mitverfolgt?«, fragte Luc zurück.

Die kleine Kamera in der Decke hatte das Verhör mit Fred Pujol aufgezeichnet und nach oben zu Anouk und Hugo ins Büro übertragen.

»Gesehen und gehört. Etxeberria war gut.«

»Ja, das war er. Keine Ausraster mehr wie früher, kein totaler Kontrollverlust. Nur kleine kalkulierte Nadelstiche, die den Verdächtigen ordentlich unter Druck setzen.«

»Wow, immer wieder haut es mich um, wenn ich das hier sehe«, sagte Anouk und hielt inne, ließ Luc aber nicht los.

Sie standen im Schein der Lichter, die das Opernhaus beschienen, ihnen gegenüber stand das noble Hotel Intercontinental. Ein Ensemble, für das diese Stadt berühmt war. Und nun, mit dem Schnee, sah alles gleich noch mal atmosphärischer aus.

»Möglicherweise geht es dir anders als mir«, sagte Luc, »aber ich kann keine Austern mehr sehen. Wollen wir …?«

Er nickte in Richtung eines alten Hauses, das ein paar Meter neben dem Opernhaus im Cours du 30 Juillet stand. Jeder in Bordeaux kannte diese Adresse – und fast jeder in Bordeaux schätzte die Spezialität dieses ganz besonderen Restaurants. Es sei denn, derjenige war Vegetarier – oder er hasste langes Warten. Luc sah schon aus dem Augenwinkel die lange Schlange, die vor dem Gebäude auf dem Gehweg stand und sogar um die Ecke führte – obwohl es so kalt war.

»Ja, wir wollen«, rief Anouk begeistert. Luc sah auf seine Uhr.

»Komm, gleich ist *deuxième service*. Ich denke, es sollte nicht so lange dauern.«

Sie stellten sich ganz hinten in die Schlange, die wohl die demokratischste von ganz Bordeaux war. Hier standen Jung und Alt, Reich und Arm, Touristen und Einheimische und warteten auf das eine Gericht, das dem Restaurant seinen Namen gab: Sie standen vorm *L'Entrecôte* – das seit Generationen *die* Institution der Stadt war. Vor ihnen wurde geredet und gelacht, Luc hörte amerikanische Stimmen, chinesische, deutsche. Genau vor ihnen aber wartete ein grauhaariges Paar, beide trugen dicke Jacken und hielten sich fest an den Händen. Sie wandten sich zu Anouk und Luc um.

»Na, auch Fleischeslust?«, fragte die Frau.

»O ja, und wie«, antwortete Anouk.

»Wir kommen jede Woche an diesem Tag hierher«, sagte

der Mann. »Seit einundvierzig Jahren. Wir haben uns hier in der Schlange kennengelernt. Und dann haben wir geheiratet – dank des *Entrecôte*.«

Er lachte voller Stolz, und seine Frau kuschelte sich an ihn.

»Oh, wie schön«, sagte Anouk und drückte Lucs Hand fester. Und auch der Commissaire musste zugeben, dass ihn diese Geschichte rührte. Doch dann durchfuhr es ihn gleich wieder. Es konnte nicht angehen, dass jetzt, wo er endlich die Frau fürs Leben kennengelernt hatte, alles gleich wieder beendet sein sollte – wegen eines Umzugs in die Ferne. In Lucs eigentliche Stadt. In die er aber so schnell nicht zurückkommen würde. Er entschied, Anouk gleich darauf anzusprechen.

Das ältere Paar hatte sich wieder umgedreht und plauderte miteinander, die Schlange bewegte sich langsam vorwärts.

»Also, was meinst du zu Pujol«, fragte Luc seine Partnerin.

»Wenn ich Untersuchungsrichterin wäre, würde ich den Haftbefehl unterschreiben. Ganz ehrlich. Das Tau, er hat kein Alibi, er war nicht im Bett, sondern unterwegs, vielleicht war er sogar draußen auf dem Bassin.«

»Stimmt. Und er hat mehr als ungewöhnlich reagiert, als wir ihm die Nachricht vom Tod seines Vincent überbracht haben. Aber warum? Lass es uns durchspielen.«

Anouk betrachtete gedankenverloren den Place de la Comédie, das Opernhaus im gleißenden Licht.

»Ein Versehen? Ein Unfall? Ein … ich weiß auch nicht.«

Luc nickte, und Anouk fuhr kopfschüttelnd fort.

»Der eigene Vater.« Anouk sah ihn zweifelnd an. »Irgendwie ist mir das zu merkwürdig. Ja, es sieht nicht gut für ihn aus. Aber im Verhör wirkte er …«

»Ich weiß, was du meinst«, sagte Luc. »Er wirkte gleichzeitig aufrichtig und dennoch so, als verberge er etwas. Ein gebrochener Mann.«

Nun war die Schlange hinter ihnen deutlich weiter angewachsen, aber sie waren schon fast an der Tür, die ein Türsteher bewachte. Im *L'Entrecôte* konnte man nicht reservieren, hier kamen nur gebrechliche Menschen oder Gäste mit einer Behinderung schneller durch. Ansonsten hieß es: abwarten. Da dem Restaurant aber das ganze Haus gehörte, das aus vier Etagen bestand, war die Wartezeit wirklich nicht so lang. Schon nach drei weiteren Minuten wurden sie hereingebeten, und eine junge Kellnerin führte sie nach oben in die dritte Etage in einen Raum mit gelb-rot-karierten Tapeten, den gelben Tischdecken, den schwarzen Bistro-Stühlen und vielen Spiegeln und goldenen Lüstern.

Sie nahmen an einem abgelegenen Zweiertisch Platz.

Flugs brachte die Dame die Karte, viel auszuwählen gab es ja nicht.

»Zweimal das Menü und dazu eine Flasche vom roten *Château Thieuley*. Ein Badoit dazu. *Merci beaucoup.*«

Luc lächelte Anouk an, spürte aber, dass sie immer noch in Gedanken war.

Die Geräuschkulisse im Restaurant war, wie immer im *L'Entrecôte*, die eines großen Familienfestes. An langen Tafeln wurde gezecht, gelacht, sehr laut geredet. Ein wunderbarer Ort.

Nur wenige Augenblicke später stellte die Kellnerin die Gläser vor ihnen ab, zog die Weinflasche auf und schenkte ihnen ein.

Luc erhob sein Glas, um mit Anouk anzustoßen, da schlug sie auf den Tisch, so heftig, dass ihr eigenes Glas zu wackeln begann und fast umkippte. Luc schaffte es, rechtzeitig danach zu greifen.

»Ich hab's«, sagte Anouk. »Ich hab's.«

»Was denn?«

»Na, es heißt doch von allen Zeugen, Fred Pujol hätte so

einen übersteigerten Ehrbegriff, was seine Austern angeht. Er würde nie stehlen, er würde nie fremde Austern dazukaufen. Er produziert nur seine Qualitätsware.«

Luc nickte, um sie zu ermuntern.

»Weiter.«

»Und dann Julies Anruf bei dir. Die Jungs hatten etwas vor, um Pujols Familienbetrieb zu retten. Etwas, was mit Chevalier zu tun hat. Kurz gesagt: Sie wollten Chevalier beklauen. Fred hat irgendwie gespürt, dass seine Jungs etwas vorhaben. Und er – der alte Pujol – hat nichts mehr im Leben außer seiner Ehre. Da versucht er in dieser Nacht, den Diebstahl zu verhindern. Rastet aus, als er sieht, dass die Jungs wirklich Austern stehlen. Und dann …«

»Geht etwas schief. Die Wut ist zu groß. Die Sorgen um seine Frau. Er kann sich nicht mehr stoppen.«

»Genau. Etwas geht ganz gewaltig schief. Und dann finden wir ihn so vor wie dort an diesem Tag in der Cabane. Er war sehr müde, so müde, als hätte er die ganze Nacht nicht geschlafen.«

»Was er ja auch zugibt. Aus Sorge um seine Frau.«

»Stimmt.«

»Und wie passt Pierre Lascasse da rein? Warum finden wir ihn nach einem vermeintlichen Überfall? War das auch Fred?«

Ihr Gespräch wurde unterbrochen, weil die Kellnerin zwei Teller brachte, die Vorspeise im *L'Entrecôte*: ein simpler, dafür aber umso frischerer grüner Salat mit einer wunderbaren Senf-Vinaigrette und hellgelben Walnüssen.

»*Merci*«, sagten beide unisono, dann stürzten sie sich auf den Salat, der Tag hatte nicht viel Essbares bereitgehalten.

»Hmm, *fantastique*«, murmelt Anouk zwischen zwei Bissen, »diese Vinaigrette ist wirklich super.«

Erst als von der Vorspeise nichts mehr übrig war, sagte Anouk: »Du hast recht, warum sollte Fred Pierre Lascasse überfallen? Kommt ja auch alles zeitlich nicht recht hin, wenn man den Todeszeitpunkt und die Fahrstrecke ausrechnet. Bei Freds altem Boot …«

»Es wäre zumindest knapp geworden.«

Luc schwieg einen Moment.

»Es ist wirklich verzwickt. Aber gut, wir haben ihn ja. Er schläft trocken und sicher in der Arrestzelle. Zumindest bis morgen Nachmittag können wir ihn festhalten.«

»Wir sollten ihn auf alle Fälle nach Lascasse und Chevalier fragen. Und mal hören, was er zu den Austerndiebstählen meint. Vielleicht bringt ihn das ja aus dem Konzept.«

»Ein guter Plan. Und sieh mal, da kommt der nächste gute Plan.«

Die Kellnerin trug zwei große Teller, darauf waren schon die *Pommes Allumettes* angerichtet, die sogenannten Streichholzkartoffeln, hauchdünn geschnittene und kross goldgelb gebackene Pommes. Daneben lag auf einer silbernen Platte die Spezialität des *L'Entrecôte* – und gleichzeitig das einzige Gericht, das hier angeboten wurde: in feine Streifen geschnittenes *Faux-Filet,* auf den Punkt blutrot gebraten und darüber die fast durchsichtige Sauce, die seit sechsundfünfzig Jahren das Geheimnis der Köche dieses Restaurants war. Noch bevor die Teller wirklich vor ihnen standen, stieg ihnen das zarte Kräuterbutteraroma in die Nase. Niemand hatte die Sauce bisher entschlüsselt; dabei versuchten sich der *Guardian, Le Monde* und das *Wall Street Journal* in regelmäßigen Abständen daran.

Luc legte Anouk einige Streifen von dem Rindersteak auf den Teller, dann nahm er sich selber. Er gab einen großen Löffel Sauce dazu und tunkte eine Kartoffel hinein, dann probierte er das Fleisch. Dunkle Röstnoten, würzige Sauce, ein fein abgestimmtes Bouquet an Gewürzen, dazu ein Hauch von Butter und ungemein knusprige Pommes.

»*C'est incroyable*«, sagte Luc und sah Anouk an, die kauend nickte, zu hungrig, um etwas zu erwidern.

»Ja, wirklich, was für eine Sauce«, sagte sie, nachdem sie mehrere Bissen genommen hatte. »Was meinst du ist da drin?«

»Ich versuche es zu erraten, seit mein Vater mich als kleinen Jungen zum ersten Mal hergebracht hat«, sagte Luc, »in Bordeaux geht die Mär, dass vor allem Hühnchenleber in der Sauce ist, Thymian natürlich, den schmeckt man ja auch, vielleicht Petersilie und Knoblauch, und in jedem Fall jede Menge Butter.«

Anouk lachte.

»Los, wir schleichen uns in die Küche und gucken, wie die das machen. Und dann eröffnen wir ein Restaurant am Meer und kochen genau das nach und werden Millionäre.«

Luc musste lachen. »Das sollten wir tun.«

Doch sofort durchfuhr ihn wieder ein Stich. Sie machte Pläne, dabei …

»Sag mal«, sagte er, während er ihr von der Platte neues Fleisch auftat und sich dann selber einige Scheiben nahm, »hast du eigentlich Pläne für nächstes Jahr?«

Er wollte es von ihr hören.

»Noch nichts Konkretes«, sagte sie. »Also: Ich will auf jeden Fall sehr oft mit dir essen gehen. Und danach …«

Sie zwinkerte ihm verführerisch zu, dann lachte sie ihr offenes Lachen, das einem nie verriet, ob sie nun einen Scherz gemacht hatte oder alles ganz und gar so meinte.

»Anouk«, Lucs legte die Gabel weg und wurde ernst, »ich habe von der Anforderung gehört.«

Sie aß weiter, betrachtete dabei prüfend sein Gesicht, suchte in seinen Augen nach den Gefühlen, die ihn das so sagen ließen, dann erwiderte sie: »Ich möchte heute noch nicht drüber sprechen. Kannst du das verstehen und nicht weiter bohren? Ich werde dir beizeiten etwas dazu sagen.«

Lucs Magen krampfte sich zusammen, er verfluchte sich, dieses Thema aufgebracht zu haben, ausgerechnet hier, ausgerechnet jetzt, während er mit seiner Geliebten das beste Steak der Welt aß. Aber er nickte.

»Gut, aber du wirst verstehen, dass es mich interessiert.«

»Willst du denn nicht irgendwann zurückgehen?«, fragte sie unvermittelt.

»Das weißt du doch. Ich liebe Paris. Aber ich werde hier bleiben, solange mein Vater lebt. Mindestens.«

»Es geht ihm sehr gut, so scheint es jedenfalls«, sagte Anouk.

»Ja, er ist wirklich fit. Ich bin vorgestern auf dem Boot fast erfroren, während er an Deck stand und sich nicht sattsehen konnte an seinem Bassin.«

Anouk lächelte leicht.

»Er ist wirklich ein sehr besonderer Mann. So wie du.«

Und dann, nach einer weiteren Pause, in der sie die wenigen Stücke aßen, die geblieben waren, sagte sie: »Wollen wir nach Hause gehen? Ich möchte jetzt in deinen Armen liegen.«

Luc nickte und blickte sich nach der Kellnerin um. »*L'addition, s'il vous plaît.*«

Le lundi 21 décembre –
Montag, der 21. Dezember

IM TRÜBEN FISCHEN

Kapitel 20

Als Luc erwachte, spürte er sofort, dass es schon viel zu spät war. Warum war er nicht früher aufgewacht, warum hatte Anouks Wecker nicht geklingelt wie sonst? Sie hatten doch nicht viel getrunken.

Er tastete nach dem Kissen neben sich, doch da war niemand. Er öffnete die Augen und blickte sich um. Jetzt war ihm klar, dass die Wohnung leer war – Anouks Abwesenheit war beinahe körperlich zu spüren.

Er stand auf und ging in die kleine Küche, deren Fenster hinausgingen auf die Kirche von Saint-Michel. Dort auf dem Tisch lag ein kleiner weißer Zettel mit ihrer unnachahmlichen Handschrift.

Mein Liebster, ich konnte es Dir gestern nicht sagen. Ich musste sehr früh den Zug kriegen. Ich bin heute in Paris und bleibe über Nacht. Verzeih mir. Bis morgen, A.

Er schlug auf den Tisch, vor Enttäuschung, vor schlechtem Bauchgefühl, er wusste es auch nicht. Er las die Nachricht noch einmal, dann legte er sie zurück auf den Tisch und ging ins Schlafzimmer, um sich anzuziehen. Er betrachtete das weiße Bett, in dem sie vor ein paar Stunden noch ineinander verschlungen gelegen hatten.

Was hatte er nur mit dieser Frau? Warum hatte es ihn so erwischt? Er kannte die Antwort. Sie war das Gesamtpaket, nach dem er sein ganzes Leben gesucht hatte, ohne es zu merken: ihr Strahlen, ihr Mut, ihre Klugheit, ihr Humor. Ihre Anmut. Anouk.

Er riss sich los, ging die schmale Treppe hinab und trat in den eiskalten Morgen. Der Himmel war wieder blau wie am Vortag, es roch wieder nach Schnee. Und es war extrem kalt. Luc nahm sich vor, noch Handschuhe und eine dicke Mütze zu kaufen. Diesen Winter würde er sie brauchen.

Er trank in Anouks Lieblingscafé im Stehen einen Cappuccino. War der Wirt sonst herzlich, wenn er mit seiner Freundin hier war, erkannte er Luc heute gar nicht. Würde das so bleiben, wenn sie weg war, in Paris? War dann die Beziehung vorbei? Die ganze gemeinsame Zeit vergessen?

Nach der Zeitungslektüre ging er langsam in Richtung Hôtel de Police.

Er betrat das Gebäude, stieg die drei Treppen hinauf und öffnete die Tür zum Büro. Etxeberria und Hugo saßen schon an ihren Schreibtischen.

»*Bonjour,* Commissaire«, sagte der Baske, und Luc erwiderte den Gruß.

»*Bonjour* zusammen. Anouk kommt heute nicht. Sie arbeitet Probe in Paris.«

Etxeberria nickte. »Ich wusste, dass er jetzt irgendwann ist, dieser Termin, aber ich hatte im Untersuchungsstress ganz vergessen, dass es heute ist.«

Er klang zerknirscht. Luc glaubte ihm.

Hugo schaute verwirrt in die Runde und entschied wohl, dass es besser war, nicht genauer nachzufragen.

»Hier, Commissaire«, sagte der Baske, »hören Sie mal, ich hab es mitgeschnitten.«

Er drückte einen Knopf seines Telefons, das Anrufe aufzeichnen konnte.

»*Police Nationale von Bordeaux, Commissaire Etxeberria. Guten Morgen.*«

»*Ja, bonjour, hier ist Bertrand Chevalier. Aus Arcachon. Ich grüße Sie, Commissaire, ich bin auf der Suche nach Commissaire Luc Verlain.*«

»*Er ist noch nicht hier. Ich bin sein Kollege im selben Rang. Nehmen Sie mit mir vorlieb, Monsieur.*«

»*Gut, Monsieur le Commissaire. Ihr Kollege war gestern bei mir in der Villa, und wir haben über die Diebstähle gesprochen. Ich bin mir aber nicht ganz sicher …*«

»*Ja, Monsieur Chevalier? Bitte, fahren Sie fort.*«

»*Ich bin mir nicht mehr sicher, ob die Diebstähle wirklich der Grund seines Besuchs waren. Ob die Polizei ganz aufrichtig zu mir war.*«

»*Und wie kommen Sie zu dieser Vermutung?*«

»*Ich weiß auch nicht, es gab Hinweise meiner Mitarbeiter, dass es im Bassin offensichtlich einen großen Polizeieinsatz gab, vielleicht sind sogar Menschen zu Schaden gekommen. Und ich habe die ganze Nacht nicht geschlafen, weil ich denke, dass Sie mich unter einem Vorwand verhört haben, aber etwas ganz anderes wissen wollten. Und das wäre mir wirklich zuwider, Commissaire.*«

»*Das verstehe ich, Monsieur. Können Sie mir sagen, welche Mitarbeiter Ihnen einen Hinweis zu welchem Einsatz gegeben haben?*«

»*Sagen wir so, Commissaire: Ich möchte da nicht ins Detail gehen, ich habe nur gehört, dass es einen großen Einsatz gegeben haben muss, mehr weiß ich auch nicht.*«

»*Ich danke Ihnen für Ihren Anruf, Monsieur Che…*«

»*Sagen Sie mir bitte, was der Grund Ihres Verhörs bei mir war.*«

»*Die Diebstähle im Bassin d'Arcachon, was denken Sie denn, Monsieur Chevalier? Ich wünsche Ihnen einen schönen Tag. Wir hören voneinander.*«

Dann hatte der Baske aufgelegt. Was für ein gerissener Bulle.

»Was meinen Sie dazu, Commissaire?«, fragte Etxeberria und lächelte Luc an, nicht eben ohne Stolz.

»Er klang zutiefst verunsichert. Sie haben ihn ja nicht erlebt, als wir bei ihm waren, da war er wie eine griechische Statue – voller Erhabenheit und Selbstbewusstsein. Aber davon war jetzt nicht mehr viel zu spüren. Das haben Sie gut gemacht. Der wird erst mal unruhig schlafen.«

»Und Sie haben es gut gemacht, Commissaire Verlain, dass Sie die Todesfälle geheim gehalten haben. Das Bassin kommt in Aufruhr, das kann man wohl so sagen.«

»O ja, es beginnt zu gären. Das ist der wichtigste Moment. Und nun bringen wir Fred Pujol in Aufruhr. Verhör, die zweite. Rufen Sie unten an, damit er in den Verhörraum gebracht wird?«

»*On y va, Commissaire.*«

Kapitel 21

Fred Pujol sah noch fertiger aus als am Vortag. Seine Augen lagen tief in den Höhlen, die Ringe darunter waren dunkel und breit. Es schien, als hätte die Nacht ihn weichgekocht.

»So, Monsieur Pujol, ich hoffe, Sie haben gut geschlafen, im Schoße der République Française«, begann Etxeberria und klang genauso jovial wie am Vortag, doch unter dem Firnis der Freundlichkeit hörte Luc das Lauern. Das Lauern auf ein Geständnis.

»Sie mögen es, mich fertigzumachen, hm, Commissaire«, entgegnete der alte Pujol, »aber schauen Sie: Ich bin schon fertig. Ich brauche Sie nicht mehr.«

»Wir machen gar nichts, Monsieur Pujol. Wir wollen nur Antworten.«

»Ich sage Ihnen, was ich weiß.«

»Kennen Sie Pierre Lascasse, Fred?«, fragte Luc.

»Pierre? Den Schwätzer von La-Teste?«

»Wenn Sie ihn so nennen.«

»Klar kenne ich Pierre. Aber ich meide ihn. Arbeitet billig. Nicht gut. Sollten Sie nicht essen, seine Austern. Sind oft bakteriell belastet.«

»Er wurde angegriffen. In der Nacht von Vincents Tod.«

»Wo?«

»Auf dem Bassin. Er wurde überfallen.«

Pujol ließ sich auf seinen Stuhl sinken, er war blass geworden, blasser als bei den Fragen zu seinem toten Sohn.

»Stimmt es also doch.«

»Was?«

»Dass Chevalier Ernst macht.«

»Womit?«

»Der alte Knacker hat uns allen gedroht. Bei der letzten Sitzung des *Conseil des Hûitres*. Dieser verlogene Scheißkerl, Geldsack, Elender.«

»Womit hat er gedroht, Fred?« Nun war Luc laut geworden.

»Dass er, wenn wir die Kameras ablehnen, Ernst macht. Dass er eine – wie hat er es genannt – eine Bürgerwehr gründet, eine Austernwehr. Um sich zu schützen. Aber dass er … dass er wirklich einen von uns überfällt – obwohl, der alte Pierre hat ja wirklich ganz gerne zugelangt.«

»Pierre Lascasse ist ein Austerndieb?«

»Das weiß jeder auf dem Bassin.«

»Und Lieutenante Giroudin? Weiß auch die davon? Und von Chevaliers Plan?«

»Die gute alte Ségolène. Sie scheut Konflikte. Das ist nicht unbedingt gut in ihrem Job, aber um an unser Vertrauen zu kommen, ist es hilfreich.«

Luc sah den Basken an. Der sah Luc an, sein Grinsen war erstarrt.

»Haben Sie Pierre Lascasse auf dem Bassin angegriffen?«, fragte Luc.

»Ich? Pierre? Als würde ich Pierre überfallen. Was für ein …«

Es war ein letzter Versuch gewesen, von dem Luc vorher gewusst hatte, dass er nicht fruchten würde.

»Passen Sie auf, Fred«, sagte Luc, »noch halten wir die Sache unter dem Teppich, damit wir den oder die Täter nicht aufschrecken, aber bald gehen wir damit an die Öffentlichkeit. Und dann werden wir Zeugen finden. Zeugen, die womöglich gegen Sie sprechen. Wollen Sie Ihrer Aussage noch was hinzufügen?«

»Ich habe Ihnen alles gesagt.«

»Sie haben nicht noch etwas, mit dem Sie Ihre Seele erleichtern wollen?«

Der alte Pujol schaute den Commissaire aus seinen müden Augen an, seine Stimme pure Erschöpfung: »Lassen Sie mich einfach in Ruhe. Bitte.«

Luc blickte Etxeberria an. Der nickte.

»Dann sind wir erst mal fertig. Sie können gehen. Sie müssen allerdings hier in der Gegend bleiben. Wir werden womöglich noch mal mit Ihnen sprechen wollen. Haben Sie das verstanden?«

»Schade, ich wollte gerade mit meiner Frau in ihren letzten Urlaub starten.«

Er lachte ein bitteres Lachen.

Und obwohl er ihn gerade so hart angegangen war, war Luc voller Mitleid für diesen Mann, der so offensichtlich jede Freude verloren hatte. Seinen Sohn, seine Perspektive – und, wenn es richtig schlecht lief, auch noch seine Liebe.

Kapitel 22

Die *Brigade nautique* der Gendarmerie war in einem schmucklosen zweistöckigen Gebäude in einem Wohnviertel im Osten von Arcachon stationiert.

Luc parkte den Wagen vor dem Gebäude. Dann gingen er und der Baske vorbei an dem Hoheitszeichen und der Tafel mit der Aufschrift *Gendarmerie* in *bleu blanc rouge,* die Trikolore hing nass und träge an ihrem Fahnenmast. Auf dem Parkplatz standen die Jeeps der Gendarmerie, ein kleines Schlauchboot ruhte auf einem Anhänger.

Vorhin im Büro hatte er zu Etxeberria gesagt: »Ich hab heute keinen Partner für die Arbeit draußen – und ich verspreche, wir machen keine schnellen Verfolgungsjagden. Kommen Sie mit raus, Commissaire?«

Minuten später hatten sie zusammen in Lucs Jaguar gesessen, der Baske war bester Laune gewesen.

Sie betraten das Dienstgebäude schnellen Schrittes. Die meisten Büros waren leer, es war offensichtlich Mittagspause. Doch Madame Giroudin saß an ihrem Schreibtisch und tippte etwas in den Computer. Sie sah rasch auf, als die Beamten eintraten.

Der Baske und Luc setzten sich auf die beiden Stühle vor ihrem Schreibtisch.

»Lieutenante, Sie sind uns Antworten schuldig«, sagte Luc und ließ durchklingen, dass mit ihm diesmal nicht zu spaßen war.

»Was?«, fragte sie überrascht, doch in ihren Augen sah der Commissaire schon das Misstrauen der Zeugen, die selber etwas zu verbergen haben.

»Sie wissen sehr genau, wovon wir reden.«

»Ich weiß ... Commissaire, was soll denn das? Sie überfallen mich hier in meiner Dienststelle, dabei sind Sie mir überhaupt nicht überstellt. Und nun bedrängen Sie mich ...«

»Ich habe noch nicht mal angefangen, Sie zu bedrängen, Madame Giroudin. Sie werden das dann merken, wenn es losgeht. Und Sie wissen sehr wohl, dass wir in einem Kriminalfall berechtigt sind, Mitarbeiter anderer Dienstgruppen zu vernehmen – wir können Sie im Zweifel sogar festnehmen, Lieutenante, obwohl ich gewogen bin, das zu vermeiden, um Sie nicht vollends unmöglich zu machen.«

»Commissaire, ich bitte Sie, ich habe Sie und Ihren Vater mit aufs Wasser genommen, ich habe Ihnen einen Gefallen getan.«

»Und das führen Sie jetzt ins Feld, Madame? Obwohl, wo Sie es gerade ansprechen, ich habe mich auf der Fahrt hierher wirklich gefragt, warum Sie das getan haben. Einen Commissaire aufs Boot zu holen, obwohl Sie ja eigentlich etwas zu verbergen hatten.«

Auf einmal verzog sich das Gesicht der Bootskapitänin zu einer Grimasse, dann schob sie sich vom Schreibtisch zurück und ließ die Arme neben sich auf den Stuhl sinken.

»Ich dachte, wenn ich Sie mitnehme, vielleicht erwischen wir sie auf frischer Tat.«

»Wen?«

»Na, die, die Sie suchen, Commissaire.«

»Von wem reden Sie?«

»Sie wissen es doch ganz genau, sonst wären Sie nicht hier.«

»Wir wissen gar nichts. Wir sind nur einer Spur gefolgt, einer Aussage von Fred Pujol. Aber wenn Sie es zugeben, dann scheint es ja zu stimmen. Also, Madame, reden Sie.«

»Es ist …«, ihre Stimme war brüchig, »eine Bürgerwehr. Das dachte ich zumindest, als ich die Gerüchte gehört habe.«

»Die Gerüchte von wem?«

»Es war klar, dass etwas passieren würde. Als die Kameras abgelehnt wurden, als der Antrag auf ein zweites Gendarmerie-Boot abgelehnt wurde. Die Austernzüchter pfiffen es von den Dächern. Und es war auch klar, dass es jetzt zur Hauptsaison und kurz vor Weihnachten geschehen würde.«

»Eine Bürgerwehr auf dem Bassin. Zum Schutz der Austern.«

»Aber als ich dann Pierre da hab liegen sehen, da dachte ich, Bürgerwehr trifft es nicht ganz. Ich wusste, dass er eine ganz andere schlagkräftige Einheit zusammengestellt hat.«

»Sie wussten gleich, wer Pierre Lascasse zusammengeschlagen hat?«

»Ich habe es geahnt.«

»Aber Sie dachten nicht, dass sie so weit gehen?«

»Nein«, sie klang entrüstet, »auf keinen Fall. Ich dachte, jemand fährt Patrouille und ruft uns, wenn er etwas bemerkt.«

»Stattdessen überfallen sie einen Austernzüchter.«

»Einen Austerndieb. Sagen Sie es doch ruhig. Sie wissen doch längst, dass Pierre da draußen kein Stelldichein mit den Vögeln der Banc d'Arguin hatte.«

»Und warum – als wir den Austerndieb Pierre Lascasse dann gefunden hatten – haben Sie mir nicht gesagt, was Sie wissen?« Luc war laut geworden. »Herrjeh, wir hätten viel früher mehr wissen können. Sie haben unsere Ermittlungen behindert. Und die beiden Jungs …«

Lieutenante Giroudin schlug sich die Hände vors Gesicht, sie sah verzweifelt aus.

»Ich habe …«, sie schluckte, »ich wollte auf der ganzen Fahrt hinaus zur Banc d'Arguin mit Ihnen reden. Aber dann …«, sie schluckte wieder, »hat Ihr Vater die Toten gefunden, und da war ich wie im Schock, da hab ich nur gedacht: Verdammt, ich hab diese beiden Jungs auf dem Gewissen.«

»Was haben Sie gemacht, als Sie davon erfahren haben?«

»Ich war draußen auf dem Bassin, länger, als ich es laut Vorgaben musste. Wir haben Überstunden gemacht. Erst recht gestern Nacht. Ich wollte die Bürgerwehr finden, wollte rausfinden, was das für Leute sind.«

»Und?«

»Wir haben nichts gesehen. Es scheint, sie haben kalte Füße bekommen. Kein Wunder. Wenn sie wirklich …«

»Sie meinen, die Bürgerwehr hätte die beiden Jungs getötet? Weil sie Austern gestohlen haben?«

Lieutenante Giroudin zuckte mit den Schultern. »Aber es passt doch alles zusammen. Sie haben einen zusammengeschlagen …«

»Und dann, als die Wut noch größer war, haben sie die Jungs erwischt. Vielleicht haben sie sich gewehrt, und dann kam es zur Eskalation.«

»So könnte es sein. Los, Madame, sagen Sie uns, wer hat das beauftragt?«

»Es gibt nur einen, der die Mittel dazu hat. Und der so viel zu verlieren hatte, dem so viel gestohlen wurde.«

»Chevalier?«

»Chevalier.«

Sie biss sich auf die Lippen.

»Er hat mir nicht vertraut, er hat immer wieder gesagt, dass ich keinen Erfolg habe bei der Jagd auf die Diebe. Dass ich ihn nicht leiden kann und deshalb nur die Bänke der kleinen Züchter bewache. Was für ein Quatsch. Ich habe alles bewacht, das ganze Bassin, mit allem, was ich hatte. Aber es ist einfach zu viel. Eine viel zu große Fläche. Dabei – ja, dabei hasse ich Chevalier. Wie er hier die Geschäfte kaputt macht, die kleinen Fischer, mit seinen Millionen. Seine Methoden zerstören so viel – und dabei gibt er den sensiblen Mäzen, den Künstler, den Mann mit den feinen Manieren. Ein ganz gefährlicher Typ ist das. Der hat beim Präfekten interveniert, wollte mich versetzen lassen, aber darüber kann nur Paris entscheiden. Dennoch war ich eingeschüchtert. Ich wollte nichts sagen, weil ich lieber in Ruhe und verdeckt ermitteln wollte. Um meinen Vorgesetzten zu zeigen, dass ich sehr wohl gut arbeiten kann. Ich will hier nicht weg, dieses Fleckchen Erde ist mein Leben. Commissaire, ich bitte Sie, können Sie nicht mit meinen Vorgesetzten darüber sprechen?«

Luc lehnte sich zurück, überlegte. Sie tat ihm leid.

»Ich kann es nicht versprechen, Lieutenante. Sie hätten die Morde womöglich verhindern können, wenn Sie uns früher gerufen hätten. Eine Bürgerwehr auf dem Bassin, da wären wir doch längst aktiv geworden. Mensch, was für eine riesige *merde*, ehrlich.«

»Es tut mir leid«, sagte sie.

»Gut, Lieutenante«, erwiderte Luc. »Sie erzählen niemandem von unserem Gespräch. Fahren heute Abend ganz normal raus aufs Wasser und machen Ihre Patrouille. Kontrollieren Sie das nördliche Bassin, kreuzen Sie südlich von Andernos, fahren Sie meinetwegen auch runter bis nach Gujan. Aber halten Sie sich fern von der Banc d'Arguin. Geht das klar? Wir melden uns später bei Ihnen.«

Luc war eine ganz neue Idee gekommen.

Kapitel 23

Der Jaguar stand auf dem großen Parkplatz, der im Sommer brechend voll war – wo sich die Touristenautos dicht aneinander drängten, die Flaneure sich in Scharen über den engen Hauptweg wälzten. Nun aber war der Wagen unter einer der hohen Seekiefern beinahe der einzige weit und breit. Nach zehn Minuten Fußweg waren Etxeberria und Luc am Ende des Waldes angelangt. Der Baske konnte nach seiner Schussverletzung noch nicht so schnell laufen. Luc hatte überlegt, ihm anzubieten, sich aufstützen zu können, doch er hatte seinem stolzen Kollegen nicht zu nahe treten wollen.

Nun standen sie vor dem Monument aus Sand, und Lucs Blick ging staunend hinauf, so wie wohl jedes Mal, wenn er dieses Naturschauspiel besuchte. Heute aber war das Erlebnis ein noch besondereres: Der Schnee, in der Stadt schon geschmolzen, lag beinahe unberührt auf der steilen Flanke der Düne von Pilat, eine weiße, scheinbar undurchdringliche Schicht, die sich der kurvigen Form des Sandes anverwandelt hatte, sodass die Düne aussah wie eine enorme Wolke – und einfach atemberaubend war.

»Wann kommt er?«, fragte Luc.

Etxeberria sah auf seine Uhr. »Halb vier. Wir waren zu schnell, in einer halben Stunde müsste er hier sein.«

»Na, dann gehen wir doch schon mal hoch. Ist die Treppe in Ordnung?«

»Na bitte, die paar Schritte.«

Etxeberria schüttelte verächtlich den Kopf, sah aber doch etwas eingeschüchtert nach oben, als sie am Fuße des steilen Aufstiegs ankamen, den weißen hohen Stufen, die hinaufführten auf die höchste Düne Europas. 110 Meter, 160 Stufen aus Kunststoff.

Luc ließ dem Basken den Vortritt – falls er abrutschte, könnte er ihn halten. Etxeberria schnaufte schon nach kurzer Zeit bedenklich, hielt sich aber beharrlich am Geländer fest, und nach acht oder neun Minuten standen sie tatsächlich oben. Ein paar Meter noch über den Dünenkamm – und da war er: der Ausblick, der Luc jedes Mal den Atem verschlug.

Die Weite, der Blick, der Horizont: das Cap Ferret mit seinem Leuchtturm, die Banc d'Arguin mit ihrem Vogelschutzgebiet, der weite Atlantische Ozean. Von hier aus gab es keinen Halt mehr bis New York.

Etxeberria zeigte aufgeregt auf einen schwarzen Punkt weiter links, dort, wo sich die Düne noch fast sieben Kilometer in die Länge zog. Der schwarze Punkt glitt durch den Schnee auf sie zu und gleichzeitig die Düne herunter, dann sah Luc weitere Punkte, die alle näher kamen. Und richtig, er musste laut lachen, das waren Skifahrer. Skifahrer auf der Düne von Pilat. Geschmeidig glitten sie dahin, zogen ihre Kurven, als wären sie auf einem Gipfel der Pyrenäen oder der Meeralpen. Das Jauchzen der Skifahrer war bis hierher zu hören. Luc bedauerte es, nicht auch auf Skiern unterwegs sein zu können. Er hatte es nie gelernt, sein Vater war mit ihm niemals in den Bergen gewesen. Und nun waren die Berge zu ihnen gekommen. Luc würde Anouk fragen, ob sie mit ihm in den nächsten Tagen einen Versuch wagen wollte – falls der Schnee liegenblieb. Er war einmalig, dieser Winter in der Aquitaine.

Die Sonne stand schon tief, Etxeberria hatte sich im Schneesand niedergelassen, und Luc setzte sich neben ihn. Er betrachtete den Horizont und hörte den Basken sagen: »Bei diesem Ausblick weiß ich immer, dass ich am Leben bin. So richtig am Leben.«

»Ja«, antwortete Luc, »dieser Ort hat seine ganz eigene Magie. Ich bin sehr froh, dass Sie hier sind und gesund und Ihre Zuversicht wiedergewonnen haben.«

»Ich weiß, Verlain, wir hatten nicht den besten Start. Ich war – ehrlich gesagt – ein ganz schönes Arschloch, als Sie mir vor die Fresse gesetzt wurden, vor einem halben Jahr. Und da hab ich eben versucht, Ihnen das Leben schwer zu machen. Hat nicht so gut geklappt, muss ich sagen …« Grinsend zeigte er auf seinen Bauch.

Luc hatte sich Ende Juni dieses Jahres nach Bordeaux versetzen lassen, um für seinen schwer erkrankten Vater da zu sein. Bei seinem ersten Fall hatte Etxeberria wirklich alles versucht, um Lucs Kompetenz zu untergraben – er hatte sogar einen Unschuldigen in Haft genommen und vor Fernsehkameras vorverurteilt. Was am Ende dazu führte, dass Etxeberria mit einer Schusswunde in einen Krankenwagen geschoben wurde – schwebend zwischen Tod und Leben.

»Vergeben und vergessen, Commissaire«, sagte Luc.

»O nein, ich habe einfach den richtigen Moment gesucht, um es Ihnen zu erklären, Verlain. Und heute ist der richtige Moment. Also, lassen Sie mich das jetzt klarstellen. Mir ist das schon mal passiert, haargenau wie in diesem Jahr. Damals war ich der Boss der Police Nationale im Baskenland, mein absoluter Traumjob, zumal in meiner Heimat. Und dann kam ein anderer Bulle, ein Greenhorn, jung, karrieristisch. Und den haben die verdammten Wichser mir gleichgestellt. Ich war freundlich, kooperativ, die ganze Zeit hab ich ihm meine Methoden gezeigt, ihm alles beigebracht, war mit ihm saufen und hab ihm auch private Geheimnisse erzählt. Ich hab nichts gemerkt, ich altes Rindvieh. Und was tat er? Er hat mich konsequent ausgenutzt, hat sich jedes Detail gemerkt, hat eine Intrige gesponnen, mit Hilfe irgendwelcher dunklen Mächte, die ich erst so richtig mitbekommen habe, als die Bullen schon in meinem Haus standen und alles durchsucht haben. Es hieß, ich sei in Korruptionsfälle verstrickt, hätte von Drogenbossen Geld angenommen. Ich. Können Sie sich das vorstellen? Es war einfach lachhaft. Aber niemand hat mir mehr geglaubt. Niemand. Sie alle haben sich dem jungen Karrieristen untergeordnet, der so sauber ist wie ein Dixi-Klo bei der Feier zum 14. Juli. Am Ende wurde ich für ein halbes Jahr suspendiert, habe gesoffen, Tag und Nacht, sodass meine Frau gar keine andere Chance hatte, als Hals über Kopf das Haus und mich zu verlassen. Und meinen Sohn hat sie gleich mitgenommen. Es war das Ende. Irgendwann wurde ich dann heimlich rehabilitiert. Es gab keinen einzigen Beweis gegen mich, sie haben nichts gefunden. Aber der Wichser, Commissaire Schneider heißt er, irgend so ein Typ aus dem Osten, saß mittlerweile fest auf meinem Posten. Also haben sie mich weggelobt, weg von meiner Familie, hierher nach Bordeaux. Ich hatte langsam meinen Frieden mit alledem gemacht, und dann kamen Sie, Verlain, und ich hab gedacht: Scheiße, der Pariser Beau, jetzt geht alles wieder von vorne los. Ich hatte ja keine Ahnung, dass Sie mir gar nicht so unähnlich sind. Das hab ich erst begriffen, als mir das Blut aus dem Bauch lief, in diesem beschissenen Wald von Técheney. Verstehen Sie, Verlain? Können Sie mich verstehen?«

»O ja, das kann ich«, erwiderte Luc. »Und offiziell wurden Sie nie rehabilitiert?«

»Ich hatte keine Kraft«, sagte Etxeberria kopfschüttelnd, »keine Kraft, ich bin nicht mal mehr aufgestanden. Ein Freund war mir noch geblieben, zufällig der Polizeichef von San Sebastián, ein Mann der baskischen Polizei, der *Ertzaintza*. Na klar, er hat keine Befugnisse in Frankreich, selbst in Spanien haben die Basken nichts zu sagen. Aber er hat ermittelt, hat Gegenbeweise gesammelt. Das führte am Ende dazu, dass sie mich wenigstens wieder haben arbeiten lassen, auch wenn das Innenministerium in Paris die Beweise gegen Schneider einkassiert und meinen Freund gebeten hat, sich aus der Arbeit der französischen Polizei herauszuhalten. Er hätte ja wohl im Baskenland genug zu tun, haben sie gesagt. Immerhin, ich konnte wieder arbeiten.«

»Da haben Sie wirklich einen guten Freund.«

»Ohne ihn wäre ich jetzt nicht hier. Es gab Tage, da habe ich gedacht, ich hätte all das wirklich getan, was sie mir vorwarfen. Wenn jemand Sie um jeden Preis zerstören will – dann zerstört er Sie, und am Ende wissen Sie nicht mehr, was nun die Wahrheit ist.«

Luc legte seinen Arm auf die Schulter des Basken. »Das tut mir alles sehr leid. Wie gut, dass Sie wieder bei sich sind.«

So saßen sie einige Minuten, den Blick auf das Bassin gerichtet, gerade stiegen die Skifahrer wieder auf, die Skier unterm Arm. Etxeberria räusperte sich.

»Ich habe Anouks Antrag freigezeichnet«, sagte er mit belegter Stimme, »also könnte es sein, dass sie am 1. Januar weg ist. Sie, Verlain, hatten ja gesagt, dass das in Ordnung ist.«

Luc nickte wortlos.

»Ich hoffe, es ist wirklich in Ordnung. Ich habe Mademoiselle Filipetti nie danach gefragt, aber die Spatzen pfeifen's von den Dächern: Sie sind ein Paar?«

»Ich nehme an, das ist die gängige Definition von dem, was Anouk und ich sind. Für mich kann ich sagen: Ich bin einfach verdammt glücklich, dass ich sie habe. Wissen Sie, als ich da im regenverhangenen Paris saß, die Kollegen überall mit Maschinengewehren, und ich mit kugelsicherer Weste von Vernehmung zu Vernehmung und immer die Menschen mit den angstgeweiteten Augen, da hab ich mich so nach diesem ruhigen Fleckchen Erde hier gesehnt und jeden Abend mit ihr telefoniert, weil sie genau diese Ruhe und diesen Frieden für mich bedeutet. Und nun will ausgerechnet sie weg von hier. Das ist schon …«

»Eine große Scheiße?«

Luc zuckte mit den Schultern. »So in etwa.«

Von unten erklang eine Sirene.

»Sie kommen«, sagte Luc und stand auf, ging zum Rand der Düne und bedeutete den Kollegen, nach oben zu kommen.

Der Renault gab Lichthupe, und zwei Gendarmen stiegen aus, öffneten die hintere Tür und nahmen den Mann, der sich herausquälte, in ihre Mitte, um ihn gemeinsam die Treppe hinaufzuführen.

Luc setzte sich wieder zu Etxeberria in den Sand, und erst als von hinten dreierlei Schnaufen zu hören war, sagte er laut und vernehmbar:

»Monsieur Lascasse, *bienvenu*.«

Die beiden Gendarmen führten den Austernzüchter zu ihnen. Er war dick in eine Jacke eingemummelt, eine Fellmütze verbarg den Kopfverband. Die Commissaires standen auf und nickten den Gendarmen zu, die sich am Rand der Düne aufstellten.

»Wie geht's dem Kopf?«, fragte Luc.

»Was soll das hier?«, entgegnete Lascasse, und sein Unmut über die Aktion war nicht zu überhören. »Sie schleifen mich hierher, aus dem Krankenhaus, direkt hierher! Ich wollte nach Hause zu meiner Familie. Ich bin …«

»Sie sind was, Monsieur Lascasse?«

»Ich bin hier das Opfer. Und Sie behandeln mich wie einen Schwerverbrecher.«

»O nein, Monsieur, das tun wir nicht«, entgegnete Etxeberria scharf. »Wenn wir überzeugt wären, dass Sie etwas mit dem Mord an den beiden Jungs zu tun haben, dann säßen Sie seit drei Tagen in einer Zelle. Stattdessen stehen Sie hier draußen mit uns an der frischen Luft. Und dennoch sagt mir mein Bullengefühl, dass Sie etwas auf dem Kerbholz haben, Monsieur.«

»Also das ist ja wohl die Höhe, eine Unverschäm…«

»Jetzt halten Sie mal die Luft an, Lascasse«, sagte Etxeberria. »Wir machen hier eine Tatortanalyse. Und von hier oben haben wir den besten Überblick. Also, zeigen Sie uns, was passiert ist und wo es passiert ist. Ihnen ist doch mittlerweile sicher wieder das ein oder andere eingefallen. Und wenn nicht, dann hilft Ihnen der Ausblick hier sicher auf die Sprünge.«

Lascasse besann sich und betrachtete den Übergang von Bassins zu Atlantik. Von hier oben hatte man wirklich die beste Übersicht: über die Gewässer, die Villen von Pyla, die nahe Halbinsel.

Der Austernzüchter zeigte mit der Hand auf den Horizont. »Dort, ich bin dort herausgefahren, hinten aus dem Hafen von La-Teste und dann um Arcachon herum. Es muss so um elf Uhr gewesen sein. Und dann immer weiter hinaus bis zur Banc d'Arguin. Dort habe ich geankert und an meinen Austern gearbeitet.«

»Wo? Wo haben Sie angelegt?«

»Dort, dort unten rechts.«

Er zeigte auf das äußere Ende der Sandbank, ungefähr dorthin, wo das Boot tatsächlich vor Anker gelegen hatte, als das Wasser wieder gestiegen war.

»Was haben Sie genau gemacht?«

»Ich habe die Austern … na, ich hab ein paar gesäubert, aber ich habe dann auch die Säcke an Bord geholt.«

»Von wo kam das Boot?«

»Welches Boot?«

»Na, das mit den Männern, die Sie überfallen haben?«

»Ich weiß nicht, ich habe doch gesagt, ich habe nichts gehört. Und dann war da der Schlag auf meinen Kopf.«

»Monsieur Lascasse«, Luc sah ihm fest ins Gesicht, sprach betont eisig. »Ich bin versucht, mir das mit den Handschellen noch mal zu überlegen. Dann nehmen wir Sie mit ins Hôtel de Police von Bordeaux. Denn auf Behinderung von Ermittlungen steht im schlimmsten Fall Haft, und ich kann als Zeuge vor Gericht sehr glaubwürdig sein.«

Lascasse senkte den Blick, sagte nichts.

»Wir haben das Verzeichnis der Austernparks. Hier draußen auf der Banc d'Arguin haben Sie nur eine winzige Fläche. Dort drinnen im Bassin aber, kurz vor Arcachon, da besitzen Sie einen großen Park. Sie wollen mir weismachen, dass Sie in dunkler und kalter Nacht, wenn es dringend ist, weil Sie am nächsten Tag essbare Austern haben müssen, hierherkommen zu dem winzigen Park der Sandbank? Und dass Sie dort dann vier Stunden damit zubringen, Austern zu säubern und es gerade mal schaffen, drei oder vier Säcke aufs Boot zu laden? Mehr haben wir nämlich nicht gefunden.«

»Die haben mir die Austern gestohlen«, entgegnete Lascasse, schien sich aber selbst nicht zu glauben, so wie er den Kopf hängen ließ.

»Sie selbst haben die Austern gestohlen«, fuhr Luc nun auf. »Sie sind als Austerndieb auf dem Bassin bekannt, da haben wir mannigfaltige Aussagen gegen Sie, Lascasse. Sie haben Monsieur Chevalier säckeweise Austern stehlen wollen. Vielleicht waren Sie noch nicht so weit, vielleicht hatten Sie aber auch schon viele Säcke an Bord, und die Männer haben sie wieder mitgenommen. Chevaliers Männer. Geben Sie es zu.«

Pierre Lascasse hob leicht den Blick, atmete einmal tief durch, dann nickte er. Eine einzelne Träne lief seine Wange herab, dann sagte er mit leiser Stimme: »Ich habe das Boot nicht kommen hören, ein schwarzes Boot. Ich habe es erst gesehen, als es schon angelegt hatte, an der Sandbank, ich war gerade dabei, einen Sack zu meinem Boot zu bringen, da hab ich den dunklen Schatten gesehen, riesengroß, ich hab gedacht: Ein Boot, aber da war kein Motorengeräusch. Und dann rannte etwas auf mich zu, ich hatte furchtbare Angst, es war riesig und schnell, und erst in letzter Sekunde konnte ich erkennen, dass es ein Mann war, ein echter Riese, ein Hüne, und er stieß mich zu Boden und saß über mir mit seinen riesigen Zähnen, und seine Muskeln drückten mich zu Boden, und dann knallte er mir seine Faust in die Rippen und würgte mich und sagte ganz leise: ›Wenn du noch einmal was anfasst, was nicht deins ist, bist du tot.‹ Ich kann den Satz im Schlaf aufsagen, ich träume davon. ›Kein Wort zu irgendwem‹, hat er gesagt. Und dann hat er mich auf den Kopf geschlagen, und es wurde dunkel. Ich hatte solche Angst, Commissaire, darum hab ich nichts gesagt. Solche Angst. Dabei brauchte ich doch die Austern von Chevalier, weil sonst das ganze Weihnachtsgeschäft … Meine Frau, sie will ein neues Auto für die Familie, und ich dachte, Chevalier, Chevalier hat so viele Austern, was machen da ein paar Säcke …«

»Hören Sie auf mit dem Selbstmitleid, Monsieur Lascasse, hören Sie bloß auf damit. Sie sollten froh sein, dass Sie nicht an einen Pfahl gebunden Ihr Ende gefunden haben. Sie leben.

Können Sie sich noch an andere Dinge erinnern, die vielleicht wichtig sind? War es nur der eine Mann?«

»Das weiß ich nicht. Ich kann es wirklich nicht sagen …«

»Wie sah das Boot aus?«

»Es war doch so dunkel. Keine Ahnung, es war schwarz, wie gesagt. Ein weißes Boot hätte ich schneller gesehen. Aber es war wirklich ganz leise …«

»Gut, vielen Dank. Die Kollegen von der Gendarmerie«, Luc winkte sie heran, »werden Sie mitnehmen und mit Ihnen ein Phantombild von diesem Mann anfertigen. Danach können Sie nach Hause. Wegen des versuchten Diebstahls wird sich Lieutenante Giroudin von der Gendarmerie Nationale bei Ihnen melden.«

Lascasse schien antworten zu wollen, doch seine Stimme brach, und Luc nickte den Gendarmen zu, die ihn unter den Armen griffen und mit ihm zur Treppe gingen. Sollte der sich ruhig noch ein paar Tage fürchten, dachte Luc. Dabei würden sie ihm wegen der gestohlenen Austern nicht viel nachweisen können. Er war geständig, aber sie wussten nicht, wie viele Säcke er gestohlen hatte – und die alten Diebstähle, an denen er ohne Zweifel eine Mitschuld trug, waren schwer zu beweisen. Eine winzige Geldstrafe, das wäre es wohl.

»So, Commissaire Etxeberria, ich hoffe, Sie haben heute Abend nichts vor. Denn wir haben ein gemeinsames Abendprogramm. Wir sollten uns in Arcachon noch wärmere Jacken kaufen. Los, gehen wir.«

Noch ein Blick von der Düne – sie beide konnten sich nur schwer losreißen.

Auf dem Weg die Treppe hinab griff Luc zu seinem Telefon.

»Ja, Papa, *salut*. Sag, du bist doch mit Fabrice befreundet, dem Züchter in Gujan-Mestras. Kannst du uns sein Boot ausleihen, nur für heute Nacht? Das wäre sehr hilfreich. Nimm dir ein Taxi zum Hafen dort, wir treffen uns da. Gegen zehn? *Parfait. Merci, mon vieux.*«

Als er auflegte, spürte Luc, wie ihn das Adrenalin flutete.

Kapitel 24

Etxeberria hatte während der Ermittlungen anscheinend noch nicht annähernd so viele Austern gegessen wie Luc. Jedenfalls schob er sich eine Frucht nach der anderen in den Mund und sprach auch dem Rosé kräftig zu, der in einer Flasche auf dem Tisch stand. Sie saßen im *Café de la Plage*, gleich neben dem Casino und gegenüber des Karussells, das während des Winters in dicke Folie gepackt war und nun auf den Frühling wartete, auf die Kinder, die hier dann wieder ihre Runden drehen konnten, während ihre Eltern auf das Bassin hinaussahen.

Auch Luc nahm eine Auster, löste sie mit der Gabel und gab etwas Zitrone darauf, dann schlürfte er sie aus der Schale. Er liebte das dunkle feuchte Brot, das hier zu den Austern serviert wurde, bestrich eine Scheibe mit der salzigen Butter und mahlte frischen Pfeffer darauf. Köstlich.

Unter dem Tisch stand die Tüte mit Etxeberrias dicker Winterjacke, Luc hatte sich im Kaufhaus von Arcachon eine dicke Fellmütze gekauft, wie Pierre Lascasse sie vorhin getragen hatte, außerdem dickere Handschuhe und einen Wollschal.

Es war an diesem Abend so ruhig im Café, dass Luc sofort zur Tür sah, als er einen Windhauch spürte.

»Robert«, sagte er erfreut und stand auf, begrüßte den jungen Mann und tauschte mit ihm die *bises.*

»Möchtest du den Wein mit uns teilen? Wir haben auch noch reichlich Austern …«

»Im Ernst? Ich hasse Austern«, sagte Robert lachend. »Ich weiß, seitdem sie mich hierhergeschickt haben, gar nicht, was ich essen soll. Austern, immer diese Austern.«

Luc lachte laut auf, und Etxeberria stimmte mit ein.

»Dann nehmen Sie reichlich Brot«, sagte der Baske und sah Luc fragend an, bis der verstand.

»Ah, Verzeihung, natürlich. Commissaire Etxeberria, Chef der Einheit Kapitalverbrechen im Département Gironde – und das ist Robert Dubois, Reporter bei *Sud Ouest,* eigentlich in Bordeaux und Saint-Émilion im Einsatz, nun aber als Weihnachtsvertretung in Arcachon. Wir arbeiten oft und gerne zusammen, wenn man so sagen kann.«

Robert gab Etxeberria die Hand.

»Sehr erfreut, Commissaire. Ich dachte, du, Luc, wärst der Chef der Einheit.«

»Ach, Robert, das ist eine lange Geschichte.«

»Ah, ja, ich erinnere mich, da war doch diese legendäre Pressekonferenz wegen des Mordes an dem jungen Mädchen, gleich, als du in Bordeaux anfingst, Luc.«

»Erinnern Sie mich nicht daran«, sagte der Baske, »das war keine Sternstunde.«

Luc und Etxeberria hatten sich nach der Pressekonferenz auf dem Flur des Hôtel de Police fast geprügelt.

Robert setzte sich zu ihnen und trank einen Schluck Wein.

»Also, was gibt's, Luc? Du klangst am Telefon, als wäre es dringend.«

»Wann ist dein Redaktionsschluss?«

Der Journalist sah auf seine Uhr. »Für die Lokalausgabe Arcachon?«

»Nein, für die Gesamtausgabe.«

»Oh, das ist bald. Eine halbe Stunde noch. Dann geht die Ausgabe in die Druckerei.«

»Dann schmier dir ein Brot für später. Du wirst schreiben müssen. Und zwar schnell.«

»Wegen des Einsatzes neulich?«

»Genau.«

»Aber Luc, ich komm jetzt nicht einfach kurz vor sieben in die Gesamtausgabe. Da muss ich schon einen echten Kracher …«

Luc legte ein Foto auf den Tisch.

»*Mon Dieu*«, sagte Robert und atmete scharf ein. »*Mon Dieu*. Was ist das?«

»Das ist die Auffindesituation von zwei jungen Austernzüchtern im Bassin, vorgestern Morgen. Sie waren an das Holz gefesselt wie an zwei Marterpfähle. Eine Hinrichtung.«

»Was für eine Scheiße, Luc …«

»Du kannst das Foto drucken, die Gesichter musst du natürlich unkenntlich machen. Und wir erzählen dir jetzt in fünf Minuten die Geschichte dazu, dann rufst du in der Redaktion an und sagst ihnen, dass sie die Druckmaschinen noch mal anhalten sollen. Für eine Geschichte, die euch morgen früh jede Zeitung und jeder Sender nacherzählt, mit dem Hinweis: ›Wie *Sud Ouest* exklusiv berichtet hat‹. Na, ist das was?«

Robert wühlte in seiner Tasche, sah wieder auf und sagte: »Wie immer. Hast du Zettel und Stift?«

Luc stöhnte und gab dem Journalisten lächelnd, wonach er verlangte.

Robert nahm einen schnellen Schluck vom Rosé. »Los, erzählt …«

Luc sah sich um, aber da war niemand, der lauschte.

»Also, mein Lieber, die Überschrift sollte lauten: ›Polizeikreise: Bürgerwehr tötet Austerndiebe auf dem Bassin‹.«

Kapitel 25

»*Salut,* Anouk.«

»*Salut, mon cher.*«

»Wie geht's dir? Wie war dein Tag?«

»Ich verstehe, warum du diese Stadt so sehr liebst. Sie ist laut und lebendig und voller Schönheit, so viel Schönheit an jeder Ecke. Und dann ist da gleichzeitig so viel, was rau ist. Diese Stadt ist irgendwie ein bisschen – na, wenn es nicht ganz so kitschig wäre, würde ich sagen: wie du.«

»Das nehme ich als Kompliment, wenn du von der Stadt der Liebe redest.«

»Das *war* ein Kompliment.«

»Was hast du dort gemacht?«

»Ich hab das Schild an der Bürotür gesehen, auf dem immer noch dein Name steht. Solche Hochachtung haben sie vor dir.«

»Ich würde denken, sie haben schlicht vergessen, es abzumachen.«

»Du bist so ein Blödmann.«

»Aber sag doch mal, was hast du gemacht bei den Kollegen?«

»Ich hatte viele Gespräche. Mit dem Inspecteur Général, dem Commissaire der Einheit Profiling, mit allen, die hier wichtig sind. Es war ein sehr guter Tag. Jetzt gehe ich mit allen Kollegen noch ins Resto. Und du? Was macht der Fall?«

»Unübersichtlich.«

»Tut mir leid, dass ich einfach abgehauen bin, Luc. Ehrlich. Ich wollte uns den Abend nicht kaputt machen. Er war zu schön.«

»Du hättest etwas sagen können.«

»Wie gesagt: Dann wäre der Abend im Eimer gewesen.«

»Ich werde dich jetzt nicht fragen, ob du nach Paris gehst.«

»Ich würde dir nicht antworten.«

»Ich weiß.«

»Aber du wirst zurückkommen nach Paris. Du bleibst nicht ewig in Bordeaux, Luc. Und was mach ich dann? Allein in Bordeaux, ohne dich? Soll ich den Basken heiraten?«

»Ich stelle fest, dass er ein guter Typ ist. Wäre also eine Idee. Er ist übrigens mein Partner für den Tag. Sie nennen ihn im Büro schon *die neue Anouk.*«

Er hörte sie lachen, laut und süß, wie immer.

»Na dann viel Spaß. Und jetzt esst ihr zusammen und danach ins Bett?«

»Wir essen jetzt wirklich zusammen. In Arcachon. Danach fahren wir raus aufs Meer.«

»Was? Wieso denn?«

»Heute Nacht kriegen wir sie.«

»Wen?«

»Na, die Mörder.«

»Ohne mich?«

»Du bist nicht hier.«

»Luc?«

»Ja?«

»Pass auf dich auf.«

»Mach ich. Versprochen. *Bonne nuit,* Anouk.«

Kapitel 26

Natürlich stand er schon am Quai, eine halbe Stunde vor der Zeit, sein linker Fuß wippte aufgeregt, als könne er es kaum erwarten. Konnte er wahrscheinlich auch nicht.

»*Salut, mon père*«, sagte Luc und drückte seinen Vater an sich, dann tauschten sie die obligatorischen Wangenküsse.

»Na, da seid ihr ja endlich«, sagte Alain Verlain grinsend.

»Monsieur Verlain«, sagte Etxeberria und gab Lucs Vater die Hand, »freue mich, Sie wiederzusehen. Obwohl ich finde, wir hätten uns auch auf einen Calvados an einem Kamin wiedersehen können. Statt hier in der verdammten Arktis.«

»Die Beamten!«, sagte Alain lachend. »Da sehen Sie mal, wie es uns Fischern geht, in der Winternacht. Bei den Winteraustern. Sonst wär der Tisch an Weihnachten leer.«

Er war der Erste, der behände an Bord des Austernbootes sprang. Luc folgte ihm und reichte dem Basken die Hand, der etwas mühsam über die Reling kletterte.

»So, das ist also das gute Stück«, sagte Luc.

»Ja, Fabrice' Boot. Mein eigenes ist ja in Chevaliers Flotte eingegliedert, es war Teil des Verkaufes«, erklärte Alain an Etxeberria gewandt.

Er ging in die Kabine, die wie alles im Port de Larros nie abgeschlossen war, dann rief er:

»Kommt rein, ich hab schon mal angeheizt. Und dann wollen wir mal. Wohin geht's denn, mon fils?«

»Wir fahren zur Banc d'Arguin. Auf direktem Wege. Und dann haben wir richtig zu arbeiten.«

»Das klingt spannend.«

Alain Verlain drehte den Schlüssel im Schloss, und der Bootsmotor ging mit einem satten Knurren an, dann wendete der alte Austernzüchter das Boot und fuhr langsam aus der Liegeposition, bog in die Fahrrinne und glitt vorbei an den Austernhütten, die links und rechts von ihnen standen, nun fast alle verlassen. Nur rund um Pujols Hütte brannten einige Feuer in den Öfen, der weiße Rauch aus den Schornsteinen zeugte davon.

Kaum war das Ende des Hafens erreicht, drückte Alain den Gashebel ganz durch, und das Boot machte einen Satz nach vorne, der Bug hob sich, und dann pflügten sie durch das Bassin, nahmen Kurs backbord und steuerten in Richtung Westen. Linker Hand tauchten nach einigen Minuten die Lichter von Arcachon auf, die großen Villen im Bäderstil sahen im Licht der Scheinwerfer aus, als habe sie Picasso mit flinkem Strich in die Landschaft gemalt.

Der Himmel hing viel tiefer als in den letzten Tagen, schon am späten Nachmittag war die Sonne plötzlich verschwunden und hatte einem dunklen Grau Platz gemacht. Wärmer geworden war es dadurch aber nicht.

Als sie an Arcachon vorbei waren, wurde das Bassin dunkler, stockdunkel gar, sodass Alain den großen Scheinwerfer anschaltete, der an der Kabine befestigt war. So war wenigstens das Wasser vor ihnen beleuchtet. In diesem Schein sprangen Fische auf und ab, angelockt vom Suchlicht des Bootes. Luc liebte den Moment, wenn sich die Tiere nach oben holen ließen, bewunderte, mit welcher Leichtigkeit sie aus dem Wasser flogen, sich dem Licht entgegenreckten und wieder in das Dunkel zurückfielen.

»Wow«, sagte Etxeberria, augenscheinlich hatte er so etwas noch nie gesehen.

»Unglaublich, oder? Sie tun das immer, wenn die Scheinwerfer aufleuchten. Ich erinnere mich an den Moment, als ich es das erste Mal gesehen habe. Wahnsinnig schön«, entgegnete Luc. Er sah, wie sein Vater das Steuer fest umklammert hielt, Tränen der Rührung in den Augen. Das hier war wohl der schönste Moment seines Jahres, wieder am Steuer eines Bootes, auf einer Mission, von der sie beide nicht wussten, wie sie enden würde.

Als sie das Ende des Bassins erreichten und den Windschatten des Cap Ferret hinter sich ließen, machte das Boot einen Satz nach links, weil eine Böe vom offenen Atlantik es mit voller Macht traf. Luc und der Baske gesellten sich zu Alain in die Kabine. Und dann begann es zu regnen, dicke Tropfen, fast schon pures Eis schlug auf die Scheibe ein, dass der einsame Scheibenwischer es nur ächzend schaffte, für Durchblick zu sorgen.

Luc stöhnte: »Na, das kann ja was werden.«

»Wo soll ich anlegen?«, fragte Alain.

Luc zeigte auf eine Stelle, die er ins Auge gefasst hatte, als sie oben auf der Düne gewesen waren.

»Dort, dort vorne, fahr so nah wie möglich an die Sandbank heran, und dann stell das Boot seitlich zum Wasser. Gleich müsste der Tiefstand erreicht sein, es darf auf keinen Fall trocken laufen.«

»Weil wir schnell wieder weg müssen?«, fragte Etxeberria.

»Mal sehen …«

Mehr mochte Luc für den Moment nicht preisgeben.

Alain ging an angezeigter Stelle vor Anker und verpasste sie um keinen Zentimeter. Ein Seemann war ein Seemann, dachte Luc und fühlte Stolz auf seinen Vater in sich aufsteigen. Als er die Tür der Kabine öffnete und der eiskalte Regen die ungeschützten Stellen erwischte, sein Gesicht und seine Hände, war ihm sofort klar, dass er sich hier ganz schön was in den Kopf gesetzt hatte.

»*Merde*«, sagte er, »*quelle idée …*«

»Ich habe hinten alles vorbereitet«, rief Alain durch den stürmischen Regen, als auch er heraustrat, den Basken im Schlepptau, der mit den Händen sein Gesicht schützte.

»Hier«, rief er und hielt die Berufskleidung der Austernzüchter hoch, »zieht euch die Wathosen an, die dicken Stiefel, und hier sind noch zusätzliche Jacken. Dann müsste es gehen.«

Sie zogen sich um.

»So, runter vom Boot«, sagte Luc, und sie kletterten zusammen über die Reling und standen nun völlig ungeschützt auf dem harten Sand, der Eisregen trommelte wie ein Geschützfeuer auf sie ein.

»Wahrscheinlich sind wir sogar noch zu früh«, sagte Luc mit einem Blick auf seine Uhr, »aber egal. Papa, von wo bis wo geht der Austernpark von Chevalier genau?«

In einiger Entfernung waren die Holzpfähle zu sehen, die die Grenzen der Parks markierten. Darin, nun vom Wasser komplett freigegeben, lagen die Tische mit den Austernsäcken, die so kurz vor Weihnachten prall gefüllt mit Meeresfrüchten waren. In zwei Wochen wären all diese Tische beinahe leer, nur noch die kleinen Austern, die noch keine Größe fürs diesjährige Weihnachtsgeschäft hatten, lägen noch darauf – ein Jahr später wären sie an der Reihe.

Alain Verlain umschrieb eine Fläche von riesigen Ausmaßen, es war fast die ganze Sandbank.

»Hier, alles innerhalb dieser Pfähle gehört Chevalier. Dort drüben, diese Fläche müsste dir bekannt vorkommen, Luc. Das war mein Park hier draußen. Zusammen mit dem im Norden vom Bassin. Den hier habe ich wirklich mit zusammengebissenen Zähnen verkauft, war schließlich meine Lieblingsstelle. Kannst du dich noch erinnern, wie wir tagelang hier draußen gearbeitet haben – und nebenbei noch Doraden für das Abendessen gefangen?«

»Klar, und du hast mich zum ersten Mal vom Schnaps probieren lassen, an einem besonders kalten Tag«, sagte Luc lachend. »Was war ich? Sechzehn?«

»Stimmt, hab ganz schön lange damit gewartet, hm?«, gab Alain ebenso lachend zurück.

Der Eisregen war vergessen.

»Gut, dann ist es ja kein wirklicher Diebstahl. Also, wir ziehen uns jetzt die Kapuzen tief ins Gesicht, und dann gehen wir zu deinem alten Austernpark, der nun Chevaliers ist. Und dann tragen wir so viele Säcke, wie wir tragen können, auf unser Boot und stapeln sie so hoch, dass man es selbst in Arcachon noch sieht …«

Alain Verlain sagte erstaunt: »Du willst Chevalier Austern klauen? Aber wieso?«

»Wir müssen die anlocken, Papa. Die, die etwas dagegen haben. Und sich offenbar sehr unschöner Methoden bedienen, das zu verhindern. Aber wenn ich Chevalier danach fragen würde, dann würde er es abstreiten. Und er hat bestimmt sehr gute Anwälte. Deshalb will ich sie auf frischer Tat …«

»Verlain, Verlain«, sagte Etxeberria erstaunt, »Sie sind ja wirklich ein richtig Cleverer. Nicht schlecht. Kann ich im Boot warten?«

»Nichts da«, sagte Luc lachend, »Sie kommen mit. Tragen Sie halt immer nur einen Sack, Commissaire.«

»Schon gut«, murrte der Baske, »war ja auch nur der Versuch eines Fast-Invaliden, sich um die Arbeit zu drücken.«

»Sie nehmen es auch immer, wie es Ihnen passt, hm?«

»Klar, auch das lernt man im Baskenland. Wir tun nichts, was wir nicht wollen. Aber gut, Sie zwingen mich ja.«

Sprach's und war der Erste, der sich durch den immer noch strömenden Regen schlug, in Richtung der Austernbank, auf die Alain gewiesen hatte.

Die Tische standen dicht an dicht, jeder beinahe hundert Meter lang, dann ganz nah daneben der nächste Tisch. Allein dieser Anblick erinnerte Luc daran, wie hart und einsam die Arbeit hier draußen war.

Luc griff sich den ersten Sack vom Tisch, einen Sack mit großen Austern, die sicher noch dieses Jahr verzehrt werden würden, und war wieder erstaunt, wie schwer so eine *poche* war. Er wuchtete ihn heraus aus dem Park und brachte ihn zum Boot, was lange dauerte und sehr mühselig war. Luc spürte, wie er unter seiner dicken Kluft zu schwitzen begann. Das machte die Kälte von außen nur noch unangenehmer. Doch dann war da das Boot, und er hob den Sack herüber und platzierte ihn im Bug auf der freien Fläche, die für die Austernsäcke vorgesehen war. Vier Stäbe waren dort festgemacht, damit die gestapelten Säcke während der Fahrt nicht verrutschen konnten.

Als er in Richtung Park zurückwatete, kam ihm Alain entgegen. Er trug den Sack unter dem Arm, als handele es sich um eine leichte Einkaufstüte. Von den Folgen der Erkrankung keine Spur an diesem Abend. Das hier war ein echtes Lebenselixier.

Als Letzter schleppte Etxeberria seinen Sack in Richtung Boot. Luc war schon wieder an den Tischen angelangt. Sein Blick glitt hoch zur Düne, dort oben hatten sie noch vor wenigen Stunden gestanden, bei angenehm strahlendem Sonnenschein. Nun, was half's. Er griff sich eine neue *poche*.

So arbeiteten sie unermüdlich, bestimmt anderthalb Stunden, schleppten Säcke, türmten sie auf dem Boot wirklich hoch auf. Dann, es war kurz vor eins, war der Baske der Erste, der sagte:

»So, also, ich finde, das reicht, oder, Verlain? Und ehrlich gesagt: Mir reicht es auch. Ich brauch eine Pause.«

Alain nickte. »Ja, das reicht. Kommt, ich hab was Warmes.«

Sie stiegen auf das Boot in die enge und wohlbeheizte Kabine, der kleine Heizstrahler verbreitete eine wohlige Wärme, die Luc fast das Gesicht verbrannte, als er eintrat.

»Hier«, sagte Alain und drehte eine Thermoskanne auf, »ich habe einen Grog gemacht, mit reichlich Rum. Und hier, vom Fleischer in Carcans, der kriegt sie aus der Ardèche.«

Lucs Vater nahm sein Laguiole-Messer und schnitt die luftgetrocknete Salami, die außen mit Edelschimmel besetzt und innen dunkel und fett war, genau das Richtige nach ihrem Ausflug in die Kälte. Alain brach das Baguette in Stücke. Zuerst aber tranken alle von dem heißen Grog, der scharf die Kehle runterfloss und sich sofort als warme Welle im Bauchraum ausbreitete. Luc atmete tief durch und wickelte sich langsam den dicken Schal ab. Er nahm eine Scheibe Salami und schloss die Augen, genoss die Ruhe in der Kabine, nach dem Ausflug ins Wellengetöse draußen. Er spürte immer noch keine Müdigkeit, obwohl er so früh aufgestanden war – und in der Nacht hatten Anouk und er auch nicht viel geschlafen.

»So, und nun heißt es: abwarten.«

»Schauen Sie mal hier, Hugo hat das Phantombild geschickt.«

Luc betrachtete den Handybildschirm des Basken, Alain lugte über seine Schulter. Sie sahen ein großes kantiges Gesicht mit dunklen Augen, dichte schwarze Haare. Da war etwas auf seiner Wange, war es eine Narbe? Große geschwungene Lippen. Ein riesiger Kopf über einem wulstigen Hals. Obwohl es nur ein Phantombild war, ahnte Luc, dass der Mann ein Hüne war. Der

Ausdruck in seinen Augen – die Kollegen hatten zusammen mit Lascasse ein gutes Bild angefertigt.

»Jung, oder?«

»Sieht sehr jung aus. Und auf den warten wir jetzt also.«

»Wie lange warten wir?«

»Wir wärmen uns auf, und dann gehen wir wieder raus auf die Bank. Ich will ihn anlocken. Er wird kommen.«

»Was macht dich so sicher?«, fragte Alain.

»Chevalier hat die Truppe nicht aufgestellt, damit sie ihn dann nicht beschützt.«

»Na, Ihr Wort in Gottes Ohr. Ich hab keinen Bock, das alles umsonst hergeschleppt zu haben. Und dann nachher wieder zurückzuschleppen.«

»Wird nicht mehr lange dauern. Die Flut kommt schon. Also: Auf die Austern«, sagte Luc und stieß mit seinen Mitstreitern an. Die Emaillebecher schepperten, dann tranken sie und lauschten dem Regen, der an die Scheibe prasselte.

Le mardi 22 décembre –
Dienstag, der 22. Dezember

BOOTE, BOXER, BANLIEUES

Kapitel 27

Die drei mussten nicht mehr lange warten. Sie waren gerade erst wieder vom Boot gestiegen und Luc hatte gerade seinen ersten Sack an Bord gehievt, als er Etxeberria leise pfeifen hörte. Der Baske wies mit dem Kopf gen Osten.

Wirklich: Es war kaum wahrzunehmen. Aber da war etwas. Ein schwarzer Schatten, der durch das Wasser pflügte. Nahezu lautlos. Nur das leise Geräusch auseinandergetriebenen Wassers. Erst jetzt sah Luc, wie nah das schwarze Ungetüm schon war. Er erkannte es sofort wieder. Zog aus dem Holster unter seiner Jacke die Waffe. Versteckte sich hinter seinem Boot. Bedeutete Etxeberria mit dem Kopf, einfach ganz normal seinen Sack weiterzutragen. Sein Vater war weiter hinten im Park. Wenn die Typen nicht schossen, bestand für ihn keine Gefahr.

Das geteilte Wasser wurde stiller, das Boot bremste offenbar. Es legte an der Seite der Sandbank an, dann ging alles blitzschnell. Ein schwarzer Schatten sprang von Bord, riesig, hünenhaft – und rannte auf den Basken zu, der den Kopf abgewendet hatte, wobei Luc an seiner Haltung ablesen konnte, dass er vorbereitet war.

Kurz bevor sich der Riese auf Etxeberria stürzen konnte, rief Luc: »Achtung!« Dann drückte er auf einen Lichtschalter. Der Scheinwerfer leuchtete sofort auf, sodass die ganze Sandbank erleuchtet war. Etxeberria fuhr herum, hielt seine Pistole in der Hand. Der Hüne, der immer noch nur ein Schatten war, bremste ab, in seiner Hand hielt er etwas, das im Scheinwerferlicht glitzerte, ein Totschläger, unverkennbar.

Etxeberria rief: »Nimm die Hände hoch, Junge, Hände hoch, ich bin von der Polizei.«

Doch der Riese, der ein Junge war, ein großer, durchtrainierter Junge mit schwarzen Haaren, die Kapuze war vom Kopf geweht, stürzte sich auf ihn und schlug zu, traf auch, doch nicht den Kopf. Der Baske hatte sich geduckt, also traf er Etxeberria in die Seite, der ging kurz zu Boden, zielte mit seiner Waffe, doch er zögerte einen Moment zu lange, und der Junge rannte los, wetzte im Zickzack über den Strand, Luc sprintete los, war ihm dicht auf den Fersen, doch dann glitt er auf einmal aus. Er war viel dicker angezogen als der Hüne, der leicht und schnell war, Luc verlor wichtige Meter, er hob die Waffe, zielte knapp an dem Jungen vorbei und schoss, der Knall wurde als Echo von der Düne zurückgeworfen, die Kugel sauste durch die Luft, doch der Junge bremste nicht eine Millisekunde, kein Schock, nichts, er rannte weiter, dann sprang er aus vollem Lauf auf das schwarze Boot, das ohne ein Geräusch anfuhr und blitzschnell in die Dunkelheit davonpreschte.

»Aufs Boot!«, rief Luc, und Alain kam schon angelaufen, stützte den Basken so gut es ging, und gemeinsam humpelten sie aufs Boot zu, Luc hatte schon den Motor angelassen, als die beiden an Bord waren, er legte sofort ab und beschleunigte stark, Alain und Etxeberria stolperten in die Kabine, der Baske ließ sich auf die Bank fallen.

»Alles in Ordnung?«, fragte Luc besorgt.

»Ja, er hat mich an der Schulter erwischt, verdammter Totschläger. Hätte er den Kopf getroffen, würde ich jetzt da liegen.«

»Lass mich«, sagte Alain und schob Luc vom Steuerrad weg, doch obwohl er das Boot schneller und schneller werden ließ, entglitt das schwarze Phantom vor ihnen in die Dunkelheit.

»Wohin fährt er?«

»Ist im Fluchtmodus«, sagte Alain kopfschüttelnd, »er nimmt Kurs aufs offene Meer. Bei dem Wetter, ein Verrückter. Wirklich.«

Er versuchte, dranzubleiben, doch als die ersten Wellen unterm Bug des Austernbootes einschlugen und die *poches* bedrohlich zu wackeln begannen, zog Alain den Gashebel zurück auf null und wendete.

»Er ist weg, Luc. Da hatten wir keine Chance. Das Boot hier hat 150 PS. Und seins sah aus, als hätte es 1000. Was war das für ein verdammter Typ, dieser junge Muskelprotz?«

»Ich habe keine Ahnung«, entgegnete Luc, »aber ich kenne das Boot. Es ist das Solarboot von Chevalier.«

»Ach du Scheiße. Dann hattest du recht. Wohin fahre ich jetzt?«

»Direkt in den Hafen von Arcachon. In vier Stunden, wenn die Morgenzeitungen draußen sind, stehe ich bei Chevalier auf der Matte. Aber vorher schauen wir uns mal bei ihm in der Firma um.«

Kapitel 28

Ja, es stimmte: Auf der Hälfte der Strecke war da etwas gewesen, schwarz, schnell, ganz im Norden des Bassins, ein surrendes Geräusch, ein Schatten nur. Während Luc, sein Vater und der Baske im Dröhnen des eigenen Bootsmotors dem Hafen von Arcachon entgegenrasten. Mit allem, was die Kiste hergab, hatten die Flüchtigen auf ihrem Boot wohl das offene Meer wieder verlassen und sie auf der anderen Seite des Bassins schlicht überholt.

Nun lag es da, festgemacht am Quai vor Chevaliers Fabrik, ganz als hätte es sich heute Nacht keinen Zentimeter von hier wegbewegt.

»Sie waren uns also wirklich weit voraus«, bemerkte Luc. Er sah auf die Uhr. Kurz vor fünf Uhr morgens.

Alain fuhr das Boot näher heran, Luc zog seine Pistole aus dem Holster, Etxeberria tat es ihm nach. Falls die Saukerle überhaupt noch an Bord waren. Luc war überzeugt davon, dass es mindestens zwei waren. Wer sonst hätte das Boot wegfahren sollen, Sekunden nachdem der junge Riese an Bord gesprungen war?

Alain legte am Quai an, Luc sprang hinüber, die Waffe griffbereit, legte aber erst das Seil um den Poller und machte das Boot mit einem Palstek-Knoten fest. Dann zog er es ganz an die Mauer, sodass auch Etxeberria problemlos absteigen konnte.

»Papa, bleib hier, bleib in der Kabine, wir prüfen die Lage«, flüsterte Luc und ging los, den Basken hinter sich.

Nun standen sie geduckt vor dem schwarzen Boot, das aussah wie ein Pfeil, lang und schnittig, der komplette Bootsrumpf war mit schwarzen Solarzellen bedeckt. Luc hob den Kopf. Die Sitze und das Steuer waren im hinteren Teil des Boots offen gebaut, von dort ging es nach unten in die Kabine. Der Commissaire sprang an Bord, der Baske folgte ihm. Ja, der Schlüssel steckte, sie konnten nicht weit sein. Luc sah sich um, öffnete dann die schmale Luke, die den Einstieg in die Kabine unter der Wasserkante bildete und wich schnell zurück, falls jemand schoss – doch da war niemand. Er ging die schmale Treppe hinunter, die Waffe vor sich gereckt.

»Nichts. Sauber«, rief er nach hinten, und Etxeberria trat hinter ihm ein.

Das Innere des Bootes sah sauber und aufgeräumt aus. Keine Spur von irgendwem. Aber der Schlüssel steckte im Steuerrad.

»Sie hatten es wohl sehr eilig«, sagte Luc.

Sie gingen wieder hinaus, und Etxeberria griff schnell zum Telefon.

»*Oui*, ist da die Leitstelle? Hier Commissaire Gilen Etxeberria, Police Nationale in Bordeaux. Wir brauchen dringend zwei Einheiten der CRS für eine Firmendurchsuchung und dazu die Spurensicherung. Hafen von Arcachon, *Quai Goslar*. Die sollen sich beeilen. Und auf Eigensicherung achten. Zwei oder mehr Täter, einer davon mit Totschläger bewaffnet, weitere Waffen unklar. Wir gehen wegen Gefahr in Verzug schon mal rein. Halbe Stunde? Was? Eine Stunde? Flinke Füße jetzt, Kollegen.«

Luc rannte zum Boot seines Vaters zurück und sprang an Bord.

»Alain, Papa, ich danke dir für alles, das heute Nacht war eine Meisterleistung von dir. Aber ich wäre in Sorge, wenn du noch weiter hier bleibst, wir wissen nicht, wo die Typen stecken, und ich will dich nicht in Gefahr bringen.«

»Alles gut, mein Junge«, sagte Alain gerührt, »ich bring das Boot heim in den Port de Larros, die Sonne geht ja ohnehin gleich auf. Dann bin ich pünktlich zum Frühstück bei meinen Alten zurück in der Einrichtung. Und Luc?«

»*Oui*, Papa?«

»Danke für das Abenteuer, *mon fils*.«

Sie umarmten sich kurz, dann stieg Luc vom Boot, und Alain legte ab, wendete und fuhr das Boot in Richtung Hafenausgang, um sich dort nach rechts zu wenden. Luc sah ihm noch eine Weile nach, dann besann er sich und folgte Etxeberria, der schon auf die Halle zugegangen war.

Die Leuchtreklame mit dem modernen Logo leuchtete in Rot und Blau. *Les hûitres du Chevalier sont les meilleures* stand da geschrieben. *Die Austern von Chevalier sind die besten.*

»Los, helfen Sie mir, Commissaire«, sagte Luc, und dann zogen der Baske und er jeder von einer Seite an dem großen Metalltor, das sich allerdings keinen Zentimeter bewegte.

Luc betrachtete das Fenster, das für ihn viel zu weit oben war. Er griff sich vier große Kisten, die herumstanden und stapelte sie, dann kletterte er darauf und blickte durch die trüben Scheiben in die Fabrikhalle. Modern und blitzend sah sie aus – doch die Maschinen, die hier herumstanden, waren die gleichen wie bei den Labadies: die Sortiermaschine, das UV-Bad, nur eben in vielfacher Ausführung. Dazu lagen Tausende *poches* herum, und kistenweise tote Austern. Nichts Auffälliges, niemand war zu sehen.

Luc kletterte wieder herunter.

»Niemand hier.«

»Sehen Sie da, Verlain, bei der Hütte da drüben kommt Rauch aus dem Schornstein.«

Es stimmte, auf dem Firmengelände von Chevalier standen vier kleine Cabanes wie die im Port de Larros, aber nur bei einer, die dunkel am Rande stand, stieg weißer Qualm aus einem kleinen metallenen Schornstein auf dem Dach.

Luc und der Baske rannten auf die Hütte zu, dann klopfte der Commissaire an die Tür, die Waffe in der Hand, und rief: »Police Nationale, machen Sie auf.«

Von drinnen drang kein Geräusch zu ihnen. Nichts. Es war totenstill.

»Police Nationale ...«

Nichts. Wieder nichts.

Luc nahm Anlauf und sprang mit dem Fuß voran in die Holztür, die krachend aus den Angeln brach und nach innen fiel.

Etxeberria ging mit gezogener Waffe voran, Luc folgte ihm.

»Leer, ausgeflogen, der Vogel«, sagte der Baske.

»Aber er war hier«, gab Luc zurück.

Anders als die Fabrikhalle war die Hütte voller Unordnung: Luc sah ein schmales Einzelbett, die Decke war zerknüllt, als sei jemand in Eile aufgestanden. Da war ein Kleiderschrank, der nicht aus Holz, sondern aus Folie bestand. Auf einem schmalen Tisch, dem aber der Stuhl fehlte, lagen zwei Zeitschriften: ein Automagazin über Sportwagen und – allen Ernstes – ein Pornoheftchen. Daneben lagen Schokoriegel, und es standen vier oder fünf Dosen mit Muskelaufbaupulver herum, wie Luc es aus dem Sportstudio kannte. An der Wand lagen Hanteln.

»Hier, er hat sein Handyladegerät vergessen«, sagte der Baske, »wirklich ein überstürzter Aufbruch.«

»Kein Zweifel, das war unser Junge.«

»Kein Zweifel.«

»Die Spurensicherung soll nach DNS suchen, der hat doch bestimmt Haare im Bett hinterlassen. Oder auf dem Tisch. Oder Fingerabdrücke an den Hanteln. Das sollte doch kein Problem sein. Vielleicht haben wir ihn in der Kartei.«

»Veranlasse ich.«

Sie traten wieder aus der Halle.

Luc griff zum Telefon und wählte eine vertraute Nummer. Sekunden später wurde abgehoben.

»Hugo, sorry, dass ich dich so früh stören muss, kannst du ins Präsidium fahren? Der Fall wird heiß. Wir brauchen eine große Fahndung. Landesweit. Wir suchen den jungen Typen von dem Phantombild von Pierre Lascasse. Er hat vorhin versucht, uns anzugreifen. Aber alles in Ordnung, es geht uns gut. Wir müssen diesen Jungen finden. Okay? Ach – und gib das Foto an alle Sender, alle Internetseiten. Ich brauch es heute groß, okay? Ich danke dir.«

Luc legte auf und atmete einmal tief durch. Eben ging die Sonne auf, über Gujan-Mestras, weit im Osten, doch die Wolken waren dicht, so war es nur milchiges Licht, das über Chevaliers Fabrikhalle zu sehen war. Er schlug sich gegen die Stirn. Und griff wieder zum Telefon.

»Hugo? Pass auf: Zapf Chevaliers Telefon an. Sofort, wenn du im Büro bist. Handy und Festnetz. Und hör direkt mit. Den Ermittlungsrichter rufe ich an. Später. Wir machen erst mal die Nummer von Gefahr im Verzug. Aber das wird kein Problem sein – wenn nicht, nehm ich's auf meine Kappe. Danke, Hugo.«

Luc legte auf und wandte sich dem Basken zu.

»Und Sie, Etxeberria, warten auf die CRS und die Spurensicherung, in Ordnung? Und ich mache mich auf und nehme unseren feinen Herrn in die Mangel. Er kennt mich ja schon, darauf können wir aufbauen.«

»Aber Sie warten ja noch, Verlain …«

»… bis die Morgenzeitung auf seinem Tisch liegt.«

Kapitel 29

Der doppelte Espresso aus der Bar gegenüber der Markthalle belebte ihn. Während Luc nun rauchend draußen an einem der Stehtische stand, beobachtete er die Stammgäste, die nach und nach eintraten: der Markthändler, der seinen Karren mit dem frischen Gemüse vor die Bar stellte, um den zweiten oder dritten *américain* des Tages zu trinken. Die drei Müllfahrer in ihren grünen Uniformen, die lachend miteinander stritten, wer die Tonnen der Fischhändler schieben musste. Die beiden älteren Damen, die sehr zeitig aufstanden und hier drinnen vermutlich deutlich mehr erlebten als zu Hause am einsamen Frühstückstisch. Es war ein buntes Sammelsurium von Menschen, eine laute, fröhliche Atmosphäre – der Tag schien noch jung und unverdorben.

Bis jetzt hatte er abgewartet, nun aber musste er unbedingt einen Blick in eine der *Sud-Ouest*-Zeitungen werfen, die auf dem Tresen auslagen. Er ging hinein und trat in ein Stimmengewirr, heute gar nicht fröhlich, sondern sehr aufgeregt. Die beiden Damen, der Markthändler, die Müllfahrer, der Wirt, sie alle redeten durcheinander. Eine der beiden älteren Damen wedelte mit der Zeitung, hatte die Hand vor den Mund geschlagen und rief immer wieder: »Herrjeh, wie schrecklich, herrjeh, herrjeh.«

Der Wirt fragte den Markthändler: »Jean, sag mal, kennst du die? Die Jungs? Ich weiß nicht, der eine hier, er kommt mir bekannt vor. Aber – warum haben die denn die Gesichter abgedeckt?« Und der Müllfahrer rief in den Raum hinein: »Hier in Arcachon, unvorstellbar, auf unserem Bassin.«

Luc zuckte zusammen angesichts dieser aufgeheizten Stimmung. Dennoch: So hatte er sich das vorgestellt. Hätte die Presse gleich nach dem Mord berichtet, wäre er den Ereignissen hinterhergerannt – weil er schlicht noch gar nichts gewusst hatte über das Verbrechen und seinen Hergang. So aber war er den Ereignissen einen oder zwei Schritte voraus. Das war deutlich besser so.

Er griff sich eine der Zeitungen und stellte sich etwas entfernt vom allgemeinen Tumult an den Tresen, als eine der Damen ihm zurief: »Haben Sie das schon gesehen, junger Mann? Schrecklich, oder?«

Luc nickte und sah auf die Titelseite. Wirklich. Robert Dubois hatte ganze Arbeit geleistet. Er hatte es hinbekommen, dass die Gesamtausgabe der *Sud Ouest* die Titelgeschichte des Tages gekippt hatte und nun über fünf Spalten das Foto auf dem Titel prangte: Zwei junge Männer, deren Gesichter verpixelt waren, an zwei Holzpfähle gefesselt, nebeneinander im grauen Bassin stehend, der Himmel darüber verräterisch blau.

Die Buchstaben der Schlagzeile darunter waren ebenso raumgreifend, Robert hatte Lucs Wunsch etwas abgeändert, so klang er noch dramatischer:

Hinrichtung auf dem Bassin – Rache an zwei Austerndieben?
von Robert Dubois, Sonderreporter in Arcachon

Arcachon. Es war eine schreckliche Entdeckung, die die Police Nationale aus Bordeaux am Morgen des 19. Dezember gemacht hat: Mitten im Austernpark von Mimbeau fanden die Beamten die Leichen zweier junger Männer – angebunden an zwei hölzerne Pfähle. Ein Bild, das sofort an eine Exekution denken lässt. Nach Angaben aus mit den Ermittlungen vertrauten Kreisen wurden die Leichname geborgen, kurz bevor die hereindrückende Flut sie hätte mitreißen können. Offenbar waren schwere Kopfverletzungen die unmittelbare Todesursache.

Die Identität der Männer, beide Anfang zwanzig, möchte die Police Nationale zu diesem Zeitpunkt nicht offenlegen. Es besteht der Verdacht, dass sie in der Nacht auf dem Bassin waren, um Austern zu stehlen. Die Police Nationale vermutet weiter, dass eine Gruppe von Austernzüchtern sich zusammengeschlossen hat, um eine Bürgerwehr zu gründen, dass deren nächtlicher Einsatz zum Schutz der Austern aber aus dem Ruder gelaufen ist. Auf Nachfrage sagte einer der zuständigen Ermittler: »Das war kein Schutz des Eigentums, das war Mord. Ganz klar. Und wer immer dafür verantwortlich ist, der wird seine Strafe bekommen. Wir sind den Tätern jedenfalls dicht auf den Fersen. Und auch die Hintermänner, die derlei befohlen haben, werden nicht ungeschoren davonkommen.«

Sud Ouest wird natürlich weiter über diesen aufsehenerregenden Fall berichten. Ein Fahndungsfoto des Täters wird in der morgigen Ausgabe dieser Zeitung erscheinen. Sachdienliche Hinweise nimmt die Police Nationale Bordeaux anonym und telefonisch entgegen.

Eindeutig – Dubois hatte ganze Arbeit geleistet. Genau so hatte Luc das gewollt. Er legte einen Euro auf den Tresen und ging hinaus, ließ die aufgeregten Stimmen hinter sich. Draußen war der Aufbau des äußeren Marktes in vollem Gange, aber auch hier blickten etliche Händler und Kunden in die *Sud Ouest* und diskutierten lebhaft miteinander. Die Stadt war elektrisiert.

Luc stieg in den Jaguar, den er in den Straßen der Altstadt unterhalb der Markthalle geparkt hatte. Er fuhr den Boulevard de la Plage entlang, bog nach einer Weile links ab und fuhr dann hinauf in die Winterstadt. Der Blick von hier oben war eigentlich herrlich, doch nun, unter dem heute grau verhangenen Himmel sah die Stadt der Zinnen und Türmchen aus wie eine Geisterstadt, wie eine hübsche leere Fassade.

Luc parkte unter einer Seekiefer, ging zum Tor und klingelte. Doch diesmal war es nicht die Haushälterin, die ihm in aller Seelenruhe öffnete. Sondern es war der Hausherr höchstpersönlich, der in der Tür stand und geradezu angstvoll herauslugte.

»Monsieur Chevalier, einen schönen guten Morgen«, rief Luc über den Zaun. »Die Police Nationale ist mal wieder da. Commissaire Luc Verlain, Sie erinnern sich?«

Das Tor surrte, Luc drückte es auf und trat ein. Der Hausherr war wieder hineingegangen, hatte die Tür aber weit offen gelassen. Luc folgte ihm langsam. Er sah sich in der weiten Lobby um. Von der Haushälterin keine Spur. Er ging geradewegs in den Salon. Und dort fand er Monsieur Chevalier, der unruhig auf und ab ging, ja beinahe lief – Luc erschrak geradezu über das Erscheinungsbild des Mannes.

Seine Haare standen wild vom Kopf ab, seine Augen waren weit aufgerissen, als hätte er bewusstseinserweiternde Pillen genommen, die ihm nicht bekommen waren. Die Haut im Gesicht war rot und fleckig, und er rieb sich wiederholt die Wangen, während er so auf und ab lief, den Commissaire stets im Blick. Er trug auch heute einen Anzug, war aber beim Anziehen anscheinend nicht bei der Sache gewesen, denn das Hemd war falsch geknöpft und hing halb aus der Hose heraus.

Allem Anschein nach war ihm die Zeitung direkt ins Schlafzimmer gebracht worden.

»Monsieur Chevalier ...«, begann Luc, doch der Unternehmer sprang förmlich auf ihn zu, wie ein Aufziehfrosch.

»Monsieur le Commissaire, Monsieur Verlain«, rief er, »ich bitte Sie, ich wusste das doch alles nicht. Ich wusste nicht ...«

»Was wussten Sie nicht?«

»Dass so was Schlimmes passiert. *C'est une catastrophe.* Die armen Jungen, ich habe sie natürlich sofort erkannt, es ist eine echte ...«

»Ja, Monsieur Chevalier, es ist eine wirkliche Katastrophe, und augenscheinlich ist es eine Katastrophe, die auf Ihr Konto geht.«

»Aber ich ... ich konnte doch nicht ahnen, dass es so entgleitet, dass es uns so dermaßen entgleitet ...«

»Setzen Sie sich, Monsieur Chevalier, wir haben wirklich keine Zeit, setzen Sie sich«, sagte Luc ernst und deutlich und rückte den Sessel zurecht, damit Chevalier sich hineinfallen lassen konnte. Er selbst nahm auf der Couch daneben Platz und beugte sich vor, sprach ganz vertraulich.

»Was ist passiert?«

Wieder kratzte sich der Unternehmer nervös im Gesicht, dann sah er sich um, besann sich aber und rief: »Ich habe meine Haushälterin nach Hause geschickt, ich wollte nicht, dass sie das alles mitbekommt, möchten Sie etwas trinken?«

»Nein, Monsieur, ich möchte jetzt, dass Sie mir erzählen, was geschehen ist.«

»Ich trinke eigentlich nicht, Commissaire, aber heute Morgen ...«, er wies hinüber zur Minibar. »Darf ich?«

Luc schnaubte.

»Nur zu.«

Chevalier stand auf und goss ein Brandyglas halbvoll. Dann

setzte er an, musste husten und trank dennoch weiter, griff erneut nach der Flasche. Endlich setzte er sich wieder hin und schaute den Commissaire mit unstetem Blick an.

»Es ist alles schiefgegangen ...«

»Was heißt ›alles‹, Monsieur Chevalier?«

»Ich wollte doch nur meinen Besitz schützen – da ihn sonst niemand schützt.«

»Wissen Sie, Monsieur, ich will mich jetzt nicht in rein dialektischen Diskussionen ergehen, darüber, ob die Gendarmerie Ihren Besitz schützt oder nicht. Weil mir die Zeit davonläuft. Weil heute Nacht ein Kollege von mir angegriffen wurde. Von einem jungen Mann, der offensichtlich in Ihren Diensten steht. Deshalb«, Luc holte zum letzten Schlag aus, er sprach gar nicht laut, sondern betonte einfach nur jedes Wort sehr deutlich, »ist das jetzt Ihre letzte Chance, einer langen Haftstrafe zu entgehen.«

Chevalier wurde blass, Luc bemerkte, dass er zitterte.

»Sie wurden angegriffen?«

Luc nickte.

»Heute Nacht auf der Sandbank von Arguin. Wir haben auf Ihrer Austernbank gearbeitet, in einer verdeckten Operation. Und dann kam Ihr Speedboat auf uns zugerast, und ein junger Mann hat sich auf meinen Kollegen gestürzt und ihn verletzt – mit einem Totschläger, Monsieur Chevalier. Mit einem Totschläger.«

»Aber ... wie geht es Ihrem Kollegen?«

»Er hat es überstanden, er wird keine bleibenden Schäden davontragen«, sagte Luc, und es war ja auch keine Lüge.

»Gott sei Dank«, stöhnte Chevalier.

»Die beiden Jungen auf dem Bassin hatten nicht so viel Glück«, sagte Luc und schaute demonstrativ zu der *Sud Ouest*, die mitten auf dem Salontisch lag.

»Die beiden Jungen«, rief Chevalier und rieb sich die Wange, »die beiden Jungen ... können Sie mir sagen, wer da angebunden war? Das Foto ... es ist schrecklich.«

Luc entschied sich, dass der Schock größer war, wenn er dieses Geheimnis preisgab.

»Vincent Pujol und François Labadie, Monsieur Chevalier. Die Söhne zweier Austernzüchter, Kollegen von Ihnen. Von denen Sie zumindest einen verdächtigt haben, dass er Sie bestiehlt.«

»Pujol? Labadie? *Oh, mon Dieu.*«

Seine Verzweiflung war echt, da gab es nichts zu deuteln.

»Und ... Commissaire. Wann war das?« Er griff nach der Zeitung. »Vor drei Tagen. Sie waren doch bei mir, um über Fred Pujol und die Austerndiebe zu sprechen. Da wussten Sie also schon, dass der junge Pujol tot ist. Sie haben mich getäuscht, Sie wollten mich aushorchen. Sie ... Ich habe ... Ich wusste wirklich nicht, was da passiert ist.«

»Reden Sie, Monsieur Chevalier. Reden Sie. Erzählen Sie alles.«

Der Unternehmer lehnte sich zurück und beruhigte sich augenscheinlich etwas, der Brandy begann zu wirken.

»Als die Züchter die Kameras abgelehnt haben, habe ich entschieden, dass ich die Dinge nicht einfach weiterlaufen lassen kann«, sagte Chevalier, und seine Stimme war sofort geschäftsmäßig, souverän. »Wissen Sie, Commissaire, Sie haben da sicher eine romantische Vorstellung, gerade mit Ihrer Geschichte, mit Ihrem Vater. Aber so ist das Bassin nicht mehr. Ich bin keiner dieser kleinen Krauter mit einem Boot und einer Hütte. Wenn ich mich beklauen lasse, dann geht es ums Ganze. Dann geht es um gut hundert Arbeitsplätze. Es geht um Arcachon als Stadt. Wenn meine Steuern hier wegfallen, dann macht das Casino zu, und das sage ich bestimmt nicht, um mich aufzuplustern.

Monsieur le Commissaire, es ging um meinen Ruf. Es ging darum, glaubwürdig zu bleiben. Und deshalb musste ich handeln. Ich habe mich umgehört. Was passieren würde, wenn ich Kameras aufstellen würde, die nur meine Parks betreffen. Das war nicht umzusetzen, weil dann natürlich auch mal unbeteiligte Dritte gefilmt werden und die EU nicht mal das erlaubt. Es geht schließlich ums offene Meer. Die Gendarmerie hat auf meine Anfrage nach einem zweiten Boot nur gelacht. Terrorismusbedrohung, keine Leute, kein Geld. Ich hab sogar beim Präfekten vorgesprochen, aber der hat nur mit den Schultern gezuckt. Es tue ihm sehr leid – aber er könne mir nur empfehlen, für meine Sicherheit selber Sorge zu tragen. Ich habe zwei Nächte nachgedacht, und dann habe ich meinen Vorarbeiter gefragt, ob er jemanden kennen würde, der in Sicherheit macht. Mein Vorarbeiter war früher Chef der alten Markthalle, der kennt viele Leute. Auch im Bereich Security. Er hat herumtelefoniert. Glauben Sie mir, Commissaire, ich habe davon nichts gewusst. Ich habe gedacht, wir nehmen ein Boot, setzen da zwei Männer in schwarzen Jacken drauf, auf denen Security steht, und die den Mindestlohn bekommen, und die fahren dann in meinen Parks Streife. Und dann hat er offensichtlich einen ganz anderen Mann gefunden. Einen Verbrecher, der in der Banlieue Leute rekrutiert. Handfeste Leute. Er hat mir nichts davon gesagt. Er hat mich nur angerufen und gemeint: Chef, kein Problem. Es läuft. Ihren Austern wird dieses Jahr zu Weihnachten nichts mehr passieren. Sie sind sicher. Und dann, vor einer Woche, kam der Mann hier an. Ich hab ihn nur zufällig kennengelernt, als ich mich in der Fabrikhalle umgeschaut habe.«

»Der Junge vom Phantombild?«, fragte Luc und zeigte Chevalier sein Handy.

»Genau der«, sagte Chevalier. »Kräftig, ein Hüne, ein fleißiger Arbeiter. Tagsüber hilft er in der Fabrik aus. Gesprochen hat er aber nicht. Wir haben ihn in einer der Cabanes einquartiert, die unten auf dem Fabrikgelände stehen.«

»Ich weiß, Monsieur Chevalier. Wir nehmen die Cabane gerade auseinander.«

Chevalier wurde wieder blasser.

»Aber … ich wusste doch …«

»Reden Sie weiter.«

»Mehr weiß ich nicht. Mein Vorarbeiter war mit ihm draußen, in den ersten Nächten. Sie sind immer zu zweit rausgefahren. Mein Vorarbeiter hat mir nach besagter Nacht aber nicht gesagt, dass etwas vorgefallen ist.«

»Wie heißt er?«

»Bertrand Barnis.«

»Wo ist er?«

»Urlaub. Lang beantragt. Er ist mit seiner neuen Freundin auf die Malediven geflogen. Oder die Seychellen, eine Inselgruppe jedenfalls.«

»Wann?«

»Vorgestern Mittag. Von Paris aus.«

»Könnte auch eine Flucht gewesen sein …«

»Ich habe doch gesagt, der Urlaub war lang beantragt.«

»Gut, weiter.«

»Na, und in den letzten Tagen sind dann ein anderer Austernarbeiter und der Junge rausgefahren.«

»Und haben uns angegriffen.«

»Ich wusste doch nicht … Hätten Sie mir gestern gleich gesagt, was vorgefallen ist, hätte ich Ihnen den jungen Mann doch direkt ausgeliefert.«

»Und Sie meinen, er hätte sich ausliefern lassen? Wie heißt der junge Mann?«

»Ich kenne seinen Namen nicht, Monsieur le Commissaire, ich weiß doch gar nichts.«

»Wie kann das sein?«

»Mein Vorarbeiter hat es klüger gefunden, wenn ich nicht so viel weiß.«

»Das können Sie mir nicht weismachen.«

»Doch, Commissaire. Ich habe von der ganzen Sache erst aus der Zeitung erfahren. Wirklich.«

»Pierre Lascasse wurde überfallen und verletzt, und zwei junge Austernzüchter sind tot. Sie werden sich da nicht aus der Verantwortung stehlen können, Chevalier. Es ging nur um Austern. Ihnen ging es nur um Austern. Die Labadies und die Pujols haben ihre Söhne verloren.«

Luc stand auf und ging zur Tür, drehte sich aber noch mal um: »Verlassen Sie Arcachon nicht. Ich stelle Ihnen zwei Beamte vor die Tür. Wenn ich meine, Sie verhaften zu müssen, dann werde ich das tun. Beten Sie, dass wir den Jungen gesund finden und dass er sich verhaften lässt.«

Die Tür knallte hinter Luc, dass das Holz in den Angeln erzitterte.

Kapitel 30

»Commissaire Verlain, hier ist Hugo.«

»Gut, dass du anrufst. Schick zwei Leute unserer Einheit hierher, die sollen sich vor Monsieur Chevaliers Haus postieren. Wir folgen ihm überall hin. Und zwar so, dass er es sieht.«

»In Ordnung.«

»Und check die Reiseroute eines gewissen Bertrand Barnis. Er soll vorgestern ausgereist sein, Malediven, Seychellen, etwas in der Preisklasse, Chevalier wusste es nicht genau. Ruf den Zoll in Paris an. Wir müssen wissen, wo er ist. Wenn Malediven, wäre der *Club Med* mein Tipp. Wo auch immer er ist, die lokalen Behörden müssen ihn vernehmen. Er war mit auf dem Boot, mit unserem Flüchtigen.«

»Verstanden. Wir machen uns auf die Suche im Paradies, ich biete gerne an, selber hinzufliegen.«

Luc lachte. »Du bist leider unersetzlich. Was gibt's denn?«

»Wir haben was. Es gab ein Telefonat, vor einer halben Stunde schon. Ich denke, dass Sie es waren, der es unterbrochen hat. Sie, Commissaire, haben an der Tür geklingelt.«

»Ah, *merde*. Kannst du es mir vorspielen?«

»Klar. Es geht los.«

Luc hörte ein Klicken. Die digitale Aufnahme startete.

»Bonjour, Chef.«

»Haben Sie das gesehen?«

»Ja, das habe ich. Die Bullen hätten uns fast erwischt.«

»Nennen Sie sie nicht so. Die Bullen. Sie wissen, dass ich derlei Vulgaritäten nicht ausstehen kann.«

»Sorry, Chef.«

»Was ist passiert heute Nacht?«

»Wir waren auf dem Weg zur Banc, da haben wir im Fernglas ein Boot gesehen, ein Austernboot, ganz klar. Ich dachte, es gehört Fabrice aus Gujan-Mestras, der hat eine ähnliche Kennung – hab die auch nicht genau im Kopf. Und dachte: Was, Fabrice? Der wird doch nicht … der macht doch so was nicht. Aber in der Tat: da waren drei Männer dabei, fast hundert Säcke aufzuladen, ich hab durchs Fernglas mitgezählt. Einer sah aus wie Fabrice, wir also hin. Ich hab dem Jungen gesagt, er soll erst mal abwarten, wir wollen erst mal checken, wer das ist. Doch der ist ohne zu zögern von Bord und auf den einen zu, und dann dreht der sich rum und hat 'ne Knarre in der Hand und ruft: ›Polizei!‹ Ein beschissener Bulle – Verzeihung, Chef –, ein Polizist also, und dann greift der Junge den an und der geht zu Boden und ich mache nur das Boot wieder an und der Junge rennt und ein anderer Bulle schießt, trifft uns aber nicht und dann sind wir davongerast, raus aufs Meer und haben gewartet, fünf Minuten, und dann sind wir an denen vorbei zurück zum Hafen.«

»Was? Wie konnte das denn … so eskalieren? Ich bitte Sie, ich wollte doch nur …«

»Ich weiß, Chef, ich weiß auch nicht, der Junge … er ist ein Verrückter. Ein gemeingefährlicher Verrückter.«

»Was war in dieser Nacht? Als die beiden Jungs … haben Sie die Zeitung gelesen?«

»Ja, Boss. Ich weiß nicht, ich hatte ja frei in der Nacht. Ich weiß nicht –

aber der Junge … es gibt bei dem keine Grenzen – Sie hätten den niemals …«

»Wo ist er jetzt, der Junge?«

»Wir haben angelegt und er hat seinen Kram genommen und ist losgerannt, hat kein Wort mehr gesagt. Er hat gezittert.«

»Ist er zurück nach Paris?«

»Keine Ahnung. Aber wo sollte er sonst hin?«

»So eine Katastrophe …«

In diesem Augenblick war die Türklingel zu hören.

»Da ist die Polizei, eine Katastrophe, was soll ich denn nur …«

Das Telefonat brach ab.

Luc atmete tief durch.

»*Merci*, Hugo. Leider keine Namen.«

»Leider keine Namen. Aber die Fahndung ist ja raus.«

»Wie sollen wir den finden? Einen Hünen, der irgendwohin geflohen ist. *Merde …*«

Hugo schwieg, ließ Lucs Wut Zeit zum Verrauchen, dann sagte er: »Ich habe etwas anderes für Sie: Julie Labadie hat angerufen, die Schwester von François. Sie hat Ihnen etwas zu sagen. Sie wartet am Stand der Labadies in der Markthalle von Arcachon. Können Sie da hinfahren?«

»Schon unterwegs.«

Kapitel 31

War es draußen klirrend kalt, war es hier drinnen wohlig warm. Die Menschen wuselten geschäftig durch die Markthalle, deren Düfte Luc schlagartig klarmachten, wie groß sein Hunger war. Dort vorne bei der *Boucherie* brieten die Hühnchen im Ofen, das Fett tropfte herab. Das Letzte, was er gegessen hatte, war die *saucisson sec* auf dem Boot gewesen, irgendwann in tiefer Nacht. Zu seiner Linken standen die Käsehändler – und der Saint-Maure, der Gruyère und der Mimolette leuchteten um die Wette. Und dort, der Bäcker mit seinen frischen Broten, Croissants und Chocolatines. Doch die Schlange war zu lang, und Luc hatte keine Zeit. Er schob sich durch die Massen, vorbei an den Fischhändlern. Sie waren morgens immer die Ersten in der Halle, nachdem sie noch im Dunkeln den Fang vom Hafen abgeholt und schon zwischen sechs und sieben hier auf Eis ausgelegt hatten. Nun sahen sie bereits langsam dem Feierabend entgegen.

Und dann kamen die Austernstände. Luc erkannte Julie von weitem. Sie stand hinter einem der Stände, die auch Verkostungen anboten und wo Wein und Champagner im Kühler auf die Kunden warteten, die zum Déjeuner vorbeikamen. In einer

Stunde würden die ersten Gäste kommen. Der Stand befand sich genau neben dem von Madame Pujol.

Julie war dabei, Austern auf Eis zu arrangieren. Sie errötete, als sie ihn erkannte und ließ das Messer sinken. Sie kam ihm ein Stück entgegen, sichtlich aufgeregt.

»Commissaire, Commissaire, guten Morgen.«

»*Bonjour*, Mademoiselle Labadie. Ich hoffe, es geht Ihnen einigermaßen?«

Sie nickte. Sie hatte ein hübsches Gesicht, umflossen von dunkelbraunen langen Haaren. Die Sommersprossen auf den Wangen und der Nasenspitze ließen sie jünger aussehen, als sie wohl tatsächlich war. Sie trug ein weißes T-Shirt und eine Jeans, die weiße Baumwollschürze mit dem Logo der Familie Labadie hatte sie sich lässig um die Hüfte gebunden, hinten guckte ein Handtuch aus der Schürze heraus.

»Es geht. Es geht. Ich nehme immer noch die Medikamente. So komme ich einigermaßen klar. Meine Mutter auch. Aber mein Vater … Der Abend mit Ihnen hat ihm, glaube ich, gutgetan. Aber das alles braucht jetzt Zeit. Ich sehe, wie er leidet. Still. Er ist ein sehr besonderer Mensch.«

»Das ist er, Mademoiselle.«

Julie schwieg, sie kämpfte sichtlich mit den Tränen. Luc räusperte sich.

»Sie haben in Bordeaux angerufen. Nun bin ich hier. Was kann ich für Sie tun? Und hätten Sie vielleicht vorher ein Stück Baguette für mich? Der Tag war bisher … nun ja, außergewöhnlich …«

»Klar, Commissaire, kommen Sie.«

Luc mochte sie sofort: ihre Schnelligkeit, im Kopf und in Aktion. Er folgte ihr hinter den Stand und sah zu, wie sie Brot schnitt, Butter auf einen Teller tat und eine Flasche Weißwein aufzog.

»Hier, nehmen Sie. Brot geht nicht ohne Wein. Lassen Sie es sich schmecken.«

Sie stellte ihm beides auf den Tresen. Luc bestrich ein Stück Baguette mit der salzigen Butter und aß gierig davon, dann trank er einen Schluck Weißwein.

»Ein Lacroix-Martillac, ein Graves, ich finde ihn ganz wunderbar.«

Der Weißwein von Graves, ein Gebiet, das im Süden direkt an Bordeaux angrenzte, war weltbekannt – einer der besten Weißweine Frankreichs. Der steinige Boden war ideal für die satten Weine, die hier produziert wurden. Bis in die sechziger Jahre wurden im ganzen Bordelais mehr Weiß- als Rotweine in Flaschen gefüllt, erst danach drehte sich der Anteil um. Heute lag er bei achtzig Prozent Rotem und zwanzig Prozent Weißem – der Weiße galt lange Zeit als Billigprodukt, doch inzwischen war dieser Ruf überholt. Der Wein in Lucs Glas war jedenfalls ganz wunderbar.

»*Merci,* Mademoiselle«, sagte Luc, »also, ich bitte Sie, erzählen Sie.«

»Ich habe das Phantombild im Internet gesehen, auf der Website von *Le Monde.* Wie Sie sich vorstellen können, ist die ganze Familie ständig auf der Suche nach Nachrichten, die uns sagen, wie Sie vorankommen bei der Jagd nach dem Mörder. Und da hab ich das Bild gesehen. Sie werden es nicht glauben, Commissaire, aber ich kenne den Typen.«

»Was?«

»Er saß mir schräg gegenüber, als ich im Zug hierherfuhr, vor einer Woche.«

Es durchfuhr ihn wie ein Schlag. Zeitlich passte das.

»Ich habe ihn sofort erkannt. Das gleiche massige Gesicht. Der Typ war riesig. Ein Tier. Voll der Pumper. Sehr wahrscheinlich ein Maghrebiner. Er ist in Arcachon ausgestiegen, wie ich.

Ich hab die ganze Zeit überlegt, was er hier will. Nach Urlaub sah er nicht aus.«

»Ist Ihnen etwas Besonderes an ihm aufgefallen, irgendwas Bemerkenswertes?«

»Da sind zwei Dinge, an die ich mich erinnere. Er hat einmal jemanden angerufen, im Ruhebereich. Und dann hat er seinen Namen gesagt. Karim. Er hatte eine angenehme Stimme, hat mich regelrecht überrascht bei seiner äußeren Erscheinung.«

Luc war wie elektrisiert.

»Er hatte einen Aufkleber auf seiner Tasche. *Boxing Club 92 Nanterre* stand darauf. Und er sah wirklich aus wie ein Boxer.«

»Mademoiselle Labadie, wenn Sie mal bei uns anfangen wollen, ich nehme Sie sofort. Vielen vielen Dank, Sie helfen uns mehr, als Sie sich vorstellen können.«

»Er hat mich ständig angestarrt, von Paris an. Total unangenehm. Ich wollte mich umsetzen, aber der Zug war zu voll. Hätte ich gewusst, dass er hier herunterfährt, um meinen Bruder umzubringen, ich hätte ihn ...«

»Das kann ich mir vorstellen, Mademoiselle.«

»Wissen Sie, ich habe beide geliebt. François – und auch Vincent. Ich ... ich war total in Vincent verliebt. Viele Jahre. Bis ich weggezogen bin. Leider ist nie etwas daraus geworden. Obwohl ich mir heute Nacht gedacht habe: Stellen Sie sich mal vor, wir wären ein Paar gewesen. Ich wäre ... mein Leben wäre vorbei.«

Sie fing an zu weinen, unvermittelt und heftig, sie sank in Lucs Arme und er hielt sie, streichelte ihren Rücken und ihr Haar, flüsterte ihr zu, alles werde wieder gut, obwohl er wusste, dass die Wunde bleiben würde, für alle Zeit, aber ja, der Schmerz würde kleiner werden.

Irgendwann löste sie sich, flüsterte *»Merci«*.

»Ich danke Ihnen, Julie. Jetzt muss ich los. Dank Ihnen weiß ich jetzt ja, wo ich weiterermitteln muss.«

»Fahren Sie selbst?«

»Ja, das tue ich. Und ich halte Sie auf dem Laufenden, Mademoiselle. Versprochen.«

»Danke. Ich würde so gerne Madame Pujol von alldem erzählen, aber …«

Sie wies auf den leeren Stand.

»Wo ist sie?«

»Sie ist im Krankenhaus, sie kriegt heute ihre Diagnose. Ich habe heute Nacht für sie gebetet.«

»Ich hoffe das Beste, haben Sie vielen Dank, Mademoiselle.«

Luc ging los, schneller, als er es wollte, aber seine Beine trugen ihn geradezu von selbst aus dem Trubel der Markthalle. Draußen griff er zum Telefon. Anouk nahm sofort ab.

»Luc, mein Luc, ich habe es schon mehrfach versucht. Wie geht es dir, was macht der Fall?«

»Erzähle ich dir später. Wo bist du?«

»Auf dem Gare de Montparnasse, ich komme jetzt zurück. Ich sehne mich nach dir.«

»Steig nicht ein«, rief Luc durch die Leitung. »Wir machen's andersrum, ich komm zu dir. Der Typ, der wahrscheinlich die Jungs erschlagen hat, ist in Paris, in der Banlieue, Nanterre. Ich nehm den nächsten Zug. Fahr schon mal zu Yacine in den Quai des Orfèvres, ich schick euch alles, was ihr braucht. Wir müssen diesen Typen finden.«

»Alles klar, *mon Luc*. Bis später. Ich freu mich auf dich.«

Kapitel 32

Die Anzeige stand auf 350 km/h. Luc liebte seinen Jaguar, natürlich. Aber heute, wo es schnell gehen musste, war der TGV unschlagbar. Zwei Stunden und vier Minuten von Bordeaux bis Paris, mit dem Auto würde er locker fünf Stunden brauchen. Die Landschaft der *Vienne* flog an ihm vorbei, die niedrigen Häuser, einstöckig alle, mit ihren roten Dächern, die mäandernde Vegetation, nun keine Seekiefern mehr, sondern Pappeln, Ahorne, Linden, dann Seen und später das Futuroscope, dieser ultramoderne Bau, der Kinder erfreute und Eltern erstaunte, immer weiter raste der Zug mit den Pendlern der Hauptstadt entgegen, ohne Halt.

Luc hatte sich etwas beruhigt. Kurz nach der Ausfahrt aus dem Gare St-Jean in Bordeaux hatte er atemlos mit Paris telefoniert, hatte Anouk alle Daten durchgegeben, ihnen aufgetragen, noch nicht loszufahren, er wollte dabei sein.

Doch nun, nach zwei doppelten Espressi und mit dem meditativen Blick aus dem Fenster, in dessen Spiegel er sich selbst sah, den ernsten Blick, die müden Augen, die kleine gelbe Leselampe auf dem Zugtisch, spürte er, wie sein Atem gleichmäßiger wurde. Der Fall stand kurz vor der Lösung, kein Zweifel.

Die Hinweise verdichteten sich. Die Aussagen. Die Beweise würden sie noch zusammentragen müssen.

Der junge Mann vom Foto. Karim, ein Boxer, der in Nanterre zu Hause war. Oder dort in der Gegend. Nanterre, eine Banlieue im Westen von Paris. Ein Teil reine Arbeiterschicht, der andere Teil eine harte Vorstadt mit Gangs und Drogen und einer Jugendarbeitslosigkeit von fünfzig Prozent. Luc hatte keine Zweifel, wo sie würden suchen müssen.

Merkwürdig, dass diese Stadt direkt an Neuilly-sur-Seine grenzte, die wohl reichste Vorstadt im ganzen Land. Ein Ort mit herrschaftlichen Villen. Die Loréal-Besitzerin hatte hier bis zu ihrem Tod gewohnt, Nicolas Sarkozy war hier Bürgermeister gewesen, lange bevor er Präsident wurde.

Ja, er fragte es sich seit Stunden: War aus dem Überfall auf Lascasse, einem simplen Gewaltakt, Totschläger über den Kopf und ab dafür – war daraus also ein Doppelmord geworden, eine Gewalttat, nach der zwei junge Männer wie bei einer Exekution und wie zur Abschreckung ausgestellt worden waren? Ja, in Nanterre, in den anderen Vorstädten im Norden oder in der 93, in Aulnay, Saint-Denis, Rosny, überall dort war ein Menschenleben nicht viel wert. Mord und Totschlag waren an der Tagesordnung, für ein paar Gramm Stoff, für eine neue Karre, für tausend Euro oder auch weniger.

Wieder veränderte sich das Bild vorm Fenster, die blanken Felder wichen mehr und mehr Häusern, erst flach und vereinzelt, Bauernhäuser, windschiefe Katen und Scheunen, dann die ersten Hochhäuser, bis der *Train à grande vitesse* in den Speckgürtel eintauchte, in die *Banlieue sud*. Juvisy-sur-Orge war die erste Gemeinde, und dann wurden die Viertel dichter, die Hochhäuser höher, bis der Zug kurz vorm Périphérique am Rangierbahnhof *Technicentre Aquitaine* vorbeirauschte, wo die anderen TGVs auf ihren Einsatz warteten, dann die Ringautobahn unterquerte und schließlich in Paris war, *intra muros,* wie man hier auch sagte.

Lucs Puls beschleunigte sich wieder. Ein junger Mann in der Banlieue – die Suche würde nicht leicht werden.

Kapitel 33

Er stieg vor dem Gewimmel am Gare Montparnasse in ein dunkelblaues Peugeot-Taxi ein, der Fahrer ein großer Mann, dessen Kopf an der Autodecke ruhte.

»*Bonjour, Docteur,* wohin?«, fragte er mit hörbar tunesischem Akzent, sein Lächeln wirkte echt und freundlich.

»Quai des Orfèvres, bitte«, sagte Luc. So ruhig, wie der Mann wirkte, so berserkerhaft fuhr er, wie der Commissaire gleich am Anfang zu spüren bekam, als der Chauffeur das Pedal durchtrat, als gelte es, die 24 Stunden von Le Mans zu gewinnen. In Sekunden hatte er den Bahnhof umrundet, die Rue de Rennes unter Nichteinhaltung der Ampelphasen hinter sich gelassen und bog schon auf den Boulevard Saint-Germain ein, Lucs liebste Straße, sein altes Viertel.

»Etwas langsamer, bitte«, sagte er. Der Fahrer bremste sofort ab, sodass Luc die Ecke zur Rue de Buci einsehen konnte, seine alten Lieblingscafés, die Schaufenster, an denen er früher mit Delphine vorbeigebummelt war. Seine Wohnung lag nur einen Kilometer weiter östlich in der Rue de Verneuil.

Paris. Sollte es nun bald Anouk sein, die hier entlangbummelte? Ohne ihn? Seinem Vater ging es sehr gut. Er war voller

Energie und dachte beinahe gar nicht an seine Krankheit. Ganz anders, als Luc befürchtet hatte, als er vor einem guten halben Jahr seinen Dienst in Bordeaux angetreten war. Und das sollte – so Gott wollte – noch sehr lange so gehen.

»Von hier oder von auswärts?«, fragte der Taxifahrer. Und Luc sagte ohne nachzudenken: »Bordeaux.«

»Schön«, murmelte der Chauffeur, »war ich noch nie. Muss herrlich sein. So nah am Meer.«

»Ist herrlich«, stimmte Luc zu und erschrak. Er hatte das ganz im Affekt gesagt. Hatte Verrat an seiner Hauptstadt begangen. Und dennoch ging es ihm gut damit. Herrjeh, nun wurde er also wirklich heimisch in der Aquitaine.

»Paris ist wie verändert seit dem November«, sagte der Fahrer.

»Sie meinen die Anschläge?«

Der Tunesier nickte.

»Ja, Sie machen sich kein Bild, Docteur. Die Pariser tun ja immer so, als würden sie sich das Leben nicht vermiesen lassen, als würden sie nicht klein beigeben. Aber ich seh es an den nackten Zahlen, am Samstagmorgen, wenn ich die Abrechnung mache, nach der Nachtschicht, wie viel weniger sich ins Resto fahren lassen oder in die Bar. Alle haben Schiss. Die Stadt ist viel schweigsamer geworden, nicht mal mehr richtig schimpfen tun sie, die Leute.«

Er schwieg einen Moment, während im Radio Zaz sang.

»Und die Touristen kommen im Moment auch nicht, dabei sehen die Champs-Élysées wieder so schön aus. Müssen Sie nachher mal hinfahren. Hat ja wegen der Anschläge dieses Jahr kein Promi angezündet, die Lichter, ist trotzdem wunderschön.«

Luc nickte. Die Einweihung der Weihnachtsbeleuchtung durch irgendeinen Star war jedes Jahr Ende November der erste

Höhepunkt der Festlichkeiten. Dieses Jahr hatte die *Mairie* die Aktion aber abgesagt – aus Sicherheitsgründen.

»Wie stark sind denn Ihre Einbußen?«

»Bei den Touristen? Ist sicher die Hälfte weggebrochen. Es gab so viele Stornierungen, und die, die kommen, bleiben im Hotel. Es ist verrückt, so viel Angst.«

Wieder nickte der Commissaire, während der Fahrer ihn im Rückspiegel beobachtete.

»Was machen Sie beruflich?«, fragte er.

»Lehrer«, sagte Luc, während der Peugeot hinter Notre-Dame auf die Île de la Cité bog, die Kathedrale umrundete und dann am nördlichen Ufer entlang und am Blumenmarkt und am Justizpalast vorbeifuhr.

»Ein Lehrer am Quai des Orfèvres.«

»Ja, nur einen Termin dort«, log Luc, der keine Lust hatte, über die Polizeiarbeit in Zeiten des Terrors referieren zu müssen. Er hatte geahnt, dass er lange genug aus Paris weg gewesen und sein Bild schon eine Weile nicht mehr in Zeitungen abgedruckt gewesen war.

Der Fahrer wendete noch einmal vor der Place Dauphine, dann hielt er reifenquietschend mitten auf der Straße genau vorm Hôtel de Police.

Luc zahlte und konnte sich, als er ausstieg, ein kurzes Lächeln nicht verkneifen. Er war wieder hier. Die Möwen umflogen das Gebäude, und der Commissaire trat für einen Moment auf den hohen Gehsteig und stützte sich auf die Mauer und sah nach unten. Die Seine trug hohes Wasser und floss schnell und ungestüm nach Westen, auf den Pont Neuf zu. Dick eingemummelte Touristen bahnten sich ihren Weg unten am Fluss entlang – eigentlich sah es hier belebt aus wie immer. Und doch hatte der Taxifahrer wohl recht, Luc hatte von den Besucherrückgängen schon in der Zeitung gelesen und auch auf dem

Weg hierher viel mehr schwer bewaffnete Polizisten auf den Straßen gesehen als zuvor, Maschinengewehre vor der Brust, schwere kugelsichere Westen um den Körper.

Er grüßte den Wachposten, der ihn sofort erkannte und salutierte, ignorierte den neuen Fahrstuhl und stieg schnell die Treppe hinauf, die drei Etagen, spürte das feine Holz der Dielen unter seinen Füßen und bog schließlich in den so vertrauten Flur ab und klopfte nicht an, sondern trat direkt ein.

Kapitel 34

Er konnte hinterher gar nicht sagen, wer mehr gestrahlt hatte: Anouk? Yacine?

Als Anouk ihn eintreten sah, lächelte sie jedenfalls ihr berühmtes Lächeln, stand auf und stürmte auf ihn zu, nahm ihn ganz ungeniert bei der Hand und zog ihn zu seinem alten Schreibtisch. Aber auch Yacine strahlte, nahm die Füße vom Tisch, sprang auf und schlug mit Luc ein, umarmte seinen alten Boss und wollte ihn gar nicht mehr loslassen. Und auch Luc strahlte, er strahlte wegen Anouk und wegen Yacine und wegen der Fenster, die hinausführten auf die Seine und auf die Fassaden der teuren Häuser drüben am Quai de Conti.

Sein Schreibtisch stand so, wie er ihn vor über sechs Monaten zurückgelassen hatte. Sie hatten seine Stelle immer noch nicht nachbesetzt, die Truppe arbeitete ein wenig in Eigenregie, solange bis Luc zurückkehren würde – wie der Leiter der Pariser Polizei ihm bei seinem Weggang offenbart hatte.

»Luc«, sagte Anouk, »Wahnsinn, wie schnell du hier warst.«

»Fast so schnell, als wenn du in meinem neuen Siebener mitgefahren wärst«, ergänzte Yacine lachend. Er hatte eine Schwäche für angeberische PS-Boliden, ein Relikt seiner Vorstadt-Vergangenheit. Luc hatte ihn einst aus der Banlieue herausgeholt, kurz bevor er mit an Sicherheit grenzender Wahrscheinlichkeit auf die schiefe Bahn geraten wäre. Nach der Ausbildung hatte der Commissaire Yacine dann in sein Team geholt, und seitdem gehörte ihm die absolute Loyalität des Algeriers, mehr noch, es war eine Freundschaft daraus geworden. Vor drei Monaten hatte Yacine Luc in seiner Holzhütte in der Aquitaine besucht, und gemeinsam hatten sie den vertrackten Mordfall an einem Winzer in Saint-Émilion gelöst, der beim weltberühmten Marathon du Médoc umgebracht worden war.

»Ja, der TGV ist unschlagbar«, sagte Luc, »wie man da durch die Lande saust … Und, sagt, habt ihr was?«

»Wir haben eine Abfrage gemacht, nach Karims in Nanterre, kannst dir bestimmt vorstellen, was da rausgekommen ist. Bescheidene 6700 Namen gibt es da«, sagte Yacine.

»Leider sind die Kollegen der Spurensicherung in Bordeaux nicht so schnell, sie haben den Fingerabdruck noch nicht eingespeist, wahrscheinlich sichern sie immer noch verschiedene Gegenstände, das wurde mir jedenfalls am Telefon gesagt«, ergänzte Anouk. »Deshalb bleibt uns nichts anderes übrig, als in den Boxing Club zu fahren. Er ist in der Avenue Pablo Picasso, kurz hinter La Défense.«

Yacine sah auf die Uhr. »Gleich fünf. Wollen wir gleich fahren?«

»Ja«, entgegnete Luc, »wir haben keine Zeit zu verlieren. Soll ich eine CRS-Einheit anfordern, damit wir da sicher sind?«, fragte er und kannte doch schon die Antwort.

»Bist wohl schon zu lange raus, mon vieux«, antwortete Yacine. »*Mec,* in Nanterre kenn ich Mann und Maus und jeden Kiesel beim Namen, das wird schon.«

Tatsächlich wäre Yacine nicht zum ersten Mal ein verlässlicher Türöffner, wenn es darum ging, in heißen Cités jemanden zu finden, der mit der verhassten Staatsmacht redete.

»Gut, dann fahren wir.«

Sie gingen hinunter auf den Parkplatz im Innenhof des Quai des Orfèvres, Yacines riesiger schwarzer BMW mit den getönten Scheiben parkte Tür an Tür mit den Bussen der CRS und den deutlich biedereren zivilen Ermittlungsfahrzeugen der Marken Renault und Citroën.

Kaum eingestiegen, Luc hatte Anouk den Beifahrersitz überlassen und hinten im geräumigen Fond Platz genommen, raste der junge Algerier los, klappte beim Fahren um eine enge Kurve das Police-Schild in der Sonnenblende herunter und setzte beinahe gleichzeitig das blau blinkende Rundumlicht aufs Dach. Dann schob er sich in dichtestem Feierabendverkehr auf den südlichen Quai und preschte über die Busspur dahin, vorbei an den Pendlern, die im ewigen Stau wütend auf ihre Lenkräder eindroschen.

Luc hatte beinahe vergessen, wie hektisch und voll diese Stadt war, wie viel gehupt und geflucht wurde. In Bordeaux, oder noch besser am Strand in Carcans Plage war das alles so weit weg.

Yacine hupte zwei Busse der *RATP* weg, setzte sich dann vor sie und überfuhr zwei rote Ampeln in Folge, der Louvre flog auf der anderen Seine-Seite förmlich vorbei, und erst an der Pont des Invalides überquerte er den Fluss. Dann ging es die breite Avenue George V hinauf, und kurz vorm Präsidentenpalast bogen sie auf die Champs-Élysées. Die Sonne war längst untergegangen, deshalb war der Anblick des Boulevards für den Commissaire im ersten Moment wirklich eine Offenbarung.

Es waren Millionen von kleinen Lichtern, die die Arbeiter an den Bäumen der Prachtstraße aufgehängt hatten, ein blaues Meer von Strahlen und Funkeln und daneben die breiten Trottoirs und die Läden und die Passanten und die Flaneure.

Luc betrachtete Anouk, die den Kopf an die Scheibe gelehnt hatte und andächtig hinaussah. »Wow«, sagte sie.

»Na, das kannst du ja künftig jedes Jahr haben«, sagte Luc leise und hätte sich anschließend selbst ohrfeigen können. Er war tatsächlich eifersüchtig auf diese Stadt. Was für eine *merde*. Er wusste nicht, ob Anouk die Bemerkung überhört hatte – das konnte fast nicht sein. Yacine jedenfalls sah ihn kurz im Rückspiegel an, mehr verstört als belustigt, er wusste ja nicht, worum es ging, fand die Bemerkung seines Chefs aber anscheinend merkwürdig.

Luc vermied weitere Worte, genoss vielmehr das weihnachtliche Funkeln, ehe Yacine mit beinahe einhundert Stundenkilometern auf das Ende der Champs-Élysées zuraste und dann mit schleudernden Reifen durch den wilden Verkehr um den Arc de Triomphe turnte. Heraus auf der anderen Seite, die Avenue hinunter, über die Place de la Porte Maillot, und schon bogen sie in den Tunnel der A14 ein, um kurz darauf wieder abzufahren und zwischen Puteaux und Nanterre an die Oberfläche zu kommen. Der Boxing Club lag an der breiten Avenue am Ortseingang von Nanterre.

Yacine parkte auf dem Bürgersteig, und zu dritt stiegen sie aus. Die Luft war gefüllt mit Abgasen, die kalte Luft begünstigte den Smog, der hier stets herrschte. Nicht weit entfernt war die Skyline von La Défense zu sehen, diesem futuristischen Büroviertel, das in einer Achse mit dem Triumphbogen am Rande des Stadtzentrums lag. Mit dem noch viel größeren modernen Triumphbogen, der Grande Arche de la Défense, diesem weißen Quadrat, eckig und spiegelnd, das sich François Mitterrand als gigantisches Denkmal hatte bauen lassen. Daneben unzählige Wolkenkratzer, darunter der Tour First und der gläserne Tour Coupole des Ölriesen Total. Hier rannten morgens die Männer in Designeranzügen ihrem Zwölf-Stunden-Tag entgegen – ein Leben, vor dem Luc stets grauste – und die Damen in schicken Designerroben. Abends war die Bürostadt komplett ausgestorben.

»So viel Geld und gleich nebenan so viel Armut«, sagte Anouk und brachte damit auf den Punkt, was die anderen dachten.

»Ja, es ist schon echte Bonzen-Ironie, das Viertel genau hier zu errichten, auf der Grenze zu den Banlieues«, stimmte Yacine zu.

»Wollen wir?«, fragte Luc, der es wirklich nicht erwarten konnte, in seinem Fall weiterzukommen.

Der Boxclub war in einem schäbigen Gebäude untergebracht, zwischen einer Transporterwerkstatt und einer kleineren Schlosserfabrik. *Boxing Club Nanterre 92* stand auf einem Schild überm Eingang. Über der Schrift zwei gekreuzte Boxhandschuhe.

Sie traten durch die Tür, und sofort schlug ihnen der Geruch von Schweiß und scharfen Reinigungsmitteln entgegen. Von der blechernen Eingangstür ging es nicht erst zu einem Empfang oder in Umkleideräume, sondern überraschenderweise direkt in eine schummrige Trainingshalle, in der zwei Boxringe aufgebaut waren. Die waren beleuchtet, mit je einem großen Strahler darüber. Doch nur in einem Ring standen Boxer. Eine Frau und ein Mann, um genau zu sein, und die Frau – klein, Rastalocken, blaue Boxerhosen zu weißem Shirt – schlug immer wieder kräftig auf die Blockhandschuhe des Trainers ein.

»Los«, rief der, »fester, los doch …«, und sie schlug wilder und wilder. Als die Tür mit einem Krachen ins Schloss fiel, trat der Trainer erschrocken einen Schritt zurück.

»Pause«, sagte er zu der jungen Frau und trat ohne Umschweife an den Rand des Ringes. »Na, das sieht mir ja sehr nach den *flics* aus.«

Ein junger Araber, vielleicht Anfang, Mitte dreißig, mit

einem langen Bart und dunklen zurückgegelten Haaren. Sein Gesicht war verschwitzt, mit seinem Shirtärmel wischte er sich über die Stirn.

»Was wollt ihr denn hier, unangemeldet. Obwohl, du …«, er zeigte auf Anouk, »du kannst gerne hierbleiben. Dich mach ich auch zu 'ner richtigen Boxerin. Wie die Kleine hier.«

Die *Kleine* schaute ihn kurz an, dann gab sie ihm grinsend einen Stoß mit der Faust.

»Alter Sexist«, sagte sie und stieg mühelos aus dem Ring. Sie nahm die Treppe und ging dann ganz nahe an Anouk vorbei, rempelte sie kurz mit dem Ellbogen an, ihr gezischtes »Scheißbulle« entging auch Luc nicht. Doch Anouk reagierte nicht.

»Ich kann Sie trainieren, vielleicht werden Sie dann zu 'nem richtigen Trainer«, gab Anouk zurück. Der Blick des Mannes verfinsterte sich. Das Zeichen für Yacine.

»Ey, Alter, mach mal keinen Stress. Wir wollen nichts von dir, wir brauchen nur eine Info. Ich bin Bulle in Paris, aber die beiden hier, die sind aus Bordeaux. Mein alter Boss und seine Partnerin.«

»Was willst'n du? Meinst du, nur weil du mal ein Jahr in irgend'ner Cité gewohnt hast, reden wir mit dir? Du bist genauso ein Bulle wie die da.«

Die Miene des Arabers war gänzlich wutverzerrt, Yacine drehte auf.

»Okay, ich wollte es dir einfach machen. Wir können auch wieder rausgehen und uns vor die Tür stellen. Dann hol ich drei Mannschaftswagen und den Ermittlungsrichter, und dann gucken wir uns deine Steuern, deine Lizenz, selbst den Dreck in deinen Unterhosen mal ganz genau an. Also?«

»Dafür fehlt uns die Zeit«, sagte plötzlich Anouk, Luc erschrak beinahe über ihren harten und entschlossenen Ton. »Wir machen es so: Ich boxe gegen dich und wenn du zuerst liegst, dann gibst du uns, was wir wissen müssen. Ansonsten kannst du hier weiter deine beschissene Show abziehen. Deal?«

Die wütenden Augen des Trainers verwandelten sich in funkelnde.

»Warte, da muss ich ein paar Kumpels anrufen, die glauben mir nie, dass ich 'ne Bullentante vermöbelt habe.«

Anouk wartete nicht, sondern ging auf den Ring zu. Luc fasste sie am Arm.

»Lass, ist alles gut«, sagte sie, und ihr Blick duldete keinen Widerspruch. Sie legte ihre Lederjacke ab und sagte, zu dem Typen gerichtet: »Das lässt du lieber. Wirklich. Wäre keine gute Idee für dich. Und wie gesagt: Wir haben wenig Zeit.«

Der Trainer hielt ihr mit dem Fuß sogar das Ringseil nach unten, damit sie einfacher durchsteigen konnte.

»Na, ich hoffe, ihr habt genug Zeit, damit du nachher in Ruhe verarztet werden kannst.«

Anouk sagte nichts, sie lächelte nur. Der Mann gab ihr ein paar Handschuhe, sie zog sie über, ließ Yacine die Klettbänder festzuziehen. Der Trainer selbst zog seine schwarzen Handschuhe an.

»Ich bin Ringrichter«, sagte Yacine.

»Du bleibst draußen«, antwortete der Typ.

»Ich …«

»Schon gut«, sagte Anouk bestimmt und ließ so auch Yacine verstummen.

Ein Gong ertönte, unbemerkt hatte sich die Boxerin von vorhin an die Glocke geschlichen. Der Kampf war eröffnet. Der Trainer stand in seiner Ecke, ging ein paar Schritte vorwärts, tänzelte, die Arme nach unten, keine Deckung. Anouk, in Jeans und T-Shirt, machte ein paar Schritte auf ihn zu, hielt ihre Deckung oben, ihre Fußbewegungen waren die einer Tänzerin.

Einen Augenblick später machte der Mann einen Satz vorwärts, täuschte einen Schlag an, zog dann seine Linke und wollte ihr einen Haken geben, doch Anouk duckte sich nach rechts weg, seine Faust ging ins Leere. Lucs Magen zog sich zusammen. Dann tauchte Anouk seitlich von ihm auf, immer noch deckte ihr Gegner nicht, sie hielt die Deckung sicher, und mit einem Mal rammte sie ihm die Rechte gegen die Brust und die Linke an die Stirn, er zitterte für einen Moment, aber kurz nur, schon war auch seine Deckung oben, und er machte wieder ein paar Schritte vorwärts, versuchte, sie zu stoppen, doch Anouk war schnell.

Sie ging rückwärts, zwei Schritte, er machte wieder einen Satz, deutete einen Schlag auf ihr Kinn an, sie deckte dort, während er mit der Linken abrupt ausholte und Anouk mitten auf der Brust traf.

Sie ließ sich ins Netz fallen. »Anouk«, rief Luc, »ey, *mec*, du spinnst ja wohl!« Er sah sie nach Luft ringen, doch schon hielt sie die Deckung wieder hoch, lächelte Luc kurz zu, nahm die Fäuste herunter, der Typ grinste.

»Na, kannst du noch?«

Er bewegte seine Beine schnell, doch sie war schneller. Das schien er zu spüren – und wollte es wieder mit Kraft versuchen. Er sauste nach vorne, sie aber tauchte genau in dem Moment, als er auf ihrer Höhe war, nach links ab, und dann schlug sie zu, erwischte seine Nase an der Seite und traf mit dem nächsten Haken auch noch seine Augenbraue. Er taumelte einen Moment und wagte es von nun an nicht mehr, seine Deckung sinken zu lassen. In seinen Augen stand die blanke Wut.

Er glitt vorwärts – täuschte es, oder wurden seine Beine müder? –, dann versuchte er, Anouk in eine Ecke zu drängen. Sie ließ ihn gewähren, und eben als er ansetzte, um einen Schlag in ihrem Gesicht unterzubringen, sprang sie hoch, fing seine Bewegung ab und platzierte gekonnt einen Leberhaken, der ihm die Luft nahm und, während er wie verrückt um sich schlug, dabei auch einen Treffer landete, irgendwo unter ihrer Lippe, ließ sie eine gezielte und schnelle Faust fliegen, die sein Auge traf. Sie wartete nur eine Sekunde, in der er sich orientierte, und dann wuchtete sie ihre Rechte mit aller Gewalt unter sein Kinn. Es krachte, der Typ wurde zurückgeworfen, sein Gesicht verzog sich vor Schmerzen und vermutlich auch angesichts der Erkenntnis, dass er Sekundenbruchteile später auf dem Ringboden aufschlagen würde. Es gab einen Knall, und dann lag er da, rücklings auf dem Po, und für ein paar Sekunden rührte er sich nicht.

Anouk wischte sich über die Lippe und sah das Blut auf ihren Handschuhen, sie ließ sie sich von Luc abstreifen.

»Alles gut?«

»Klar. Bei dir auch?«

Dann ging sie auf ihren Gegner zu, bückte sich und fragte: »Alles okay?«

Er antwortete nicht, stützte sich langsam ab, und sie gab ihm die Hand, zog ihn auf die wackeligen Beine.

Sein rechtes Auge war total verquollen, aus der rechten Braue kam Blut, und seine Nase sah gebrochen aus. Auch am Kinn stimmte etwas ganz und gar nicht.

»Brauchst du einen Arzt?«, fragte Anouk und klang ehrlich besorgt.

»Du hast gesagt, ihr habt keine Zeit«, brachte der Mann unter Schmerzen hervor, er hielt sich die Brust. »Du hast gewonnen. Wir sind hier Ehrenleute. Also, frag. Aber nur du …«

Dabei sah er verächtlich zu Luc und Yacine, was ihm in seinem desolaten Zustand aber nicht recht gelang.

»Hier«, sagte Anouk und gab ihm ein Taschentuch. Er nahm es und tupfte sich damit die Augenbraue ab.

»Wie ist dein Name?«

»Abu.«

»Gut, Abu. Wir suchen einen Jungen. Er heißt Karim, und soweit wir wissen, boxt er hier.«

Anouk sprach so klar und bei vollem Atem, dass man hätte meinen können, sie käme gerade von einem ruhigen Sonntagsspaziergang.

»Karim? Mädchen, hier boxen sehr viele Karims.«

Sie nahm das Handy und hielt ihm das Phantombild vor die Nase. Er sah noch mal genauer hin und nickte.

»Dachte ich's mir doch«, brummte er, »verfluchter Idiot. Ich hab das vorhin schon auf der Homepage von *Le Parisien* gesehen und gedacht: Na, wenn das mal nicht Karim ist. Und dann tauchst du hier auf ... Ich hab doch gleich gesagt, dass das 'ne blöde Idee ist.«

»Was ist eine blöde Idee?«

»So viel Geld für zwei Monate Arbeit. Da war was nicht sauber.«

»Jobs, die ihr macht, sind doch eigentlich selten sauber, oder?«

Er funkelte Anouk wütend an.

»Er ist vor etwas über einer Woche losgefahren, hat vorher wie ein Irrer trainiert. Eine echte Vorbereitung auf eine Aufgabe, seine Chance, so hat er es genannt. Mann, ich kenn den Kleinen, seit er ein Kind war, ich hab ihm das natürlich gewünscht. Hatte es schwer genug, wie so viele hier.«

»Okay, wir müssen Karim finden.«

»Was hat er denn angestellt?«

»Kann ich nicht sagen«, erwiderte Anouk und sah den Trainer mit festem Blick an.

»Nun sag schon, hat er einen kaltgemacht? Ihr taucht ja hier nicht zu dritt auf, wenn er 'ne Karre geknackt hat.«

»Könnte er das denn? Einen kaltmachen?«

»Hast du ihn schon mal gesehen?«

Anouk schüttelte den Kopf.

»Mit dem kleinen Finger kann der jemanden kaltmachen. Und leider ist hier oben«, er tippte sich an die Stirn, »nicht so viel drin wie hier.« Er tippte sich an den wuchtigen Bizeps.

»Wenn der an die falschen Leute gerät, dann können die ihn als Maschine missbrauchen.« Er stockte. »Ist er an die falschen Leute geraten?«

Anouk zuckte mit den Achseln. »Deutet zumindest viel drauf hin.«

»Verdammte Scheiße. Immer diese beschissene Kohle, immer diese verdammte beschissene Kohle.«

»Wo ist er?«

»Ich habe ihn nicht gesehen, wusste nicht mal, dass er zurück ist. Hab nur euer Bild überall gesehen und habe zu Allah gebetet, dass er es nicht ist.«

»Abu«, Anouk sprach nun drängend, »wo wohnt er?«

Der Trainer rang mit sich, dann senkte er den Kopf.

»Rue de Metz, in der Cité Les Canibouts. In 'nem beschissenen Hochhaus. Nummer weiß ich nicht. Wie spät ist es jetzt? Du da ..., sag mal die Uhrzeit.«

Yacine sah genervt auf die Uhr. »Halb sechs.«

»Also schon dunkel draußen.« Er schüttelte den Kopf. »Vergesst es, ihr kommt da jetzt nicht mehr allein rein. Die sind nicht wie ich. Die sind keine fairen Kämpfer. Die bieten dir keinen Boxkampf an. Die machen euch alle. Ihr braucht Verstärkung, sonst seid ihr platt.«

»Gut, dann besorgen wir Verstärkung.«

»Ich sag euch was: Das darf nicht lange dauern. Ich muss da Bescheid sagen, dass ihr hier wart. Wenn die rauskriegen, dass ich Karim verpfiffen habe, ohne die zu warnen, dann steht erst mein Studio in Flammen, dann meine Wohnung und später ich selbst. Also, ich geb euch 'ne halbe Stunde, dann ruf ich die Gang dort an. Habt ihr bis dahin genug Bullen zusammen?«

»Bestimmt«, erwiderte Anouk.

»Und noch eins: Erschießt ihn nicht. Ihr seid immer so schnell mit den Knarren. Er ist ein guter Junge, lasst ihn leben. Ansonsten kriegen wir hier ein neues Vorstadtdrama. Und das kann ja keiner wollen, oder?«

Anouk nickte. »Wir passen auf.«

Sie reichte ihm die Hand, die er kurz festhielt.

»Fairer Kampf, du bist echt gut. Wenn du mal Training brauchst, dann komm her. Ich kann was aus dir machen.«

»Danke«, sagte Anouk lachend, »ich überleg's mir.«

»Ihr habt 'ne halbe Stunde«, sagte er, als sie aus dem Ring kletterte und auf den Hallenboden sprang.

Sie gingen zu dritt in Richtung Tür, wo sich die Boxerin von vorhin aufgebaut hatte. Anouk wollte sich eben an ihr vorbeidrängeln, da nahm die Frau mit den Rastazöpfen ihre Hand hoch, Anouk verstand und schlug bei ihr ein.

»Toughe Bullentante«, sagte sie lächelnd, dann ließ sie die Gruppe passieren.

Draußen vor dem Tor blieb Anouk kurz stehen und schloss die Augen, atmete tief durch.

»Verdammter Macho«, sagte sie.

Luc reichte ihr ein Taschentuch.

»Hier, deine Lippe blutet immer noch. Sonst alles okay?«

»Ja, wollte ich schon lange mal wieder machen. Der Typ wusste ja nicht, dass ich zufällig die Kickboxmeisterin der französischen Polizei war.«

Luc stand kurz der Mund offen. Das hatte sie ihm noch nie erzählt. Doch Anouk war schon am Auto.

Yacine griff zum Telefon.

»Hier Commandante Zitouna. Ich brauche dringend zwei

Einheiten CRS, in die Rue de Metz in Nanterre. Heiße Siedlung. Wir müssen eine Festnahme durchführen und brauchen Absicherung. Wenn sie in zwanzig Minuten nicht da sind, ist der Typ weg. Mordverdacht. Und Angriff auf einen Polizeibeamten. Verstanden?«

Mit diesem Tatvorwurf wären die Kollegen in fünfzehn Minuten da. Luc nickte Yacine zu. »Sehr gut.« Dann stiegen sie ein.

Kapitel 35

Sie warteten an der Ecke Avenue de la République und Rue de Metz vor einer arabischen Fleischerei. Der Metzger war eben im Begriff gewesen, sein Geschäft zu schließen, als noch zwei Frauen mit Kopftüchern und Einkaufstrolleys und ein Mann vorbeikamen, sodass er wieder in den Laden ging, Hühnchen verpackte und Lammkoteletts mit dem Beil zerhackte.

Die drei Beamten beobachteten die Prozedur, als Anouks Handy piepte.

»Nachricht von Hugo.«

Sie las kurz, dann zeigte sie die E-Mail Luc, der sie laut vorlas.

»Die Fingerabdrücke von der Hütte und vom Boot waren in der Datenbank: Karim Abdoulahi. Geboren am 30. Dezember 1995 in Nanterre. Neunzehn Jahre. Wohnhaft 21, Rue de Metz, 92000 Nanterre. Wohnung 41. Schulabbrecher. Offensichtlich Schwierigkeiten beim Lernen. Dann in der Gang des Canibouts. Vier Vorstrafen: zweimal Verstoß gegen das Betäubungsmittelgesetz, davon einmal auch wegen Dealens. Zwei Körperverletzungen, eine davon schwer. Ein bewaffneter Überfall, da wurde er freigesprochen. Nicht genug Beweise. Dreimal Geldstrafen, einmal drei Wochen Jugendarrest in Porcheville. Kein Lebenslauf, der hier aus dem Rahmen fällt.«

Yacine nickte. »So hätte meiner auch weitergehen können, wenn wir uns nicht getroffen hätten, Luc.«

»Du hast es allein geschafft, mein Freund«, gab der Commissaire zurück.

»Während bei Karim nun vielleicht noch ein Doppelmord hinzukommt«, ergänzte Anouk.

»Ja. Schade, dass wir die Akte nicht ein wenig früher hatten, dann wäre dir der Boxkampf erspart geblieben.«

In der Ferne hörten sie schon die Armada von Sirenen, gleich darauf kamen die blauen Lichter in der Dunkelheit näher.

»Alle bereit?«, fragte Luc, der nach dem Dienstgrad in ihrer Gruppe das Kommando hatte.

»Bereit«, sagte Yacine. »Bereit«, bestätigte auch Anouk.

»Dann los.«

Yacine ließ den Motor an, gerade als die CRS-Mannschaftswagen hinter ihnen waren, dann bog er rechts in die Rue de Metz ab und sprach in sein Telefon.

»Hausnummer 19. Wir gehen voran, ihr sperrt die Straße und sichert nach uns den Hauseingang und die Etagen. Verstanden?«

Mit quietschenden Reifen jagte der Algerier durch die enge Straße, las die vorbeifliegenden Hausnummern, dann stellte er den 7er BMW quer vor das Haus mit der Nummer 19. Ein riesiger Block, betongrau, überall hingen die Satellitenschüsseln an den Balkonen. Als die Sirenen zu hören waren, gingen die ersten Fenster auf. Nun galt es, schnell zu sein.

»Rein«, sagte Yacine, riss die Tür auf und sprang aus dem Wagen. »Bevor sie werfen.«

Immer wieder wurden Polizisten von aus Hochhäusern herabfliegenden Gegenständen getroffen. Luc war einmal mit einem Fahrrad beworfen worden und hatte sich erst im letzten Moment mit einem beherzten Sprung retten können.

Auch Anouk und er rannten jetzt, den Blick immer nach oben, auf die Eingangstür zu. Yacine hatte bereits einmal das ganze Klingelschild hoch und runter geklingelt, hinter ihnen bremsten die Mannschaftswagen, und die Kollegen in voller Kampfmontur sprangen aus den Autos, bezogen Stellung, vier sperrten die Straße, Maschinengewehre in den Händen. Das andere Dutzend kam hinter den drei Beamten her.

Als niemand öffnete, trat Yacine in Höhe der Schließanlage gegen die Tür, die sofort aufsprang. Zu dritt betraten sie den dunklen, muffigen Flur, das Eingangslicht funktionierte nicht.

»Treppe«, sagte Yacine. Die Jungs der CRS sicherten währenddessen den Eingang. Noch war alles erstaunlich ruhig.

Sie stiegen hinauf. Die Wohnung 41 lag im elften Stockwerk. In der vierten Etage öffnete sich eine Tür, Yacine und Luc zogen gleichzeitig ihre Waffen. Doch es war eine alte Frau, eine Berberin, die sich furchtbar erschrak und anfing zu schreien.

»Hilfe, was wollt ihr denn, Hilfe …«

Anouk ging auf sie zu.

»Madame, es ist alles gut«, beruhigte sie die alte Frau, »kommen Sie, gehen Sie wieder hinein«, aber die Alte schluchzte und zitterte.

»Geht schon mal«, sagte Anouk zu den anderen, »schnappt ihn euch.«

Dann legte sie der Frau einen Arm um die Schultern und begleitete sie in ihre Wohnung zurück.

Luc und Yacine stiegen sieben Etagen höher, die Waffen immer im Anschlag.

»41«, flüsterte Yacine, und der Commissaire nickte.

Yacine klingelte, dann klopfte er.

»Police Nationale«, rief Luc, »machen Sie auf.«

Keine Regung im Inneren der Wohnung, nichts.

»Okay«, sagte Luc, »wir gehen rein.«

Yacine ging ein Stück zurück, nahm Anlauf und sprang in Richtung Tür, als die plötzlich aufgerissen wurde. Er sprang ins Leere und landete in der Wohnung auf dem Boden. Jetzt ging alles sehr schnell. Ein riesiger Schatten stürzte heraus und schubste Luc beiseite, der die Waffe sinken lassen musste. Karim trat nach ihm, aber Luc wich gerade so aus. Im nächsten Moment sah der Commissaire den riesigen Jungen die Treppe hinunterrennen, während Yacine immer noch am Boden lag.

»Was ist los?«, rief Luc, und der junge Kollege rief: »Bein verdreht, los, hol ihn dir.«

Luc nahm die Verfolgung auf, er stürzte ins Treppenhaus und hastete ihm nach, doch Karim war so rasend schnell wie auf der Sandbank. Seine Muskelmasse und seine Größe beeinträchtigten seine Schnellkraft überhaupt nicht, er war wirklich gut trainiert. Luc nahm drei Stufen auf einmal, raste die Treppe hinunter, dann fiel sie ihm ein.

»Anouk«, rief er, »Vorsicht, er kommt.«

Es dauerte nur drei oder vier Sekunden, da hörte er sie.

»Stehenbleiben«, schrie sie. »Ey, du sollst …«, und dann gab es einen Schlag und gleich darauf einen gellenden Schrei. Anouks Schrei.

Es bollerte im Treppenhaus. Luc war innerlich wie gelähmt, doch er sprang nun noch schneller die Treppen herab, zählte die Stockwerke, gleich würde er bei der Etage der alten Frau sein. Er sah sie in der Tür stehen und angsterfüllt nach draußen starren, ihr Finger wies zur Treppe. Luc nahm noch ein paar Stufen, und da sah er Anouk liegen, sie lag ganz verquer am Fuße des Treppenabsatzes, ihr Kopf lag auf der letzten Treppenstufe, ihr Körper schräg darunter, ein Bein abgespreizt, sie war bewusstlos, am Kopf hatte sie eine Wunde, aus der Blut lief. Luc beugte sich zu ihr herab.

»Anouk«, rief er, »Mann, Scheiße, Anouk«, und dann schlug sie die Augen auf, mit blassem Gesicht, aber klarem Blick, und sein Herzschlag setzte wieder ein.

»Er hat mich einfach runtergestoßen, ich konnte nichts machen«, flüsterte sie, »tut mir leid. Wo ist er?«

»Runter«, sagte Luc. »Alles gut, du hast alles richtig gemacht. Bleib liegen, du blutest.«

In diesem Moment hörte er von unten Schläge, es klang wie ein Handgemenge, dann das Geräusch von klickenden Handschellen und die Rufe: »Sie sind festgenommen.«

Er trat an das Geländer und rief: »Wir brauchen hier oben einen Arzt, schickt einen Rettungswagen. Beamtin am Boden!«

Dann kniete er sich wieder zu Anouk, die ihn schwach anlächelte, bevor sie die Augen schloss. Luc küsste seine Partnerin auf die Stirn.

Kapitel 36

Karim stand mit dem Gesicht zur Wand, die Hände auf dem Rücken eng mit Kabelbinder festgezogen. Er war so groß, dass er sogar die Männer mit den Sturmmasken überragte, dabei waren die CRS-Jungs selbst echte Hünen.

Luc griff seine Hände und drehte ihn um. Nun sah er dem Jungen zum ersten Mal ins Gesicht.

»Das war sehr knapp für meine Kollegin. Und das ist ein ganz schlechter Start für unser Gespräch. Wir sehen uns gleich für eine sehr lange Nacht im Verhörraum.«

Dann drehte er ihn wieder um.

»Bringt ihn raus und dann ab zum Hôtel de Police«, sagte er zu dem Kommandanten der Festnahmeeinheit. »Wie ist die Lage draußen?«

»Alles ruhig. Der Rettungswagen steht bereit.«

In diesem Moment kamen die Sanitäter aus dem oberen Stockwerk, sie hatten Anouk auf der Trage. Luc ging neben ihr her hinaus. Eine Kanüle steckte in ihrem Arm, ein Sanitäter hielt den Tropf fest. Sie war wieder bewusstlos.

»Sicher eine Gehirnerschütterung. Wir müssen sie ins MRT schicken, den Kopf ansehen«, sagte er.

»Wohin?«

»Hôtel-Dieu. So ist sie nah bei Ihnen.«

»Gut, *merci beaucoup*.«

Gerade, als sie Anouk in den Krankenwagen schieben wollten, schlug sie die Augen auf, blickte Luc an und sagte lächelnd: »Philippe. Philippe, mein schöner Philippe.«

Luc beugte sich zu ihr herab, streichelte sie, sagte: »Aber Anouk, Philippe ist doch dein Bruder, soll ich ihn anrufen?« Er war sehr besorgt.

Da lachte Anouk auf, mit ihrem mädchenhaften Strahlen.

»Den Scherz wollte ich schon immer mal machen, lag nur lange nicht mehr auf einer Trage. Aber so hat er gut gepasst. Mach's gut, Luc, wir sehen uns nachher.«

Die Sanitäter grinsten, dann schoben sie Anouk hinein und schlossen die Tür, wenig später rasten sie mit lauter Sirene in den Abend. Luc sah ihnen lächelnd nach. Dann sah er Yacine zum Auto humpeln.

»Wie geht's?«

»Alles okay, der Typ hat uns gesehen. Krass.«

»Ausgebufftes Kerlchen.«

»Aber jetzt haben wir ihn.«

»Ja, jetzt haben wir ihn.«

Kapitel 37

Nein, auch der Vernehmungsraum im Quai des Orfèvres war nicht nach Lucs Geschmack. Denn auch der Trakt im kühlen Keller des Gebäudes auf der Seine-Insel, den Luc nun betrat, war fensterlos und düster. Nur eines hier beruhigte den Commissaire und gab den Takt vor für die Verhöre und Gespräche, die manchmal Stunden andauerten. Wenn nämlich das tiefe, jahrhundertealte Geläut der Glocken von Notre-Dame herüberwehte und durch die Lüftungsschlitze drang.

Gerade war es wieder so weit. Er sah auf seine Armbanduhr. 19 Uhr. Luc wollte allein beginnen. Yacine wartete oben im Büro vor dem Computerbildschirm, auf den das Verhör übertragen wurde. Er sollte als Geheimwaffe später dazukommen, falls es nötig wurde.

Der Commissaire öffnete die schwere Tür zum Vernehmungsraum. Er war weiß gekachelt, in der Mitte der schwere Tisch. Karim saß schon da, in der Ecke stand ein Polizist in Uniform.

»Nehmen Sie ihm die Handschellen ab, bitte«, sagte Luc.

Der Polizist sah den Commissaire fragend an, dann näherte er sich dem Jungen und schloss die Handschellen auf. Luc sah die roten Striemen von dem Kabelbinder, mit dem er vorhin gefesselt worden war. Die CRS hatte ihn in einem Gefangenentransport hierher in den Quai des Orfèvres gebracht.

Nun konnte er sich diesen Karim zum ersten Mal genauer ansehen. Sein breites Profil, die dunkle Haut, die dunkelbraunen Augen, die wulstige Nase, die vollen Lippen, der Hals, der direkt überging in die muskulöse Brust, die Arme in dem Trikot von *Paris Saint-Germain*, die Muskeln so gespannt, dass die Adern hervortraten.

Seine Beine steckten in Adidas-Trainingshosen, an den Füßen trug er Laufschuhe von *New Balance*.

Luc legte die Fotos, die er mitgebracht hatte, auf den Tisch, eins neben das andere, langsam und gemächlich, er achtete darauf, dass sich die Ecken genau berührten. Karim und der Polizist beobachteten seine Akribie, er spürte die Blicke der beiden Männer auf sich. Dann schloss er kurz die Augen, atmete durch, als müsste er sich von der Wucht der Bilder lösen, und sah schließlich den Jungen fest an.

Der aber starrte auf die Bilder, speziell auf das eine, das die Gesichter von François und Vincent in Nahaufnahme zeigte. Luc hatte die Perspektive bewusst gewählt. Es sah aus, als würden sie in die Kamera blicken.

»Richtig schiefgegangen, das Ganze«, war das Erste, was Luc sagte.

Karim schwieg, sah unverwandt auf den Tisch.

»Wir haben sehr viel Zeit. Jetzt gibt es keine Eile mehr. Du bist hier, du wirst sehr lange hier bleiben, bis wir alles wissen, was wir wissen müssen und bis dich ein Transporter nach Fleury-Mérogis bringt.«

Doch Karim schwieg. Luc ließ die Stille zu, eine beinahe unerträglich lange Zeit, man hätte in diesen Minuten die sprichwörtliche Stecknadel fallen hören können.

»Ich war da«, sagte Luc.

Ein leises Flackern in den Augen des Jungen.

»Ich war da an dem Morgen, auf dem Wasser. Mein Vater war der Erste, der die Jungen gesehen hat, an den Pfählen, wie sie tot da angebunden waren. Mein Vater. Er ist sehr alt, er wird bald sterben. Er hätte so etwas nicht mehr sehen sollen.«

Nun hob Karim den Blick, sah Luc an, die Augen unstet, aber doch vermochte er es, seinen Blick nicht vom Commissaire zu lösen.

»Warum?« Die Stimme ganz anders als erwartet, leise, viel höher, als die Statur des Jungen annehmen ließ, er klang geradezu feinsinnig.

»Wir waren draußen auf dem Boot der Gendarmerie, weil er noch einmal das Bassin sehen wollte. Mein Vater ist auch Austernzüchter, weißt du?«

»Mein Dad ist schon lange hinüber.«

Der Dialekt der Vorstädte, ineinanderfließende Wörter und ihr abruptes Ende.

»Wie?«, fragte Luc.

»Krebs.«

»Wie bei meinem Vater.«

»Is' scheiße.«

Luc nickte. Dann wies er auf das Foto mit den Gesichtern.

»Was ist passiert?«

Zum ersten Mal lehnte Karim sich auf seinem Stuhl zurück, rieb sich die offensichtlich schmerzenden Hände.

»Kann ich rauchen?«

»Du hast zu viele Krimis gesehen, oder, Junge? Hier kann man nicht rauchen.«

Ein Fakt, der auch Luc schon oft genug geärgert hatte – stundenlange Verhöre wären mit Tabakgeschmack im Mund doch um einiges angenehmer. Aber da war der Hausmeister des Quai unerbittlich, die Zeiten Commissaire Maigrets waren lange vorbei.

»Was ist passiert?«

»Das Beschissene ist, dass ich hier sitze und doch in jedem Fall bald nach Fleury gehe, wo die ganzen anderen Jungs aus meiner Cité sitzen. Weil ihr uns was anhängt, und dann sind wir weg. Und wenn Sie mir das hier anhängen«, er zeigte auf das Foto, »dann komm ich nicht mehr raus. Nie mehr.«

»Was heißt denn *anhängen*, Karim?«

»Na, verdammte Scheiße, ich war das nicht.«

Es war ein regelrechter Ausbruch, die Stimme des Jungen überschlug sich beinahe.

»Du warst das nicht? Du warst nicht auf dem Bassin? Was soll das denn heißen? Selbst dein Auftraggeber glaubt es, dass da bei dir was durchgebrannt ist.«

»Ich war das nicht, Mann.«

»Karim. Du warst auf dem Bassin, auf einem Speedboat, du hast meinen Kollegen niedergeschlagen, mit deinem Totschläger. Und vorhin bist du wieder vor uns geflohen und hast dabei meine Kollegin die Treppe runtergestoßen. Sie liegt im Krankenhaus, und ich weiß noch nicht, wie es ihr geht. Und nun sitzt du hier breitbeinig und willst mir weismachen, du warst das alles nicht.«

Karim leckte sich über die Lippen und nahm in der Tat die muskulösen Beine zusammen, als wolle er sich besser präsentieren.

»Ja, ich hab den Bullen umgehauen. Und klar, ihr habt mich verfolgt, in meinem Haus, die Bullentante stand im Weg, ich hab sie nur beiseitegeschubst, da ist sie abgerutscht. Das war blöd, das tut mir auch leid.«

Luc stöhnte, ihm fiel dieses Bild ein, Anouk am Fuße der Treppe, das Blut, der verdrehte Körper. Und dann diese plumpen Worte, er hätte ihm gerne die Fresse poliert. Doch so kam er hier nicht weiter.

»Junge, ich kann dir nur raten: rede. Und erzähl die Dinge ordentlich und vor allem wahr. Also, eins nach dem anderen. Fangen wir ganz vorne an: Wie bist du auf dieses Boot gekommen?«

»Weil ich meine Chance gesehen habe. Ein Kumpel hat seinem Boss meine Nummer gegeben. Weil er wusste, dass ich was suche und was meine ... «, er zögerte, »meine Spezialitäten sind.«

»Was sind denn deine Spezialitäten?«

Nun nahm der Junge allen Ernstes seinen linken Arm hoch und spannte ihn an, zeigte mit dem rechten Finger auf den Bizeps.

»Die Leute haben Schiss vor mir. Und ich kann gut auf Sachen aufpassen. Ich hab schon Security gemacht, bei Konzerten im *Stade de France*, aber wegen der Vorstrafe nehmen die mich nicht mehr. Aber der Kumpel hat gesagt, bei dem neuen Auftrag sei das kein Problem.«

»Wusstest du, um was es ging?«

»Erst, als ich da angekommen bin. Der Vorarbeiter hat mich in Empfang genommen und mir alles erklärt. Ich sollte nachts die Austern bewachen. Ich hab gefragt, ob ich auch tagsüber was arbeiten könnte, da haben sie mich erst komisch angesehen, und dann haben sie mir noch den Job in der Fabrik gegeben. Fünf Scheine sollte ich pro Monat kriegen, für drei Monate. Der Vorarbeiter hat gesagt, dass ich nur am Anfang viel zu tun hätte – später, wenn sich rumgesprochen hätte, dass ich da bin, wäre es wohl ein Kinderspiel, weil alle Schiss hätten. Einmal, da kam der Boss von dem ganzen Laden, so ein Fatzke mit Fliege und schwarzem Anzug, ein richtiger Geldsack, der hat nur 'n Blick auf mich geworfen und die Nase gerümpft, der hat kein

Wort gesagt. Aber um seine Goldaustern zu bewachen, dafür war ich gut genug.«

»Und dann seid ihr rausgefahren, nachts?«

»Ja, haben Sie das Boot gesehen? Ein echt schnittiges Teil. Da hab ich mein Leben lang von geträumt, das Holz auf dem Deck, volle Kante. Und das ging ab. Aber der Vorarbeiter hat mir nie erlaubt, es selbst zu fahren, ich hab mehrfach gefragt, aber da hat er immer nur gelacht.«

»Und dann? Wie viele Nächte wart ihr draußen?«

»Insgesamt? Vier Nächte. Dabei hätte ich Kohle für drei Monate bekommen sollen. Nun bin ich hier und habe gar nichts.«

Luc wunderte sich nicht über die Naivität des Jungen. In der Cité drehte sich alles um Status und Kohle – der Knast schreckte ihn nicht so sehr wie die Armut, die ihm lebenslang drohte.

»Was war in den Nächten?«

»In der ersten Nacht war gar nichts.«

»Gar nichts?«

»Wir haben nur gesehen, dass wir den Bullen nicht begegnen, sind im Dunkeln umhergefahren. Auch das Boot siehst du echt nicht, das schwarze Boot im Dunkel, aber wir wären auch so schnell weg gewesen, wenn die uns gejagt hätten.«

»Kein Dieb auf dem Wasser?«

»Keiner. Am zweiten Tag dann aber. Ein Typ auf einem Boot, er hatte gerade angefangen, sich was einzuladen, aber es waren nicht die Säcke von meinem Boss.«

»Was hast du gemacht?«

Luc dachte an Pierre Lascasse.

»Bin von Bord auf sein Boot und hab ihm eine gegeben. Mein Boss hat gesagt, ich soll ihn nur einschüchtern. Hab ich gemacht.«

»War der Mann verletzt?«

»Nur 'n Veilchen, mehr nicht, hat genickt, als ich gesagt habe, er soll sich von Chevaliers Austern fernhalten.«

Ein weiteres Opfer, dachte Luc, wahrscheinlich hatte sich dieser Dieb aus Scham nicht gemeldet.

»Und dann?«

»Dann, in der Nacht drauf, da war einer bei den Austernbänken von meinem Boss. Ey, der Idiot hatte schon das halbe Boot voll. Wir hatten die Bullen irgendwo im Norden gesehen, hinter Andernos, da kreuzten die hin und her und tranken Käffchen und lachten an Bord, ich hab das durchs Fernglas beobachtet. So ein volles Boot mit Bullen. Und keiner arbeitet. Und draußen auf dem Meer, da ist dieser Kunde und räumt sein Boot mit den Austern voll.«

Das musste Lascasse gewesen sein.

»Und dann bist du auf ihn losgegangen.«

»Der Vorarbeiter hat gesagt: Na los, den müssen wir richtig erschrecken. Wie hat er es genannt? Ein Exempel statuieren. Aber mein Vorarbeiter war richtig wütend, er kannte den Typen wohl. Und der hatte sich wirklich viele Säcke aufgeladen. Ich bin also runter vom Speedboat und hab mich angeschlichen, und dann hab ich ihm eins mit dem Totschläger verpasst und er ist sofort zu Boden. Und dann hab ich ihm noch eine verpasst und noch eine, bis er wieder zu sich kam. Und dann hat er dagelegen und gewimmert und ich hab ihm klargemacht, dass er die Fresse halten und sich hier nie wieder rumtreiben soll.«

Lascasse, kein Zweifel.

»Und hat er was erwidert?«

»Er hat genickt und gezittert, der hatte richtig die Hosen voll.«

»Und dann habt ihr ihn da liegen lassen, allein auf der Sandbank?«

»Klar.«

»Mensch Junge, da kam doch die Flut. Der Mann wäre fast

draufgegangen, es war saukalt, er hätte ertrinken können. War das der Auftrag? Ihn kaltzumachen?«

»Quatsch«, sagte Karim kopfschüttelnd, »wir hatten ihm doch das Handy dagelassen. Wir wollten, dass er Hilfe ruft. Mein Vorarbeiter hat noch gesagt: ›So, jetzt ruft der die Bullen‹, aber der hat so viel Schiss, der verrät uns nicht. Stattdessen wird er es allen seinen beschissenen Freunden erzählen – und dann werden die es sich auch zweimal überlegen, ob sie Chevalier beklauen. Der Typ sollte unser Bote sein. Und den anderen Dieben klarmachen, wer hier das Sagen hat.«

Luc nickte und spannte seine Schultern.

»Warst du wütend?«

»Tat gut, dem eine zu verpassen«, sagte der Junge grinsend. »Ich boxe gerne, und der Typ hatte es echt verdient.«

»Und dann warst du so sauer, dass die nächsten Jungs dran glauben mussten.«

»Was?«

»Du warst in Rage, so richtig.«

»Nein, war ich nicht.«

»Ach, komm. Der Tatort der Morde«, Luc wies auf die Fotos, »lag vielleicht zwei Kilometer Luftlinie entfernt. Mit eurem Speedboat habt ihr das locker geschafft. Auf der Rückfahrt habt ihr die Jungs gesehen und …«

»Wir haben keine Jungs gesehen. Der Vorarbeiter hat gesagt, wir sollten dann mal langsam los. In dieser Nacht würde nichts mehr passieren. Außerdem würden ja bald die Bullen kommen, weil der Typ um Hilfe rufen würde. Wir sind zum Hafen gefahren, ziemlich direkt, und dann war Feierabend und ich bin in die Falle.«

»Das kannst du mir nicht weismachen. Also, ihr seid zu der anderen Sandbank gefahren und dann hast du die beiden Austernzüchter niedergeschlagen. Mit dem Totschläger. Und dabei ist etwas schiefgegangen. Oder ganz anders: Ihr wolltet noch ein Exempel statuieren. Ein deutlicheres. Also habt ihr die Männer an die Pfähle gebunden. Damit Ruhe ist für alle Zeiten. Das war eine richtig deutliche Nachricht.«

»Hey, was quatschen Sie denn? Dann wäre doch mein Job zu Ende gewesen. Für fünftausend mach ich doch keinen kalt.«

»Ich bitte dich. Ich hab schon Morde in der Cité erlebt, da ging es um fünfzig Euro.«

»Aber so bin ich nicht.« Verzweiflung machte sich auf Karims Gesicht breit. »Wirklich. Ich war das nicht.«

»Ich kann das nicht glauben«, sagte Luc kühl. »Es passt einfach zu gut.«

»Ich hab nicht gewusst, was in dieser Nacht passiert ist. Wir haben dann eine Nacht Pause gemacht, weil wir Schiss hatten, dass die Bullen nach dem Überfall verstärkt kontrollieren. Und dann war die Nacht, wo wir euch auf dem Bassin gesehen haben, während ihr euch an den Austern von Chevalier bedient habt. Ich bin vom Boot und dann steht da der Bulle und bedroht mich mit der Waffe. Und dann schießen Sie auf mich. Da bin ich abgehauen, ich hatte ja keine Ahnung, was los war. Ich dachte, ey, jetzt schießen die auf mich, nur weil ich einem Typen eine verpasst habe? Für die Bullen bin ich wohl eine echte Banlieue-Ratte. Ich hatte keine Ahnung, ich hab das Foto erst gesehen, als ich wieder in Paris war. Und dann bin ich in Panik geraten, weil ich dachte, scheiße, ich dachte, jetzt wollt ihr mich wegen Mordes drankriegen. Nun sitze ich hier, und es ist genauso. Aber, verdammt, ich sag's noch mal, ich war das nicht. Ich schwöre.«

Luc war für einen Augenblick ratlos. Er hatte schon viele Geständnisse gehört, verzweifelte, eiskalte, beiläufige, rasend wütende. Er hatte keine genaue Vorstellung von Karims Geständnis gehabt, aber er hatte fest mit einem gerechnet. Aber nein, der Junge war augenscheinlich durch und durch von seiner Unschuld überzeugt.

»Okay, angenommen, ich glaube dir. Erzähl mir, wie das war, die Rückfahrt von der Sandbank und Pierre Lascasse – so hieß der Mann, den du erwischt hast – zum Hafen. Wie spät war es? Was hast du dann gemacht?«

Karim zog die Augenbrauen hoch und legte die Stirn in Falten, als brauche er einen Moment, um sich genau zu erinnern.

»Ich stand an Deck, habe mal wieder über das Holz gestreichelt, es ist echt zu geil. Es war saukalt. Vielleicht war es kurz vor vier oder so? Wir sind in der Mitte des Bassins unterwegs gewesen. Alles war völlig ruhig. Keine Bullen, niemand. Bis kurz vor Arcachon. Auf meiner Rechten ziemlich nah der Küste hab ich ein Boot gesehen. Eines der flachen, wie das von diesem Pierre.«

»Das Boot der beiden Jungen. Es stand festgemacht am Austernpark von Mimbeau.«

»Nein, es war nicht festgemacht. Es fuhr, wir haben sanfte Wellen auf uns zukommen sehen, seine Bugwellen. Ein Austernboot, genau.«

»Wo fuhr es hin?«

»Raus, in Richtung der Parks. Ich hab zu meinem Boss gesagt, guck mal, da will noch einer was holen, wollen wir uns den nicht schnappen? Aber er hat abgewunken. Zu gefährlich, wegen der Bullen. Wär mir ja egal gewesen, die hätten uns nie bekommen. So ist der Typ einfach weitergefahren, hat vielleicht ganz viele Säcke geklaut. Aber mein Boss wollte nun mal nicht … war mir dann auch egal, war schließlich saukalt da draußen. Ich wollte ins Bett.«

»Und du meinst, es war ein Mann an Bord, sonst niemand?«

»Hab nur einen gesehen.«

»Durchs Fernglas?«

Lucs Atem ging schneller.

»Nee, das hatte der Fahrer, der wollte nach den Bullen Ausschau halten. Ich hab das nur mit bloßen Augen gesehen, ein großer Typ, hinterm Steuer. Sonst niemand.«

»Wie sah das Boot aus?«

»Silber, wie die alle.«

»Und zwei Jungs auf einem Boot hast du nicht gesehen?«

»Nein, keine Ahnung, hab ich nicht gesehen.«

»Okay, Karim, wir machen es so: Du kommst mit nach Bordeaux. Wir lassen dich morgen früh überführen. Wir brauchen dort deine genaue Aussage. Und dann sehen wir, was passiert.«

»Aber …«

»Aber was?«

»Ich war das nicht … Sie müssen mich freilassen. Sie können mir das nicht anhängen, ich hab doch alles gesagt, was ich weiß. Die Wahrheit.«

»Du willst hier jetzt einfach rausspazieren? Du hast meine Kollegin die Treppe runtergestoßen. Und einen Mann zusammengeschlagen, und das war ein bewaffneter Überfall. Du gehst ins Gefängnis. Bei deinem Vorstrafenregister. Und morgen kauen wir das alles noch mal durch – vielleicht fällt dir ja doch noch was zu den beiden Jungs ein.«

Luc stand auf, sammelte die Fotos ein und legte sie ordentlich zusammen, dann ging er langsam zur Tür.

»Hey, Moment«, rief Karim, als Luc schon fast draußen war. Er drehte sich um. »Ich war das nicht. Wirklich.«

Luc nickte, verließ grübelnd den Keller und atmete erst tief durch, als er auf dem Hof des Quai des Orfèvres in der kalten Schneeluft stand.

Kapitel 38

Wie es sein Ritual war, ging er nach einem Verhör ein paar Schritte, hinterm Justizpalast entlang, hier war bei der Kälte auch der letzte Tourist verschwunden, vorbei an den Statuen, die den Eingang des Schwurgerichtes bewachten. Dann die ruhige, baumbestandene Place Dauphine bis zum Pont-Neuf hinüber. Und dort, auf der alten Brücke, ganz am Rande an der Mauer, da lag ihm Paris zu Füßen. Die beleuchteten Ausflugsboote, deren Passagiere alle drinnen in der Wärme saßen, die Spitze der Île de la Cité, dahinter die Pont des Arts und der Louvre. Die vorbeirasenden Autos auf den Quais ein Glitzern und Funkeln. Luc genoss diesen kurzen Moment der Unbeschwertheit, doch dann klingelte sein Telefon.

»Ja, Luc Verlain?«

»*Salut* … hier ist …«

»Benoît. Schön, deine Stimme zu hören. Wie geht es dir? Und deiner Familie?«

»Es ist schwer, sehr schwer.« Und bis auf den Pont-Neuf meinte Luc zu hören, wie sehr Benoît mit Wut und Trauer rang. »Ich kann nur erahnen, wie schlimm das alles für euch sein muss. Kann ich etwas für dich tun?«

»Ich habe in der Zeitung von all dem gelesen und habe das Phantombild gesehen. Dieses Gesicht – war das der Mann, der …«

»Kennst du ihn?«

»Ich habe ihn noch nie gesehen. Hat er François erschlagen? Und Vincent?«

»Das wissen wir noch nicht, Benoît, ich habe ihn eben erst vernommen. Ich sage dir das nur unter uns: Er hat zugegeben, Pierre Lascasse überfallen zu haben. Aber die Morde, die hat er nicht gestanden. Er hat sogar nachdrücklich bestritten, darin verwickelt zu sein.«

»Na klar, er weiß ja, dass er bei einem simplen Überfall viel leichter davonkommt als bei einem Mord. Einem doppelten Mord. Warum sollte er das zugeben? Aber wenn er es war, müsstet ihr ihm das doch nachweisen können.«

Luc antwortete leise: »Ich weiß nicht, ob es so einfach ist.«

»Wenn er in dieser Nacht dort draußen auf dem Bassin war, warum sollte er dann Pierre angegriffen haben, aber meine Jungs nicht …«

»Das fragen wir uns auch. Benoît, bitte, vertrau mir. Wir werden denjenigen, der das getan hat, kriegen.«

»Also war er es nicht?«

»Ich weiß es noch nicht. Aber ich spüre, dass wir nah dran sind. Und übrigens: Julie hat uns sehr geholfen. Sie hat die entscheidenden Tipps gegeben, damit wir den Mann ausfindig machen konnten – stell dir vor: Er saß ihr gegenüber im Zug.«

»Sie hat mir davon erzählt. Schicksal. So viel Schicksal, alles in ein paar Tagen.«

»Das tut mir alles sehr leid.«

»Das weiß ich, Commissaire. Was ich aber meine: Wie Glück und Leid so nah sind. Hast du es schon gehört?«

»Was denn?«

»Madame Pujol hat ihre Diagnose bekommen. Der Krebs hat nicht gestreut, es gibt keine neuen Zellen – es ist wirklich ein kleines Wunder. Siehst du? Freud und Leid, so nah beieinander …«

Kapitel 39

Nur schnell hinaus aus dem Hôtel de Police, hatte Luc sich gedacht, und Yacine war in Nullkommanichts an seiner Seite gewesen. In der Rue des Rosiers hatten sie sich auf die Schnelle etwas zu essen gekauft. Ein Schawarma für Yacine, ein Falafel mit Halloumi im Pita-Brot für Luc. Er liebte die Sesamsauce im *L'As du Falafel* und hielt dieses israelische Restaurant zudem für den ungeschlagenen Champion im Bereich der frittierten Gemüse. Die Auberginen jedenfalls waren genial. So hatten sie drinnen auf eine winzige Bank gezwängt gegessen, jeder von ihnen hatte ein israelisches Bier getrunken, ein *Maccabee.*

Draußen hatten sie über die Polizeidichte im jüdischen Viertel gestaunt. Überall standen die Kollegen herum, die Gewehre in den Händen, der Blick wachsam und ernst, beinahe verbissen. Die Anschläge hatten die Stadt wirklich in ihren Grundfesten erschüttert – das freie Ausgehen, der Spaß, das Flanieren in den Straßen.

»Lass uns auf die andere Seite fahren«, hatte Luc vorgeschlagen, und sie waren in ein Taxi gesprungen und ein paar Euros später an der Rue de Buci wieder ausgestiegen. Und nun saßen sie in einer der Bars, in denen Luc früher stets seinen Apéro getrunken hatte, in der *Bar du Marché*, Ecke Rue de Seine. Die rot-weiße Markise, die Bistrostühle, die Kellner in den blau-weißen Uniformen und mit den Schiebermützen, das war Paris in Reinform.

Der Tresen war ziemlich voll besetzt, doch schließlich fanden sie zwei Barhocker und bestellten Bier, zwei *pintes* vom *Heineken*, und als sie die geleert hatten, zog Luc seinen Freund mit vor die Tür, zündete sich eine Zigarette an und sagte nach dem ersten tiefen Zug: »Was für ein Tag.«

»Hell, yeah«, entgegnete Yacine.

»Du hast sie nicht daliegen sehen«, sagte Luc.

»Anouk?«

»Hm …«, ein stummer Zug von der Zigarette.

»Der Wichser hatte aber auch 'ne beschissene Kraft, ich hab gedacht, mich tritt ein Pferd, dabei hatte er mich nur angestupst, als ich durch die Tür reingeflogen bin.«

»Er hat uns einfach erwartet.«

»Ja, verdammte Scheiße.«

»Hast du alles gehört?«

»Jedes Wort.«

Sie waren bei weitem nicht die Einzigen, die rauchend vor der Bar standen. Luc trat ganz nah an Yacine heran und murmelte: »Wir haben schon so viele Vernehmungen zusammen gemacht. Und du hast oft recht behalten. Was ist deine Einschätzung?«

»Ich kann seit zwei Stunden über nichts anderes mehr nachdenken. Ganz ehrlich?«

Luc sah Yacine mit zusammengekniffenen Augen an. »Würde ich sonst fragen?«

»Ich glaube nicht, dass er lügt.«

»Er hat alles: kein Alibi, ein Motiv, seine überbordende Wut nach dem ersten Überfall, seine große Kraft – und er hatte die Möglichkeit.«

»Aber hat den Überfall auf Lascasse zugegeben, warum sollte er da bei dem Mord lügen?«

»Ganz einfach: Weil es ein Mord ist.«

»Es war logisch abzuhauen, um den Bullen zu entgehen, die Lascasse um Hilfe rief.«

»Er hätte mit dem Mord auch den Überfall auf Lascasse vertuschen können – wer weiß, was die Jungen gesehen haben?«

»Du hast mit allem recht, Luc. Ich habe keine Argumente. Nur: Er war es nicht. Das hab ich einfach im Gefühl.«

Luc trank seine *pinte* aus und wischte sich mit der Hand über den Mund.

»Weißt du was? Ich wollte dich prüfen, mit allen Argumenten. Ich glaube es auch. Ich glaube auch, dass er unschuldig ist. An dem Doppelmord, meine ich. Er war vollkommen aufrichtig.«

»Genau das meine ich.«

»Aber wir kriegen ihn trotzdem dran: für zweifache schwere Körperverletzung, dazu der Angriff auf Polizeibeamte, dafür zieht er ein.«

»Was hat er sich denn gedacht? Dass er da wirklich drei Monate Austernzüchter zusammenschlägt und dafür auch noch Kohle bekommt? Wahnsinn, was für eine Welt!«

»Mich irritiert eher, dass der reiche Austernzüchter in Arcachon gedacht hat, mit einer eigens aufgestellten Truppe der Diebstähle Herr zu werden. Weißt du, das ist eigentlich ein ganz feiner Typ. Ein Mäzen für Kunst und so. Der hat Karim angeheuert, weil der sein Hab und Gut beschützen sollte. Hat aber gedacht, der Karim mache das, wie in der Welt von Chevalier üblich. Irgendwie mit Samthandschuhen. Als er dann in der Zeitung von dem Überfall und dem Mord gelesen hat, ist er förmlich aus den Schuhen gekippt. Der hat sich nicht mal vorstellen können, dass so was passieren könnte. Obwohl es sein Geld war. Sein Auftrag. Ein richtig mieser Typ. Und gleichzeitig ein total naiver. Für den Überfall auf Lascasse müssen wir ihn auch drankriegen.«

Yacine nickte.

»Komm, gehen wir rein, so langsam frier ich mir hier den Arsch ab.«

Sie gingen wieder an die Bar und bestellten sich noch zwei Bier.

»Dann sag doch du im Prozess aus und mach ihn fertig.«

»Ich seh den sauteuren Anwalt schon vor mir. Wahrscheinlich gibt's eine Mini-Ermahnung vom Richter, und das wars dann.«

Auf einmal ertönte die fröhliche Stimme, die Luc unter Millionen erkennen würde.

»Was macht ihr denn für betroffene Gesichter, Männer?«, und dann stellte sich Anouk zu ihnen an die Bar, mit unwiderstehlichem Lächeln und einem riesigen Pflaster auf der Stirn. Sie sah Luc fest an, wirkte aufgeregt.

»Anouk«, sagte er, ganz gebannt, und nahm sie in die Arme, vergaß Yacine für einen Moment, der sich nach einer gefühlten Stunde räusperte. Aber Luc wollte einfach nur Anouk halten, ihre Wärme spüren, und sie erwiderte diese Umarmung für einen langen Moment.

»Wie geht es dir?«, fragte Yacine und gab ihr die drei *bises*.

»Ein *Perrier*«, rief sie zu dem Barkeeper hinüber, *»merci.«*

Dann wandte sie sich wieder den beiden Freunden zu, die sie fragend ansahen.

»Hab Tabletten bekommen, gegen die Schmerzen, deshalb nur Wasser«, erklärte sie. »Eine große Platzwunde, die sie aber nur geklebt haben. Gott sei Dank keine Nadel«, sie lachte, »sie haben mich noch in den MRT geschoben, aber da war alles gut, keine Prellungen, keine Brüche. War das Abrolltraining in der Polizeischule doch für was gut.«

»Und du konntest einfach so gehen?«

»Nein, sie wollten mich natürlich dabehalten, wegen Verdachts auf Gehirnerschütterung und so, aber ich hab mich selbst entlassen.«

»Anouk …«

»Alles gut, Luc, wirklich. Alles gut. Worüber habt ihr gesprochen?«

Das *Perrier* kam, sie stießen an, dann setzte Luc sie kurz über die Vernehmung ins Bild. Anouk hörte ruhig zu, schließlich nickte sie.

»Das klingt aber wirklich so, als hättet ihr recht. Als wäre er unschuldig. Mist … Wir dachten, wir hätten den Mörder. Bin ich also umsonst von der Treppe geflogen.«

»Na, du hast immerhin ein sehr schönes Pflaster«, sagte Luc.

Sie sah ihn halb grinsend, halb wütend an, konnte den Blick nicht von ihm lösen.

»So, Leute, bevor ihr übereinander herfallt, mach ich mich mal aus dem Staub«, sagte Yacine lachend. »Luc, die Zeche geht auf dich. Wir sehen uns.«

Zum Abschied umarmte Yacine Anouk, die vor Schmerz aufstöhnte. So gut war alles also doch noch nicht, dachte Luc, bevor auch er seinen alten Freund kurz in die Arme schloss.

»Wir sehen uns bald, mein Lieber. Wir werden morgen sehr früh zurückfahren.«

Sie sahen ihm nach, als er die Bar verließ, dann bestellte sich Luc ein Glas des Rotweins aus Saint-Émilion.

»So, ich hab jetzt sehr lange gewartet«, sagte er, und wirklich hatte er über diesen Moment ewig nachgedacht. »Jetzt habe ich dich heute schon am Boden liegen sehen, schlimmer kann es also nicht mehr werden, ich habe bereits zwei Bier getrunken und bin gewappnet – also, sag mir: Gehst du? Verlässt du Bordeaux? Und verlässt du mich?«

Anouks Gesichtsausdruck wechselte, ihr Lächeln verschwand, sie wurde ernst.

»Luc, ich wollte auch mit dir darüber …«

»Luc«, rief da eine Stimme, lieblich und laut zugleich von der anderen Seite der Bar hinüber, er suchte, und da rief sie wieder:

»Luc, Luc, hier … hier drüben … Seid ihr schon lange hier?«

Sein Blick suchte und fand: Delphine.

Das *Ach, du Scheiße* in seinem Kopf formte sich in den Sekundenbruchteilen, in denen seine Exfreundin um die Bar herumkam, im Schlepptau ihrer Hand einen Anzugträger. Und schon stand sie vor ihm, mit gerötetem Kopf, Anouk sah sie sehr interessiert an.

»Luc, wie schön, dich zu sehen. Lang ist es her.«

Na, so lang auch wieder nicht, dachte Luc. Ein halbes Jahr genau. Das Problem daran war nämlich, dass er Delphine nie so richtig erklärt hatte, dass sie ja nun seine Exfreundin war. Stattdessen hatte er ihre Geschichte einfach klammheimlich und leise auslaufen lassen – in den ersten Monaten Gefühlswirrwarr in der Aquitaine, mit Anouk und Cecilia … Herrjeh, er fühlte sich wirklich miserabel.

»Delphine, hey. Wie geht es dir?«

»Gut, sehr gut. Und Sie …«

Sie sah Anouk an, doch Luc schaffte es immerhin, ihr zuvorzukommen.

»Das ist Anouk Filipetti, meine Partnerin in Bordeaux – und meine Freundin.«

Es war ihm gelungen, das mit fester Stimme zu sagen, und er spürte, wie sich Anouk neben ihm entspannte. Und auch Delphine lächelte, ließ sich nichts anmerken. Luc war sehr froh, dass er von so starken Frauen umgeben war.

»Und das ist Delphine Ducasse. Wir waren zusammen, früher, hier in Paris.«

»Sehr erfreut«, sagte Anouk und tauschte mit Delphine die *bises*, die nun mal üblich waren, auch wenn das Aufeinandertreffen Komplikationen versprach.

»Und das hier ist mein Freund, Arnaud, er ist Börsenmakler draußen in La Défense«, sagte sie und wies auf den jungen Mann im Designeranzug, der wortlos neben ihnen stand. Anouk und Luc begrüßten auch ihn.

»Los, lasst uns doch was trinken«, schlug Delphine vor, so überschwänglich, wie Luc es in den Jahren ihrer On-Off-Beziehung nie erlebt hatte. »Erzählt, was macht ihr hier? Habt ihr einen spannenden Fall?«

Sie bestellte Getränke für alle, Anouk aber lehnte sich für einen kurzen Moment bei Luc an, drückte sich an seine Seite und flüsterte ihm zu:

»Zur Strafe musst du noch ein bisschen schmoren, bis du deine Antwort bekommst.«

Le mercredi 23 décembre –
Mittwoch, der 23. Dezember

STILLE NACHT

Kapitel 40

Sie waren erst um ein Uhr nachts in ihr Hotelbett gefallen. Der Abend war wider Erwarten sehr fröhlich und unkompliziert gewesen, und Delphine und Anouk hatten sich beinahe angefreundet – und Luc war am Ende sehr betrunken gewesen.

Sie hatten im Hotel wortlos und heftig miteinander geschlafen, waren dann sehr früh erwacht und zum Bahnhof gefahren. Die Zugfahrt war ebenso fast ohne Worte verlaufen, die Leichtigkeit des Abends war dahingewesen, die Schwere des Tages hatte sie wieder. Noch immer wussten sie nicht, wer François und Vincent umgebracht hatte.

Kurz vor der Einfahrt in den Gare St-Jean, Lucs Blick war auf die trübe Garonne gerichtet, die sie eben überquerten, sagte Anouk: »Was ist, wenn wir zu sehr in eine Richtung gedacht haben?«

»Was meinst du?«

»Wir waren sehr auf die Diebstähle fokussiert.«

»Worauf hätten wir denn sonst fokussiert sein sollen?«

»Ich habe keine Ahnung …«

»Was könnte es gewesen sein, wenn es nicht das war? Was

wäre sonst das Motiv? Irgendwas Privates? Ich glaube, ich werde noch verrückt …«

Die Bremsen quietschten, als der Zug auf Gleis 5 des Bahnhofs von Bordeaux zum Stehen kam.

»Ich hole mein Auto aus Arcachon«, sagte Luc nach dem Aussteigen und zeigte auf den Zug am selben Bahnsteig gegenüber, der die Hafenstadt ansteuerte. »Geh du zu Etxeberria und Hugo. Wir müssen nachher alles noch mal durchgehen.«

»So machen wir es«, antwortete Anouk, gab Luc einen raschen Kuss, und dann stiefelte sie hinunter in die Unterführung, die in die Bahnhofshalle führte.

Luc stieg gerade in den TER, den Regionalzug, als sein Telefon klingelte. Er erkannte die Nummer sofort.

»Hugo?«

»Ja, Commissaire, Sie werden es nicht glauben.«

»Was denn?«

»Dass eine internationale Anfrage auf Ermittlungskooperation so schnell funktioniert hat. Na ja, so richtig international war die Anfrage ja gar nicht.«

»Wovon reden Sie, Hugo?«

»Er war in der Tat im *Club Med*, der Vorarbeiter, aber Gott sei Dank in Frankreich, also im weitesten Sinne jedenfalls, auf Martinique. Die Gendarmerie hat ihn gleich gefunden. Er ist aus allen Wolken gefallen.«

»Wir haben ihn? Wurde er verhaftet?«

»Er hat seine Aussage zu Protokoll gegeben, und nun steht er unter Arrest im *Club Med*.«

»Schicken Sie mir bitte die Aussage?«

»Schon geschehen, Commissaire.«

»Danke, Hugo. Anouk ist auf dem Weg zu euch. Ich komme etwas später mit dem Wagen aus Arcachon nach. Und, Hugo? Danke. Vielen Dank.«

Er lud die Mail auf sein Handy, las jedes Wort.

Dann, bei einem Namen, stockte er, las ihn wieder und wieder. Kein Irrtum, kein Zweifel.

Aber warum? Luc ging alles noch mal durch, während draußen die kleinen Bahnhöfe der Dörfer vorbeiflogen und dann die ersten Ausläufer des Bassins in den Blick kamen. Jedes Wort, jeden Satz ging er durch, ließ sie in sich nachklingen, suchte sein Gedankenschloss nach Auffälligkeiten ab.

Was hatte sein Vater gesagt? François und Vincent waren »ein Herz und eine Seele«. Und Benoît? »Die beiden waren wie Pech und Schwefel.« Und dann Julie. Die hübsche Julie. Die ein Auge auf Vincent geworfen hatte – eine Liebe, die nie erwidert worden war. Wieso eigentlich nicht? Die Leute sagten diese Dinge nicht leichtfertig oder einfach so dahin – warum war er nicht früher darüber gestolpert? Verdammt. Das könnte der Schlüssel sein.

Er rief im Hôtel de Police an.

»Hugo, ist Anouk schon da?«

»Nein, Commissaire.«

»Sie soll sofort nachkommen, nach Gujan-Mestras, wir treffen uns dort. Sie soll sich gleich auf den Weg machen, ja?«

Luc hielt es nicht mehr auf dem Sitz aus, und als der Zug in Gujan-Mestras, drei Stationen vor Arcachon, hielt, sprang er als Erster hinaus, um anschließend im Laufschritt zum Port de Larros zu eilen. Der Himmel hatte sich gerade wieder geöffnet und entließ dicke weiße Flocken in den kalten Vormittag.

Kapitel 41

Etliche Boote warteten auf ihre Einfahrt in den Hafen. Die Ebbe war fast vorbei, und die Austernzüchter kamen in den Port de Larros zurück, um ihre Säcke anzulanden und sich an den Verkauf zu machen. Bald würden die Kundinnen und Kunden des Nachmittags kommen, viele Hütten waren schon festlich geschmückt, weil abends in allen Cabanes, die Verkostungen anboten, auch Weihnachtsfeiern stattfanden.

Doch dieses eine Boot sah Luc nicht. Nicht an seinem Quai, nicht dort draußen vor der Hafeneinfahrt. Er war so gepolt auf den Namen, er hätte es sicher sofort entdeckt.

Also drehte er um und ging auf die kleine Cabane zu, die er vor einigen Tagen schon einmal besucht hatte. Er klopfte, und als niemand reagierte, klopfte er lauter, aber nichts geschah.

Luc ging hinüber zu der Hütte, in der die Familie ihre Produktion hatte, öffnete leise die Tür und spähte hinein.

Madame Pujol stand am UV-Becken und hob eine Kiste heraus, leichthändig, als würde sie gar nichts wiegen, stellte sie neben das Becken und nahm dann eine andere und hob sie hinein, drehte den Schalter, und das Licht im Becken ging an, das Wasser begann zu flirren.

Luc trat ein und räusperte sich geräuschvoll. Sofort sah sie sich um. Aus der Austernkiste neben ihr tropfte das Wasser, sodass sie in einer Lache stand. Ihr Kopftuch fehlte an diesem Tag, zum ersten Mal sah Luc sie mit kahlem Kopf, nur ein paar Haarinseln waren zu sehen, doch die Haare wuchsen nach, waren schon ein, zwei Millimeter lang.

Sie lächelte ihn an, ein wenig bemüht, und doch war es ein schönes, ein offenes Lächeln, und ihm fiel auf, dass er sie noch nie hatte lächeln sehen.

»Monsieur le Commissaire, wie geht es Ihnen? Haben Sie Nachrichten für uns? Haben Sie den Mann? Ich habe gehört, Sie haben ihn? Benoît Labadie hat es erzählt. Und haben Sie es schon gehört?« Es sprudelte förmlich aus ihr heraus. »Nun ist Vincent tot. Aber ich werde leben. Es ist alles so unglaublich. Mein armer Junge. Und ich alte Frau – der Krebs, er hatte mich schon in die Knie gezwungen, so schien es, aber nun ist er weg, keine Zellen mehr nachweisbar. Es ist so … Fred und ich, wir haben gestern den ganzen Abend zusammen geweint, aus Trauer und vor Glück, ich weiß gar nicht … mein Fred, mein sturer Fred.«

»Madame Pujol, wo ist Ihr Mann?«

Sie schluckte, fühlte sich augenscheinlich gebremst in ihrem Rededrang, dann zeigte sie nach draußen.

»Er ist noch am frühen Morgen raus … Er wollte Austern holen und ist bestimmt gleich wieder hier.« Sie sah auf die Uhr an der Wand. »Noch reicht das Wasser nicht im Hafen, aber gleich …«

»Kommen Sie«, sagte Luc und zog sie halb mit hinaus.

Vor der Hütte gingen sie ein Stück den Quai entlang, sahen zu den Schiffen, die aufgereiht wie Perlen auf einer Schnur vor der Hafeneinfahrt warteten. Eben startete der erste Austernzüchter den Motor und fuhr los in Richtung seines Anlegers.

»Sehen Sie ihn?«, fragte Luc laut, die Frau immer noch am Arm, »sehen Sie sein Boot?«

Madame Pujol kniff die Augen zusammen.

»Nein, ich … keine Ahnung, vielleicht hat er noch etwas zu tun draußen? Aber er ist … er wird gleich hier sein …«

»Die Flut, Madame Pujol, die Flut, was soll er denn jetzt da draußen machen?«

»Keine Ahnung, er kommt bestimmt gleich …«

Luc begriff, was es zu begreifen gab, sagte: »Bleiben Sie hier, rufen Sie Lieutenante Giroudin an, sie soll sofort aufs Boot und ablegen. Und schicken Sie mir meine Kollegin nach auf das Bassin, sobald sie hier ist, ja?«

Er wartete keine Antwort ab, sondern rannte los, ans Ende des Quais, dort, wo der erste Züchter eben sein Boot anlegte.

»Hey, Sie«, rief Luc und wartete die paar Sekunden, bis der Mann die Leinen festmachen wollte, »lassen Sie den Motor an, ich bin Commissaire Luc Verlain von der Police Nationale, Ihr Boot ist konfisziert. Ich komme an Bord.«

Luc nahm Anlauf und sprang den guten Meter durch die Luft an Deck, kam auf den Füßen auf und federte leicht ab, dann ging er zu dem Mann ans Steuerrad.

»Keine Sorge, ich bin Alain Verlains Sohn, ich kann das Boot steuern. Gehen Sie an Land, ich bringe es Ihnen in einer Stunde zurück.«

Der Mann fragte nicht, der Name von Lucs Vater wirkte immer noch, er stieg an Land, Luc aber legte sofort ab, wendete und drückte den Gashebel durch, das metallene Boot hob seinen Bug aus dem Wasser und machte einen Satz, es war deutlich besser motorisiert als das Austernboot, das Alain neulich ausgeliehen hatte. Luc stand an Deck und sah nach vorne, steuerte an den wartenden Züchtern vorbei, hinaus auf das Bassin, fuhr nach Backbord steil hinaus in Richtung Arcachon.

Er griff nach dem Fernglas, das neben dem Steuerrad lag, und betrachtete den Horizont. Noch war nichts zu sehen.

Er hatte keine Zeit zu verlieren, das Wasser stand bereits sehr hoch, die kleinen Sandbänke waren nicht mehr zu sehen.

»*Merde*«, sagte Luc leise, und dann schrie er, laut und gegen den Wind, gegen die Schneewolken: »*Merde, merde, allez, allez, allez …*«

Hoffentlich war er nicht zu spät.

Kapitel 42

Wasser. Überall Wasser. Und Luc, der ganz allein war, auf diesem Boot, mitten im Bassin. Er war kurz vor dem Austernpark von Mimbeau, schwenkte das Fernglas hin und her, fand in der Weite aber keinen Anhaltspunkt. Doch dann, dort vorne, ein Schatten, das Boot. *Dorine*. Der Name, der in der Vernehmung des Vorarbeiters auf Martinique gefallen war. Er hatte ein Boot gesehen. In jener Nacht. Auf der Rückfahrt in den Hafen war ihm und Karim die *Dorine* aufgefallen, wie sie im Dunkeln Richtung Park unterwegs war, die Signalleuchten ausgeschaltet.

Luc verlangsamte die Fahrt und zog sich längsseits an das Austernboot. Als er niemanden sah, rief er: »Fred, Fred …«

Schließlich wurde ihm klar, dass das Boot verlassen war, der Anker war hochgezogen, es trieb ab, getragen von der Flut. Er drückte den Gashebel wieder durch, griff erneut das Fernglas. Noch einmal, Zentimeter für Zentimeter, ermahnte er sich. Der Schweiß lief seine Stirn hinab, trotz der Kälte, trotz des eben einsetzenden Schneefalls, der im Fernglas aussah wie ein weißes Rauschen – was die Suche noch zusätzlich erschwerte.

Dort vorne der Park, die Pfähle im Wasser, er suchte sie ab, einen nach dem anderen, doch da war nichts, nun waren sie schon fast gänzlich im Wasser verschwunden, die Flut war schon höher als vor drei Tagen bei Vincent und François, doch dort, am dritten Pfahl von links, dort, war das ein Kopf?

Luc drehte das Steuerrad ein wenig, holte noch mal das Letzte aus dem Kahn heraus, es dauerte nur dreißig Sekunden, bis er da war, geistesgegenwärtig stoppte er die Maschine, warf den Anker aus und: Ja, er war es, der Mann, der sich an dem Pfahl festklammerte, Luc sah nur den Kopf von hinten, er konnte ihn mit dem Boot nicht erreichen.

Er überlegte nicht lange, zog seine schwere Jacke aus, den Pullover, die Jeans. Er hatte nicht viel Zeit, das stand fest, nicht in dieser Kälte. Er ging an die Reling und sprang mit einem Kopfsprung hinein, erst tauchten die Hände ein, dann der Kopf, dann der Körper. Gleich raubte es Luc den Atem, weil die Kälte nach ihm griff, ihm die Lunge zuschnürte. Er tauchte wieder auf und orientierte sich im inzwischen dicht fallenden Schnee, und dann sah er ihn und schwamm, kraulte, paddelte, bis die Muskeln zerrten und zogen. Nur noch fünf Meter, nur noch drei, nur noch einer, und schließlich konnte er nach ihm greifen, spürte die Schwere des Mannes, der sich an dem Pfahl festhielt, ihn regelrecht umklammerte, und er sah den Atem, die kalten weißen Wolken vor seinem Gesicht, er lebte. Als Luc nach ihm griff, schrie der andere: »Lass mich, lass mich, nein, lass mich los«, und wehrte sich, schlug um sich, doch die Kraft hatte ihn schon verlassen, und Luc entschärfte ihn, indem er seine Arme griff, ihn an sich heranzog, dann legte er sich auf den Rücken und zog ihn mit sich.

Keine Frage: Fred Pujol hatte sich in voller Montur hier an den Pfahl gestellt, er trug seine dicke Fischerjacke und die Wathose und die schweren Stiefel. Er wollte schwer sein, wenn die Flut kam, er wollte hier draußen bleiben, für immer.

Luc spürte, wie auch ihn die Kraft verließ, doch das Boot

kam näher, und seine Bewegungen würden noch reichen, hoffentlich, und endlich, nach drei oder vier Minuten, der Körper des Mannes war so schwer, schlug Luc mit der Hand am Boot an. Er wuchtete den nun bewegungslosen Körper an Bord, kletterte mit allerletzter Kraft hinterher und blieb dann erst mal liegen, Schwärze vor Augen, der Körper ganz starr vor Kälte, und er sah seine blauen Hände und wusste, dass er nun aufstehen musste, in ein Handtuch, in trockene Sachen, in die Wärme, aber er brauchte wohl eine Minute, bis er sich aufraffen konnte. Er zog sich nackt aus und warf sich ein Handtuch über, und dann zog er auch Fred die nassen Sachen aus, Fred, der reglos dalag, die Augen geschlossen. Luc warf ihm ein Handtuch über und rubbelte und heizte ihn auf, und als da endlich wieder Rot war auf der Haut und die Augen blinzelten, wickelte er ihn in dicke Decken und zog ihn auf die Beine und schob ihn in die kleine Kabine mit dem Heizlüfter, wo Fred auf die Bank sank und Luc neben ihn. Und dann war Stille.

Kapitel 43

»Ich habe es nicht gestehen können. Nicht, als ich bei Ihnen war.«

»Ich glaube, dass ich verstehe, warum. Aber ich will es von Ihnen hören.«

»Ich wollte sie in den Tod begleiten. Meine Frau. Ich wollte das Urteil des Arztes hören. Ich war mir sicher, dass er ihr Todesurteil sprechen würde. Und dann hätte ich sie mit mir genommen. In meiner endlosen Trauer hätte ich sie von ihrem Leiden erlöst. Und meine Schuld getilgt.«

»Aber nun …«

»Nun, wo ich weiß, dass sie leben wird, konnte ich die Schuld nicht mehr ertragen. Sie sollte ein gutes, langes Leben haben, während ich …«

»Während Sie Ihre Schuld hier draußen auf dem Bassin tilgen wollten.«

Fred Pujol nickte. Sie saßen in der Kabine, immer noch nur in Decken gewickelt. Der Lüfter hatte die Kabine aufgeheizt, dazu hatte Luc ihnen beiden Cognac eingeschenkt, der in einer Flasche in dem Fach unterm Steuerrad gelegen hatte. Noch immer fiel der Schnee so stark, dass kein Schiff hierherfinden würde, das Weiß ein dichter Nebel. Hier drinnen hatten sie es warm und trocken.

»Erzählen Sie mir, warum das passiert ist. Herrgott, Fred, warum haben Sie das getan? Warum?«

»Sie haben …«

Er stockte, unfähig, weiterzureden.

»Was haben sie?«, drängte Luc.

»Sie sind …«

»Fred …«

»Getrieben haben sie es!«, schrie Fred und spie die Worte regelrecht aus.

Und obwohl er etwas Derartiges inzwischen befürchtet hatte, war Luc, als höre er nicht richtig, und obwohl er es kaum glauben konnte, begann sich in seinem Kopf bereits alles zusammenzufügen.

»Getrieben haben sie es, mein Vincent und der François, der Teufel. Ich bin an Bord, weil ich nichts gehört habe und nichts gesehen, es war ganz still, und dann habe ich die beschlagene Scheibe gesehen, von der Kabine, und bin näher rangegangen und dann …«

Seine Stimme brach, sein Blick wurde glasig.

»Von vorne, Fred, erzählen Sie alles von vorne. Was haben Sie da draußen gemacht in dieser Nacht? Hatten Sie einen Verdacht?«

»Nein, gar nicht, keinen Verdacht, was glauben Sie, Verlain, dann hätte ich mir gleich den Strick genommen. Nein, ich war mürbe, ich war so weit. Mein Leben lang bin ich gesetzestreu gewesen, hab die besten Austern des Bassins gemacht und die anderen tricksen und klauen lassen – hab Chevalier, den Idioten, über uns alle herrschen lassen. Ohne zu murren, ohne zu revoltieren. Und, was hat es mir gebracht? Ich bin pleite, Commissaire. Hoffnungslos pleite, nichts zu vererben, absolut gar nichts, außer ein morsches Boot, das hat es gebracht. Mein Vater hat hier sein Leben lang geackert, um sich diese Zucht aufzubauen, von einer Qualität, von der der Rest der Welt nur träumen kann, und ich hab das fortgeführt, mit hehren Grundsätzen, immer, aber jetzt haben die mich in die Sackgasse gebracht. Mir hat's gereicht. Ich wollte raus, in dieser Nacht, wollte Austern stehlen, wollte es machen wie alle anderen, mich vom Leben nicht mehr für dumm verkaufen lassen. Ich wusste, dass mich niemand verdächtigen würde – der brave Pujol, der alte Dummkopf, so reden die Leute, die trauen mir nichts zu, außer vielleicht Ehrlichkeit.« Seine Stimme war hoch geworden, zynisch. »Ich wusste, dass die Jungs auch draußen sind, ich war stolz auf sie, sie wollten mir helfen. Ich wollte ganz nach draußen, zur Banc d'Arguin, und ich bin ohne Lichter gefahren, um nicht aufzufallen. Doch als ich ihr unbeleuchtetes Boot da gesehen habe, vor Mimbeau, hab ich kurz einen Schreck gekriegt und habe mich dorthin treiben lassen, ohne Motor. Ha«, er lachte bitter, »dabei hätten sie mich eh nicht gehört, so, wie die es getrieben haben. Wie die Tiere. Die Tiere.«

Luc trank einen Schluck Cognac, der bittere Geschmack betäubte die Schmerzen in seinem Kopf, und, ja, ein wenig auch sein trotz allem unendliches Mitleid mit diesem verlorenen Mann.

»Ich habe angelegt und bin hoch. Und dann, ja, da war dieses Bild, das ich nicht vergessen werde. Die Jungs, nackt. Ich kann es nicht vergessen …«

»Was ist dann passiert, Fred?«

»Ich war wütend, so wütend. Ich mühe mich ab, wissen Sie, versuche, alles zu retten. Und denke, er will das auch, Vincent. Ich hatte ja schon lange leise Zweifel, weil er ständig sagte, dass er vielleicht den Betrieb doch nicht übernehmen will. In seinem Zimmer habe ich Unibroschüren aus Paris gefunden.

Francois, ja, der kann in Paris studieren, aber Vincent? Wissen Sie, Verlain, Vincent war so ein hübscher Junge, sein ganzes Leben lang. Julie, Sie wissen schon, die kleine Labadie, die ist doch wirklich hübsch, aber der Vincent hat sie mit dem Arsch nicht angeguckt, obwohl sie immer um ihn herumscharwenzelt ist. Mann, da hätte ich es mir schon denken können. Aber mit François, mit dem hing er ständig zusammen. Und ich Trottel dachte, sie wären einfach enge Freunde. Die über Mädchen reden … Stattdessen …

»Fred, was ist dann passiert?«, fragte Luc mit belegter Stimme. »Sagen Sie es mir jetzt, es ist besser für Sie, als wenn wir das Ganze vor zig Beamten durchgehen müssen.«

»Ich bin an Deck rumgelaufen, nur kurz, dann war ich so wütend, dass ich an die Scheibe geklopft habe. Da standen sie, François hinter meinem Vincent. Und dann, in dem Moment, der Blick, dieser Blick. Dieser Schreck in Vincents Augen, den werde ich nicht vergessen. Er hat mich angestarrt, als wäre ich der Tod. O Gott, das war ich dann ja auch, o Gott. Und dann hat er laut gesagt: ›Papa‹, und zu François: ›Bleib hier‹ und dann ist er raus und ich hab mich auf ihn gestürzt und er hat gesagt: ›Was machst du hier?‹, aber da hab ich schon mit meinen Fäusten auf ihn eingedroschen, wenn auch nicht mit viel Kraft. Und François wollte rauskommen, aber Vincent hat gerufen: ›Bleib drin‹, und dann hab ich ihn umklammert und geweint und er hat gesagt: ›Papa, alles gut, es ist doch nicht schlimm, ich liebe ihn, Papa, ich liebe François.‹ Und da habe ihn gestoßen und er ist rücklings gefallen, und mit dem Kopf erst an die Reling gestoßen und dann an einen der Pfähle geprallt und dann lag er da auf dem nassen Sand und ich stand auf dem Boot und hab nur noch geschrien, weil ich das Blut gesehen habe und die offenen Augen. Und dann kam schon François von hinten und er hat auch geschrien und ist an mir vorbei und von Deck geklettert und hat sich runtergebeugt, der Teufel, dieser Teufel hat sich zu meinem Sohn gebeugt und ihn geschüttelt und geweint und dann hat er ihn geküsst. Vor meinen Augen.«

Fred musste eine Pause machen, er atmete tief ein und schloss die Augen, dann sprach er weiter: »Da lag dieses Ruder. Mit dem wir paddeln, wenn der Motor aus ist. Ich habe es genommen und von oben zugeschlagen, er ist sofort zusammengesackt … dann bin ich runter vom Boot, habe nach dem Puls gesucht, aber da war nichts mehr.«

Jeder Muskel seines alten Körpers war gespannt, als durchlebe er diese Szene noch einmal. Luc ließ ihm Zeit, bis er fragte: »Warum haben Sie die Jungs an die Pfähle gebunden? Es sah aus wie ein Tribunal.«

»Fragen Sie Ihren Vater, Verlain. Wir Austernzüchter, wir sind am Meer und wir bleiben am Meer.«

Luc nickte.

»Sie haben Vincents Hände nur ganz leicht gefesselt.«

Pujol starrte in die Ferne.

»Ich hab ihn geschüttelt, hab Dinge gesagt wie: ›Was macht ihr hier verflucht, helfen solltet ihr mir, helfen!‹ Ich hatte das Tau auf meinem Boot, Sie haben es gefunden. Ich wollte meinen Vincent dort befestigen, bis die Flut ihn holen kommt, ihn wegträgt, in sein nasses Grab. Ich wollte, dass mein Junge auf dem Meer bleibt. Mein Junge. Es war ein Unfall, Commissaire. Ein Unfall. Aber ich bin nicht so ein Mann, ich werde mich nicht darauf berufen. Ich will nur, dass Sie wissen, dass ich meinen Jungen nicht getötet habe, nein …«

Er schwieg, aber nur kurz, während das Boot friedlich auf dem Bassin schaukelte, der Schnee ließ etwas nach.

»Sie hatten keine Beweise, aber Sie hatten immerhin einen Verdacht gegen mich, vor ein paar Tagen, Sie hatten das Tau, ich hatte kein Alibi. Ich wollte gestehen, wirklich. Aber ich konnte nicht, ich konnte nicht, wegen Dorine. Auch wenn es mich zerrissen hat. Mein Junge, Vincent.«

Luc stand langsam auf.

»Ich verhafte Sie, Fred Pujol, wegen Totschlags an Vincent und wegen Mordes an François. Es wird Zeit, Fred. Es wird Zeit.«

Dann ließ er den Motor des Bootes an und sah sich bis zum Hafen von Arcachon nur gelegentlich zu dem Mann um, der zusammengekauert hinter ihm auf der Bank saß.

Le jeudi 24 décembre –
Donnerstag, der 24. Dezember

JOYEUX NOËL

Kapitel 44

Lucs Fußabdrücke waren die einzigen, die über die Düne führten und dann einmal quer über den tief verschneiten Strand. Tiefe Fußabdrücke in noch tieferem Schnee. Die ersten Zeugen menschlicher Anwesenheit an diesem frühen Morgen. Er hatte es aufgegeben, auf mehr Schlaf zu hoffen, seit vier Uhr hatte er wachgelegen. Eine weitere Stunde Wachliegen und zwei Kaffee später hatte er sich entschieden. Hatte kalt geduscht und sich in den dicksten seiner Neoprenanzüge gezwängt.

Nun stand er am Ufer des Atlantiks, es war beinahe gänzlich windstill, den ganzen Abend und die halbe Nacht hatte es durchgeschneit, nun aber war keine Wolke mehr am Himmel – das machte es natürlich noch kälter.

Luc zog sich die dicken schwarzen Neoprenschuhe an, dann verhüllte er sich das Gesicht mit einer Haube, bevor er die Handschuhe überstreifte.

Die ersten Schritte ins Wasser, bei denen Luc den Erfindern dieser Anzüge ein Stoßgebet schickte. Wie eisig das Wasser des Atlantiks an diesem Morgen war, spürte er erst, als er sich mit seinem Brett ins Meer warf und die kalte Gischt seine Augen erreichte, die kein Neopren schützte.

Er schwang sich auf sein Brett und paddelte durch das glasklare Wasser, die Wellen waren hier vorne nur sehr klein, doch weiter hinten liefen wunderbar grüne von beachtlicher Größe. Ein paar Minuten Paddeln durch den Ozean, dann saß er im Line-up, gerade als die tief stehende Morgensonne sich über die Düne von Carcans Plage schob.

Er durfte nicht zu lange hier draußen bleiben, mahnte er sich, die Wärme im Anzug täuschte, der Körper kühlte doch schnell aus. Dennoch setzte er sich für einen Moment auf sein Shortboard, ließ die Beine im Wasser baumeln.

Es war sonnenklar: Er hatte nicht schlafen können, weil die Tragik der letzten Tage ihn nicht losließ. Die Unsinnigkeit des Todes. Der tiefe Schreck des Monsieur Pujol, der zu einem folgenschweren Schubser geführt hatte – Luc hatte keinen Zweifel an der Aussage des Alten, wonach der Tod seines eigenen Sohnes wirklich ein Unfall gewesen war. Dann aber die Wut, die Wut auf sich selbst – und auf den anderen, der seinen Sohn seiner Meinung nach verführt hatte, und diese Einsicht hatte dann zum Mord an François Labadie geführt. Welch Tragödie – innerhalb zweier befreundeter Familien. Nur weil das Weltbild des alten Pujol eine solche Lebensweise nicht vorsah. Wie könnten sie jetzt glücklich miteinander sein, Vincent und François, könnten glücklich ins erste gemeinsame Weihnachtsfest starten. Stattdessen lagen sie in ihrem kalten Grab. Und Monsieur Pujol würde sein Lebtag nicht mehr aus dem Gefängnis kommen. Wie seine Frau damit umging, vermochte Luc sich nicht vorzustellen.

Luc schloss die Augen, die Kälte begann seine Füße zu erreichen, er genoss den leichten Schmerz.

Da war noch etwas anderes: Anouk. Sie zu sehen, am Fuße der Treppe, in dieser Verletzlichkeit. Und in diesem Moment zu spüren, wie groß seine Liebe für sie war. Doch sie? Würde gehen. Ihn hier zurücklassen. Er spürte es ganz deutlich. Was sollte sie auch anderes tun? Die Chance war einfach zu groß.

Er würde sie nachher sehen, dann würde er es hören – von ihr. Die Worte, die ihn wahrscheinlich bis ins Mark trafen.

Er wischte diese Gedanken weg, weil er spürte, wie seine Lippen blau wurden, wie er zitterte. Sein Blick fiel auf den Horizont, auf die zwei oder drei kleinen Wellenberge, die er identifizieren konnte. Es schien, als rauschten sie flacher als im Sommer, vielleicht hielt die Kälte sie am Boden, doch als sie näher kamen, sah er doch, dass sich daraus was machen ließe und er drehte das Brett, legte sich drauf und paddelte drei, vier starke Züge, sprang auf, als er merkte, wie sie ihn anhob, und dann spürte er ihr Drängen, doch ihm gelang es aufzustehen, sie nach rechts hinabzugleiten und dann: freie Fahrt, rasende Fahrt, rettende Fahrt.

Nach Jubeln war ihm nicht, so waren es nur atemlose, beinahe wütende Sekunden, der Versuch, die letzten Tage abzuschütteln – und dann, fast am Strand, der Absprung, das Untertauchen, wie ein stiller Triumph.

Als er eine halbe Stunde später, dick eingemummelt in ein Handtuch, Surfboard und Neo unterm Arm, auf seine Cabane zulief, sah er Rauch aus dem Schornstein steigen.

Drinnen war Licht. Verwundert trat Luc ein. Der Gasherd war eingeschaltet, und sein lächelnder Vater goss eben verquirltes Ei auf den krossen Speck, der im Öl brutzelte.

»*Omelette aux lardons*«, sagte Alain, »das ist doch wohl genau das Richtige nach einem Surf am Morgen, oder? Ich wollte nicht im Heim frühstücken – und dachte, dir würde nach den Ereignissen ein wenig Gesellschaft ganz gut tun. Komm, mein Junge, Kaffee steht schon auf dem Tisch. Setz dich, und dann frühstücken wir, einverstanden?«

Luc konnte vor Rührung nichts sagen, er gab seinem Vater

einen stummen Kuss auf die Stirn, nahm Platz und sah Alain beim Brutzeln zu, ganz so, als wäre er noch der Junge von sieben Jahren.

Kapitel 45

Bordeaux versank im Weihnachtsglanz. Auf der Rue Sainte-Catherine, der Haupteinkaufsstraße, glänzte und funkelte es in allen Fenstern. Die Straße war überaus festlich geschmückt, einmal quer über die Straße verliefen die Lichterketten und Sterne, die um die Wette leuchteten.

In der kleinen Boutique *Baillardran* hatten sie die süßeste Spezialität Bordeaux', die *cannelés*, festlich im Schaufenster drapiert. Die kleinen Karamellküchlein mit ihrem fast flüssigen Kern warteten auf ihre hungrigen Käufer.

Eigentlich war Luc immer ein Grinch gewesen. Weihnachten war nichts für ihn. Früher, als Kind, waren die Wochen vor dem Fest immer die stressigsten im ganzen Jahr gewesen. Es war die Hauptverkaufszeit für die Austern, die Lucs Vater nun quasi rund um die Uhr ernten und liefern musste. Noch in tiefster Nacht stand er auf und fuhr auf dem kleinen Austernboot hinaus auf das Bassin, und erst spätabends kam er wieder, nachdem alle Meeresfrüchte verkauft und verladen worden waren – auf großen Lkws Richtung Paris und *Marché de Rungis*, wo sie weitergeschickt wurden in die Feinschmeckerläden landauf, landab. Schließlich waren Austern das Weihnachtsessen schlechthin in Frankreich – und waren es bis heute, begleitet von vielen Tausend Litern Taittinger-Champagner.

Und auch später dann, in Paris, hatte ihn die festliche Euphorie nie richtig anstecken können. Zwar glitzerten die Champs-Élysées immer verlässlich festlich, doch der Zauber von Weihnachten blieb hinter dem Lärm und der Hektik der Großstadt zurück.

Doch nun, in diesem Jahr, spürte Luc zum ersten Mal so etwas wie Vorfreude. Er flanierte über die alten Pflasterstraßen und merkte, wie sich innere Ruhe in ihm breitmachte. Der Duft von Gebäck erfüllte die Luft, der Himmel war dunkel und klar, es war kalt in der Aquitaine. Er freute sich auf einen *Vin Chaud*, später auf dem kleinen Weihnachtsmarkt auf dem Place des Quinconces.

Und Luc wusste, warum es diese Veränderung in ihm gab. Denn er hielt Anouks Hand. Ganz warm, ganz leicht. Sie lief neben ihm, und in ihren schönen Augen spiegelte sich die festliche Beleuchtung der Schaufenster. Immer wieder sah sie ihn von der Seite an und lächelte.

Mann, war er verliebt. Und verliebt zu sein, so kurz vor Weihnachten, das war doch was.

»Es ist schier unglaublich«, sagte Luc. »Morgen ist schon Heiligabend.«

Dabei dachte er an die Pünktlichkeit, mit der sie den Fall vor den Feiertagen gelöst hatten. Und an die Familien in Arcachon, die sie in ihrer eigenen Tragik und Trauer hatten zurücklassen müssen.

»Luc?«

Er hörte, dass ihr Tonfall anders war. Etwas war im Busche. Er hatte es den ganzen Tag gespürt. Wie sie so ernst neben ihm gelaufen war. Beinahe feierlich. Ihn manchmal von der Seite angesehen hatte.

»Hm?«

Es war seine Aufregung, die ihn wortkarg werden ließ.

»Ich muss dir etwas sagen.«

Er dachte an die Akte auf dem Schreibtisch. Den Versetzungsantrag. Jetzt wäre es so weit.

»Du wirst weggehen«, sagte er tonlos. Er traute sich nicht, sie anzusehen.

»Nein. Ich habe entschieden, hierzubleiben. Letzte Woche. In Paris. Als ich dort zur Probe war, habe ich gemerkt, dass ich gerade nicht ohne dich arbeiten kann. Nicht ohne dich … Ach, egal. Ich kann nicht gehen. Punkt.«

Sie lächelte zaghaft, als könne sie ihre Entscheidung selbst kaum glauben.

»Das ist …«, begann er, wohl wissend, dass er seine Freude kaum würde ausdrücken können. Nicht hier, nicht auf einer vollen Einkaufsstraße. Nachher. Im Bett vielleicht.

»Ich bin noch nicht fertig. Ich muss dir etwas sagen. Als ich die Treppe hinuntergekracht bin, und vorher noch der Boxkampf, weißt du? Die haben mich jedenfalls sehr genau untersucht, im Krankenhaus, ich war grün und blau überall. Die Ärztin war ganz erschrocken. Und dann hat sie etwas festgestellt …«

Er spürte, wie ihm Schauer über die Arme, den Rücken, den Nacken liefen. Er war bis auf den kleinsten Muskel gespannt, bereit, jeden Feind zu besiegen, wenn nur …

»Sie hat festgestellt – auch wenn es noch sehr klein ist«, sagte sie leise, verschwörerisch, »dass wir bald zu dritt sind.«

Er blickte sie von der Seite an. Konnte es nicht glauben. Hätte ihre Worte gern zurückgespult. Dann aber sah er ihr Lächeln, ihr breites Lächeln, das reine Freude war. Da brauchte er keine Wiederholung mehr, keine weiteren Worte.

Sie umarmten einander inmitten der Massen, die um sie herliefen. Küssten sich. Sie lachten, strahlten einander an, hier, im Vorweihnachtstrubel auf der Rue Sainte-Catherine, beseelt. Es war so ansteckend, dass sich die Menschen nach ihnen umdrehten. Einfach, weil sie sich mitfreuen wollten.

EPILOG

6. Mai

Er schmiss den Joint in hohem Bogen vom Balkon und sah ihm nach, bis er unten auf dem Boden in tausend Funken zerschellte. Er nahm die Treppe, zum fünften Mal an diesem Tag. Der beschissene Lift ging nie, zumindest nie, wenn Karim davorstand.

Gleich würde er die Jungs von Slimane treffen, drüben vor dem Jugendclub. Da würde er die Ware kriegen und sie dann in Aulnay verteilen. In einer Cité, die noch runtergekommener war als seine eigene.

Er hatte sein Auto weiter hinten geparkt, im Schatten eines alten Lagerhauses, damit die Kids nicht auf die Idee kamen, ausgerechnet seines anzuzünden. Früher hätten sie sich das nie getraut. Aber nun war er ein geschlagener Kerl.

Er ging schnellen Schrittes ins Dunkel, denn die drei Straßenlaternen vor den Wohnhäusern reichten nicht bis hierher. Sein Atem bildete Wolken in der frischen Nachtluft. Er kramte in seiner Tasche nach dem Schlüssel, suchte tiefer, schob das Feuerzeug beiseite, dann fand er ihn und bremste an der Fahrzeugtür.

Den Schatten sah er nicht kommen. Er spürte nur den Schlag,

das Schwarz senkte sich über ihn, und dann gaben seine Beine nach.

Das Letzte, was er sah, war das beschissene Hochhaus, in dem er aufgewachsen war.

Die Stimme aber hörte er schon nicht mehr, die leise sagte: »Das ist für Anouk.«

27. Mai

Sein Leben war perfekt. In genau diesem Moment.

Sie war gerade aufgestanden und aus dem Schlafzimmer gegangen. Sie trug nur ihren Slip, schlicht, weiß. Ihre unglaublichen Beine, schlank und muskulös. Obenrum war sie nackt, ihre Schultern hatten sich bewegt bei jedem Schritt, er hatte ihren Rücken gesehen und die kleine Kuhle oben an ihrem Hals, die er so gerne küsste, wenn sie vor ihm lag. An der Tür hatte sie sich umgedreht, um ihm zuzulächeln, und er hatte ihren schon runden Bauch betrachtet, die Wölbung, die die nächsten Monate immer größer werden würde. Noch knappe vier Monate lang. Sie war nie schöner gewesen als heute Morgen.

»Espresso?«, rief sie aus der Küche. »Oder nur Wasser und dann gehen wir gleich runter, ins Café?«

»Lass uns runtergehen«, rief er zurück.

Durch das Schlafzimmerfenster, das Anouk geöffnet hatte, zog die noch kühle Frühlingsluft in das aufgeheizte Zimmer, und trotzdem spürte Luc schon, dass der Winter nun wirklich vorbei war. Die Sonne zeigte sich hinter dem Sprossenfenster. Von draußen war das geschäftige Samstagvormittagstreiben auf der Place Canteloup zu hören.

Sie waren lange aus gewesen, hatten Freunde von Anouk getroffen, die mittlerweile auch seine Freunde geworden waren. Ein junges Paar, sie war Malerin, er Weinhändler, sie wohnten nicht weit von hier hinter der Kathedrale.

Etliche Stunden hatten sie im *Blisss* zusammengesessen, draußen in Mérignac, einem ganz angesagten Restaurant mit Molekularküche, die Luc immer ein wenig zuwider war. Aber gut, sie waren eingeladen worden, und es war wirklich gut gewesen. Dann, nach einem kleinen Abendspaziergang, hatten sich die beiden Freunde verabschiedet. Anouk und Luc aber waren weitergezogen, wie sie es gerne taten. Einfach wild drauflos durch die Stadt, über die dunklen Straßen mit den altertümlichen roten Laternen, über das Pflaster der kleinen Gassen und großen Plätze. Früher waren sie oft eingekehrt, hier auf ein kleines Glas Rotwein, dort auf einen *Coupe de Champagne*, um schließlich in ihrer Stammbar zu versacken, in der *Bar à Vin*, ganz in der Nähe des Quinconces. Doch jetzt liefen sie einfach durch die alte Stadt, sahen den Leuten in den Bars zu, Luc streichelte Anouks Bauch, wann immer sie stehen blieben, und sie malten sich ihr Leben zu dritt aus.

Am Ende des Spaziergangs waren sie doch noch in ihre alte Stammbar gegangen. Anouk hatte einen Tee getrunken und Luc ein kleines Glas *Château Talbot* und ein Eau de Vie. Dann waren sie beide in ein Taxi gesprungen, für einen Fußmarsch hatten sie keine Ruhe mehr, sie waren zu erregt, zu angestachelt, und dann hatten sie sich zu Hause noch in der Küche geliebt, atemlos, hektisch, schnell, um dann im Schlafzimmer weiterzumachen, ruhiger, sinnlicher, tiefer, um dann in einer einzigen Umarmung in einen Dämmerschlaf zu sinken.

Heute stand nichts an. Sie wollten nachher gut mittagessen, und dann in den Park. Luc hatte eine Ausgabe von *Le Point* gekauft, und Anouk freute sich auf die *Marie-Claire* und eine Reisezeitschrift, sie wollte den Sommerurlaub planen, bevor sie erst einmal eine Weile nicht reisen würden.

»Los, raus aus dem Bett jetzt, Schlafmütze«, rief Anouk durch die offene Tür und riss Luc aus seinen Tagträumen. Gut so.

Unter der Dusche ließ Luc die letzten Monate Revue passieren: nach den schrecklichen Ermittlungen im Austernmord war es vergleichsweise ruhig geworden. Im Januar hatten sie in einer Reihe von Taschendiebstählen in Arcachon ermittelt und – weil gar nichts los war – dem Drogendezernat in einem Vorort von Bordeaux geholfen.

Und zwischen Anouk und Luc? War es wunderbar verlaufen. Harmonie, gute Gespräche, toller Sex. Und es hatte sich der Alltag eingestellt. Ein wunderschöner Alltag. Die Form von Alltag, die sie beide hatte durchatmen lassen. Den anderen wirklich kennenlernen. Alltag, in dem es Luc bei anderen Frauen immer langweilig geworden war. Bei Anouk war von Langeweile keine Spur. Er war sich sicher: Das war seine Liebe. Die Frau, die er über alle Maßen begehrte und die er in seinem Leben wollte. Und nun war sie schwanger.

Und Luc? Er spürte sich. In einer Tiefe, die er so von sich noch nicht gekannt hatte. Seine Angst war verschwunden. Die Angst vor Verlust, vorm Verlassenwerden. Er hatte stärkeren Zugang zu seinen Gefühlen gefunden. Und konnte endlich zulassen, all die schönen Momente in seinem Leben zu teilen. Schließlich wurden sie dadurch noch schöner.

Als sie vor der Wohnungstür standen, beide in Wochenendklamotten – Luc trug Chino-Hosen und einen graues Sweatshirt gegen die Kälte, Anouk ihre abgewetzte Lieblingsjeans und eine blaue kurze Jacke –, da trat sie noch mal an ihn heran, küsste ihn lang und zärtlich und sagte: »Und, Monsieur le Commissaire? Bereit für den Samstag?«

»Bereit für den Samstag und für dich.«

Jetzt küsste er sie neckender als vorhin, und dann öffnete sie die Tür.

»Was ist das?«

Luc schob sich an ihr vorbei.

»Was denn?«

Sie zeigte mit dem Finger auf das große Kuvert, das mit einem groben dunklen Paketklebeband an die Wohnungstür geklebt worden war.

»Luc Verlain« stand darauf, in feinen Lettern, die Luc von irgendwoher zu kennen glaubte. Er nahm den gelben Umschlag und sah Anouk fragend an. Die zuckte mit den Schultern.

»Willst du ihn wirklich einfach so aufmachen? Oder wollen wir lieber das Sprengstoffkommando holen?«

Luc grinste, dabei war ihm gar nicht komisch zumute. Aber eine Briefbombe? Eher unwahrscheinlich. Woher kannte er diese Schrift? Das Kuvert trug keine Briefmarke, keinen Poststempel, nichts. Der Absender hatte es offenbar persönlich zugestellt, in der Nacht, als sie geschlafen hatten, oder jetzt am Morgen.

Luc befühlte den Umschlag. Nur Papiere. Er öffnete ihn vorsichtig.

Er entnahm dem Kuvert ein A4-Blatt mit einem offiziellen Aufdruck.

Laboratoire médical de Bayonne stand ganz oben. Merkwürdig. Was sollte das?

Und dann las Luc die Zeilen, die sein Leben verändern sollten.

»Lea Poulain, geboren am 21. September 2009 in Paris, Tochter von Aurore Poulain, ausgewiesen durch einen DNA-Test – ist ausweislich dieses Testes und durch den Vergleich mit einer Haarprobe, übergeben am 11. Februar 2016 an unser Labor in Bayonne, mit einer Wahrscheinlichkeit von 99,99 Prozent die Tochter von Luc VERLAIN, geboren am 28. Oktober 1977 in Bordeaux.

gez. Weber, Mâitre de Laboratoire«

Luc ließ das Schreiben fallen. Dabei löste sich aus dem Kuvert ein Post-it. Luc hob ihn auf. Die Zeilen waren mit blauer Tinte geschrieben worden, in dieser fein ziselierten Schrift, von der Luc wieder einfiel, wo er sie nun schon zweimal gesehen hatte.

»Commissaire Luc Verlain. Ich habe das mal für Sie erledigt. Herzlichen Glückwunsch. Wir sehen uns.

Salut de San Sebastián.«

Die Schrift. Sie hatte auf der Karte gestanden, letzten Sommer, der Karte, die ihn in der Aquitaine willkommen geheißen hatte, kurz nachdem er seinen ersten Fall im Südwesten gelöst hatte. Es war die gleiche Schrift wie auf der Karte, die Anouk erhalten hatte. Die sie vor Luc warnen sollte. Und Luc fiel der Einbruch wieder ein. Der Einbruch in seiner Cabane. Letzten Herbst. Als sie Gaston, den alten Restaurantbesitzer, niedergeschlagen hatten. Dabei hatten sie seine Haarbürste gestohlen. Für die Haarprobe. Wer wollte ihn hier vorführen? Wer wusste von einer Tochter?

Er hatte eine Tochter. Lea. Die Tochter von Aurore. Natürlich erinnerte er sich an Aurore. An ihre kurze Beziehung. Viel eher war es nur eine Affäre. Wer hatte davon gewusst? Wer hatte geahnt, dass es Lucs Tochter war? Warum sollte Aurore es ihm auf diesem Wege mitteilen? Das hier, da war er ganz sicher, war nicht ihre Schrift.

Der Hausflur verschwamm vor seinen Augen, er musste sich an der Wand abstützen.

»Luc«, sagte Anouk, die seine Privatsphäre gewahrt hatte, die gar nicht auf die Idee gekommen war, das Schreiben mitzulesen, ohne dass er es wollte. »Luc? Was ist los?«

Er schaute sie an, schüttelte den Kopf, wies nach draußen. »San Sebastián. Ich muss nach San Sebastián.«

FIN – ENDE

Merci beaucoup

Sagen wir es mal so: Ich bin nicht gerade der größte Austernfreund. Die ersten Versuche als Kind mit meinen Eltern in Cancale waren – nun ja – eben Versuche.

Weil diese glibberige Meeresfrucht, die auch noch lebte, mir mehr als gewöhnungsbedürftig erschien.

Dann aber gab es diesen Wintertag im Jahr 2010. Vormittags saß ich noch mit Kameramann Christophe Obert auf der Dune du Pilat im Sonnenschein, und zum Mittag besuchten wir Fabrice Vigier im *Le Routioutiou*. Hier im Port de Larros von Gujan-Mestras machten wir unser Interview am Hafen sitzend, mit Blick auf die Kähne und das Bassin. Und anschließend aßen wir Austern, am Vortag frisch aus dem Meer geholt. Auf einmal ging es, mehr noch: es schmeckte wahnsinnig gut. Diese Frische und diese Exzellenz habe ich nirgendwo wiedergefunden. Fabrice und seine Frau Geraldine haben für dieses Buch all ihre Expertise eingebracht, mir von den schwierigen Tagen auf dem Bassin erzählt und von den sehr guten. Sollten Sie in der Gegend sein, liebe Leserinnen und Leser, besuchen Sie bitte diese Cabane und genießen Sie Austern im Kreis von Fabrice' Familie.

Ein großer Dank geht an Jérôme Labéguerie, Austernzüchter auf dem See von Hossegor, der jeden Tag mit dem Traktor hinausfährt, um seine Austern zu pflegen. Auch er hat mir mit seiner Crew wichtige Tipps rund um die lebende Meeresfrucht gegeben.

Merci an das Team vom *L'Entrecôte* in Bordeaux für einen Einblick in all die herrlichen Anekdoten, die sich in der Schlange vorm Resto abspielen.

Lieutenant Laurent Gazengel von der *Brigade nautique* der Gendarmerie in Arcachon ist in einer langen Nacht mit uns aufs Meer gefahren, sein Job war es über fast eine Dekade, die Austern zu beschützen – denn diese Einheit der Armee gibt es wirklich. Und seit es sie gibt, sind die Diebstähle deutlich zurückgegangen. Merci, Laurent, für diese herrliche Fahrt, Regenbogen, Sternenhimmel und springende Fische inklusive – ich hoffe, Du hast einen guten Ruhestand.

Stéphane Mesmin und Jean-Christophe Depaire waren mit uns am Bassin und haben wunderbare Fotos gemacht, merci aux grands artistes.

Romy Straßenburg, danke von ganzem Herzen für diese sehr besondere Reise ins Herz der Auster – und für so viel mehr.

Bei Hoffmann und Campe danke ich allen, die mit ihrer ganzen Tatkraft für den Erfolg des Commissaires arbeiten: Katrin Aé, Corinna Gathmann, Hannah Kolling, Sandy Weps, Sandra Rothfeld, Laura Hage, Carola Brandt, Jule Reimer, Moritz Klein, Stefanie Folle und Birgit Schmitz.

Merci, Carola Trivisonno für Ihre stete Unterstützung.

Und merci, Thomas Ganske, pour tout.

Die Teile dieses Buches, die nicht mit Blick auf den Atlantik geschrieben wurden, entstanden ausschließlich an zwei Orten: auf der Terrasse und den Wiesen des Landhotels Hohenhaus im Hessischen mit Blick aufs phänomenale Blutbuchental. Herzlichen Dank an Peter Niemann und sein wahnsinnig gastfreundliches Team.

Und im Café Liebling im Prenzlauer Berg – Euch allen Dank, besonders Manu, Lian, Keschi und Cyril, Verena und Dirk (und bien sûr Jockel) für unzählige Cappuccini, Avocadostullen und Geplauder, wenn der Laptop mal wieder zu heiß lief.

Meiner Maman danke ich für die Liebe zu Büchern und die Liebe zu Frankreich – es tut mir leid, Dir dieses Buch nicht früher gewidmet zu haben.

Meiner Familie gilt wie stets der ultimative Dank – für Zeit, Inspiration und die große Extraportion Freude, die mich vom Schreibtisch oder aus dem Café wegholt.

Alexander Oetker
Berlin, Arcachon, Bordeaux & Hohenhaus,
Weihnachten 2018

Alexander Oetker
Retour
Luc Verlains erster Fall
Ein Aquitaine-Krimi
288 Seiten, Taschenbuch
ISBN 978-3-455-00349-9
Atlantik Verlag

Die Region Aquitaine rund um Bordeaux – kilometerlange Sandstrände, Weinberge, so weit das Auge reicht, und der raue Wind vom Atlantik ...

Luc Verlain ist überzeugter Junggeselle und ein umtriebiger Lebemann. Der Leiter der zweiten Pariser Mordkommission liebt das pulsierende Leben in der Hauptstadt, gutes Essen und seine unverbindlichen Affären. Doch als sein Vater schwer erkrankt, kehrt Luc in seine Heimat an der französischen Atlantikküste zurück, wo nicht nur seine Vergangenheit auf ihn wartet, sondern auch eine Frau, die so ganz anders ist als die eitlen Pariserinnen. Und schon kurz nach seiner Ankunft ermittelt Luc in seinem ersten Fall: Am Strand liegt ein totes Mädchen.

„Ein richtiger Wohlfühlkrimi, der sich aber nicht nur auf urlaubsschwangere Gemütlichkeit verlässt, sondern zwischendurch in Sachen Spannung richtig Gas gibt."
WDR 2 Krimitipp

Alexander Oetker
Château Mort
Luc Verlains zweiter Fall
Ein Aquitaine-Krimi
332 Seiten, Taschenbuch
ISBN 978-3-455-00596-7
Atlantik Verlag

Der kurioseste Marathon der Welt und ein ausgeklügelter Mord: Luc Verlain ermittelt hinter den Fassaden der edelsten Weinschlösser

Hitzewelle im Aquitaine. Dennoch treten wieder Tausende zum weltberühmten Marathon du Médoc an, der mitten durch die Gärten der schönsten Châteaus führt. Doch während des Laufes stirbt ein angesehener Winzer – und ausgerechnet Lucs bester Freund Richard ist der Hauptverdächtige.
Der Kommissar entdeckt rasch, dass auch die nobelsten Weingüter der Welt ihre Schattenseiten haben. Je mehr Luc erfährt, desto verzwickter wird der Fall. Und er muss feststellen, dass selbst seine Partnerin Anouk seinen besten Freund für einen Mörder hält.

„Lebenslust, Tod und Leidenschaft. Ich kenne derzeit keinen, der Frankreich so beschreiben kann wie Alexander Oetker.«
Adrian Arnold, Schweizer Fernsehen

»Hoher Sehnsuchtsfaktor!«
Volker Albers, Hamburger Abendblatt